Universale Economica Feltrinelli

MANUEL VÁZQUEZ MONTALBÁN
IL PREMIO

Traduzione di Hado Lyria

Feltrinelli

Titolo dell'opera originale
EL PREMIO
© Manuel Vázquez Montalbán, 1996
www.vespito.net/mvm

Traduzione dallo spagnolo di
HADO LYRIA

© Giangiacomo Feltrinelli Editore Milano
Prima edizione ne "I Canguri" luglio 1998
Prima edizione nell'"Universale Economica" gennaio 2000
Seconda edizione giugno 2000

ISBN 88-07-81576-1

A Carmen Balcells,
che quella sera non si trovava lì

Le note sono tutte del traduttore.

Ouroboros, secondo Evola, è la dissoluzione dei corpi: il serpente universale che, secondo gli gnostici, procede attraverso tutte le cose. Veleno, vipera, dissolvente universale, sono simboli dell'indifferenziato, del "principio invariante" o comune che passa attraverso tutte le cose e le lega.

JUAN EDUARDO CIRLOT
Dizionario dei simboli

Letterobleso. Neologismo derivato dal catalano *lletraferit*: si dice di persona ossessionata dalla letteratura al punto di viverla morbosamente come una ferita da cui non desidera guarire.

Era inevitabile, e non evitato da buona parte dei presenti, passare attraverso il filtro dei giornalisti più o meno specializzati in premi letterari, che vagavano intorno a critici e criticonzoli affermati accorsi all'incontro per godersi la sensazione di non essere come gli altri e assistere alla consegna del premio Venice-Fondazione Lázaro Conesal, cento milioni di pesetas, il più ricco premio della letteratura europea, nonostante il disprezzo da sempre espresso per il rapporto tra i molti soldi e la letteratura, dimenticando che un sessanta per cento dei migliori scrittori della Storia appartengono a famiglie potenti, se non oligarchiche. Le telecamere di tutti i canali avevano seguito l'arrivo dei personaggi più noti, sia perché conoscevano le loro facce, sia per ubbidire agli ordini del capo della spedizione, ferrato nel "chi è chi". Ma poi si erano dedicate a descrivere la scena, avide di riprendere lo sfoggio di "...un design ludico che esprime l'impossibile rapporto metafisico tra l'oggetto e la sua funzione", come spiegavano i dépliant propagandistici dell'albergo. La sala per cene di gala dell'Hotel Venice concentrava l'intero campionario del design avanguardistico, che era riuscito a conferire ai tavoli un aspetto da uovo fritto in poco olio, e alle seggiole quello di sedie elettriche attivate dall'energia solare come concessione all'irreversibile sensibilità ecologista. La luminosità emergeva dal tuorlo del presunto uovo fritto, che si presentava guarnito di carciofi, carote, porri, cipolle; e c'erano sagome vegetali appese a soffitti e pareti come negli scarabocchi di un bambino che gradisce poco la verdura. Lázaro Conesal, proprietario dell'albergo e di buona parte delle persone lì riunite, aveva commissionato il design del Venice allo zoccolo duro dei discepoli di Mariscal, capaci di sovrapporre alla poetica dei sogni peterpaneschi di Mariscal la sfida sistematica alla volgarità funzionale dell'oggetto. Prima della nascita del design era già stata concessa abbastanza libertà di iniziativa alla natura, e per questo mele e scarafaggi erano quelli che erano, design minori creati da una nefasta evoluzione della specie in cui nessun designer era potuto intervenire. A Lázaro Conesal avevano molto divertito queste teorie, fermamente convinto del fatto che la teoria non suole far del male quasi a nessuno; i teorici sono tutt'altra faccenda, ma i teorici degli oggetti non sono solitamente pericolosi.

"Io sono per la sovversione degli immaginari," aveva dichiarato a Marga Segurola che lo aveva intervistato per "El Europeo".

"E per le altre sovversioni?"

"Ah. Ma ce ne sono altre?"

Marga Segurola moltiplicava ora le sue gambe corte da millepiedi con due soli piedi per avvicinare il sorriso cinico e la lingua bifida agli scrittori che arrivavano e di cui si sospettava avessero partecipato al premio sotto pseudonimo.

"Quanto ti hanno sganciato solo per figurare tra i sospetti partecipanti? Quanti soldi per vincere il premio? Ti servono i cento milioni di pesetas per cui vendi la tua anima a questo parvenu?"

Alcuni scrittori cercavano di giustificarsi, altri le sfuggivano dalle grinfie spostando la conversazione sull'eccellente scenografia.

"Tu che sei così enciclopedica, Marga. Che stile è questo?"

"Postmariscalismo. Me l'ha spiegato lo stesso Lázaro Conesal. Postmariscalismo heavy."

"Catalano?"

"Catalano-valenzano-miceneo-baleare."

"Siamo invasi dalla catalanità."

"Eppure il proprietario dell'albergo è di Brihuega, dalle parti di Guadalajara."

"Lázaro Conesal. Credo che anche i vini che vengono serviti siano suoi e certamente mangeremo qualcosa che abbia a che vedere con il salmone. Ha delle piscicolture alle isole Fær Øer. Spero che dopo il dessert servano un po' della sua cocaina."

"Un trafficante mecenate?"

"Quanto meno, consumatore. Bisogna diversificare i rischi morali."

Editori e agenti letterari accompagnavano i loro scrittori

preferiti, sempre timorosi di vederli scappare alla concorrenza. Gli editori erano angosciati dall'enorme quantità di denaro che Conesal era in grado di mettere sul tappeto verde del mercato letterario, e gli agenti erano sul chi vive davanti alla possibilità che il capitale di Conesal entrasse nel gioco dell'asta delle novità dei loro protetti.

"Non ci sono tutti."

"Per esempio, Marga?"

"Ecco, non vedo il superagente letterario 009 con licenza di uccidere, Carmen Balcells. Il che significa che nessuno dei suoi cavalli si è ben piazzato per il premio."

"O che ormai sa di averlo in tasca."

Cominciavano ad apparire certi manager editoriali del tipo Terminator, specializzati nel ringiovanire case editrici con il sistema di licenziare chiunque avesse superato i trentacinque anni di età, si trattasse di fattorini o di scrittori nella loro terza fase, con l'astuzia di escludere dal licenziamento i proprietari, anche quando se lo sarebbero meritato. Del resto, non si conoscevano casi di dirigenti bioaggressivi di tale natura che si fossero licenziati da soli dopo il trentacinquesimo compleanno. Di qualcuno, o qualcuna, di questi nuovi professionisti si diceva che andassero in giro con pistola sotto l'ascella, bomboletta di gas paralizzante o coltello nella giarrettiera, davanti agli odi concitati, strettamente letterari; ma visto che i Terminator editoriali non leggevano quasi mai, confondevano la violenza degli sguardi letteroblesi con la violenza terrorista destabilizzante delle regole della perenne e fallita *querelle* tra il vecchio e il nuovo. Tavoli di librai e libraie con i loro coniugi, vestiti per la festa del denaro e delle lettere, venditori privilegiati di opere enciclopediche con introiti da venti a trenta milioni annui, scrittori abitualmente presenti a premi, forze vive o superstiti della cultura, politici avidi di connotazioni culturali, scrittori segreti dediti all'avvocatura, alla medicina o al commercio di favori, quella sera convivevano con rappresentanti della nuova classe sociale del regime democratico, i nuovi ricchi che avevano prestato al nuovo potere socialista il materasso di un'oligarchia giovane che doveva loro il decollo della propria ricchezza, e alcuni pescecani dell'oligarchia di sempre che dovevano qualche favore o speravano di doverlo all'anfitrione, Lázaro Conesal, noto come "Il Grande Gatsby" nei cenacoli letterari di cinquantenni in cui si serbava ancora memoria del personaggio di Scott Fitzgerald. Tutti attendevano con particolare tensione il profumo di una nuova transizione, irreversibile, come sembrava loro la sconfitta progressiva e finale dei socialisti e il ritorno al potere di una destra nata per governare la Spagna sin dai tempi delle orde preistoriche. Si notava persino un'aggregazione di elementi culturali della nuova destra, del Partito Popolare, avidi di prendere progressivamente posizione in territori culturali in pratica monopolizzati dalle sinistre durante il periodo della Prima Transizione. Una delle attività più interessanti della serata sarebbe consistita nello scoprire quanti invasori del PP si fossero infiltrati tra i tavoli più culturalizzati. Non mancavano tavoli corporativi come quello composto dai principali *anchormen* radiofonici, giornalisti o scrittori dediti all'arte di passare in rassegna l'intera realtà nazionale e umana, ogni mattina, in ordine tematico quasi alfabetico, che iniziavano il loro programma privato e serale scambiandosi informazioni sui problemi di Lázaro Conesal con la Banca di Spagna e addirittura con lo stesso Governo.

"Un critico del tuo prestigio, che cosa è venuto a fare in quest'asta di penne vendute?"

Altamirano si passò una mano sulla fronte immensa per detergere le gocce di sudore che solevano ornarla e addolcì il secondo sguardo che dedicò a Marga Segurola. Lei non si era lasciata impressionare dal primo, ma patteggiò con il secondo e dedicò a sua volta un sorriso alla domanda che uscì un po' sibilante dalle labbra del critico letterario più temuto e criticato del paese.

"E che cosa è venuta a fare qui la Elsa Maxwell della letteratura a sud del Rio Grande?"

"Si capisce che sei proprio decrepito, cocco mio. Come ti salta in mente di paragonarmi a Elsa Maxwell? Chi ricorda più, oggigiorno, chi era Elsa Maxwell?"

"Non svicolare, Marga. Con tutti i soldi che ha la tua famiglia, perché ti ostini a fingere di interessarti alla purezza della letteratura?"

"Famiglie come la mia hanno sempre sostenuto la miglior letteratura che si sia mai scritta. Quella peggiore è nata sempre a spese degli operai e dei poveri. Chi legge più Gorkij? E O'Casey?"

"Che la tua sia una famiglia letteraria non significa che lo sia anche tu."

"Ho un romanzo inedito nel quale descrivo in ogni dettaglio quel che prova una donna quando capisce di avere le prime mestruazioni."

"Quattrocento pagine?"

"No, preferisco il *light*. Scrivere quattrocento pagine è una cafonata. Centocinquanta a tripla spaziatura sul computer, ma con una grande complessità tecnica e linguistica e di tanto in tanto una citazione di Steiner."

"Nello stile del tuo ammirato Narciso Arroyos, come se il linguaggio passasse dal sarto per una prova? Niente male la definizione di Arroyos, vero? La devo ad Alvaro Pombo, che a volte usa il bisturi di precisione."

"Sei stato tu a portare alle stelle Narciso Arroyos."

"Io?"

"Cinico. È stato uno di quegli scrittori che tu hai segnato a dito annunciando: ecco lo scrittore che sarà in testa alla classifica nel Duemila. Anche se questo lo prometti a tutti."

"Perché calco sempre la mano. Mancava ancora tanto di quel tempo... A volte faccio il bilancio di tutti gli scrittori a cui ho promesso di essere in testa alla classifica nel Duemila. Ne ho calcolati cinquantatré. Tu compresa. Forse anche tu sarai splendidamente classificata nel Duemila. Ma affrettati, ormai siamo nel '95 e non ti restano che cinque anni per posizionarti tra i cinquemila migliori romanzieri spagnoli. Allora, mi dici che il tuo è un romanzo complesso, molto complesso. Bisogna leggerlo pian pianino. Come la buona letteratura. O non leggerlo. Talvolta non leggere un capolavoro è il miglior servizio che si possa fare a uno scrittore di capolavori. Sapere che è buono è già sufficiente. Centocinquanta cartelle a tripla spaziatura. Un giro in taxi."

"Alla velocità con cui leggi tu, sicuro."

Se qualche ingenuo guardone della società letteraria avesse assistito al dialogo tra la Segurola e Altamirano avrebbe visto che avevano mani e smorfie allacciate, mentre i sorrisi rigidi cercavano di essere all'altezza delle parole omicide. Si trovavano faccia a faccia con il potere dei media e quello dei critici, ma gli sguardi innocenti non avrebbero tardato a saltare su altre coppie, su altri terzetti, gruppi di letteroblesi che si stavano formando in mezzo a convenevoli da rincontro, per il sollazzo dei professionisti, finanzieri e ricchi non meglio catalogabili accorsi al premio Venice per vedere e farsi vedere. L'atmosfera si caricava sempre più di ironia e innocenza, in parti uguali.

"Io mi guadagno da vivere con gli impianti sanitari."

"Ironia o innocenza?"

Oriol Sagalés, un'eterna promessa della letteratura, capace di aver raggiunto la cinquantina con un numero limitatissimo di lettori scelti di cui conosceva i numeri telefonici, compresi quelli delle loro seconde case, aveva risposto a tono al presidente della Sanitari Puig, in lotta per una legge sul mecenatismo che gli consentisse di mandare avanti una fondazione piena di dipinti falsi costosissimi e di dipinti autentici economicissimi.

"A casa mia non c'erano libri. Ho mitizzato i libri fin da bambino."

"A me è accaduta la stessa cosa con i sanitari."

"A casa sua non c'erano?"

"Vivevo in una villa modernista, senza la quale i Sagalés, del ramo tessile, si sarebbero sentiti nudi davanti al resto del mondo, con splendidi, vecchissimi e immensi gabinetti pompeiani del 'noucentisme' catalano, credo che a Madrid lo chiamino 'novecentismo', se non ricordo male disegnati da Rubiò. Il 'noucentisme' era arrivato troppo tardi a casa mia, fece solo in tempo a occupare i gabinetti, promosso da un cenacolo che mio padre frequentava insieme a Eugenio d'Ors* e altri perditempo suoi simili. D'Ors riuscì solo a farci cambiare i sanitari secondo la nuova estetica, perché a lui, diceva, piaceva pisciare sapendo dove pisciava e un orinatoio modernista era degno di una casa di puttane. Don Eugenio diceva puttane in catalano e così smorzava il peso della parola, liberandola da morbosità e sesso. A lei pare che 'meuca' possa voler dire puttana? Non sono arrivato a conoscere gli orinatoi modernisti, ma li avrei di certo preferiti. I 'novecentisti' erano orinatoi falsamente prerazionalisti, in cui quasi ti indicavano dove puntare il getto, ma mancava il quasi. I novecentisti erano un po' calvinisti, come il presidente catalano Pujol, e predicavano l'opera 'ben feta', ben fatta, compreso l'obiettivo oscuro del pisciare. I 'noucentistes' stravedevano per i dettagli del dorico-ionico catalano. Io preferisco la sfacciataggine barocca del modernismo oppure la vera modernità razionalista. Per questo rimpiangevo i sanitari che fabbricavate voi. Ricordo quando andavo all'Editorial Anagrama; avevo sempre voglia di pisciare, ma solo per poterlo fare in gabinetti di vostra fabbricazione."

"Sono modelli tedeschi."

"Dei tedeschi del Nord. Ma non possono essere bavaresi.

*D'Ors, Eugenio (1882-1954), scrittore catalano, autore di opere in catalano e castigliano, tra cui le famose *Glosse* e *Tre ore nel Museo del Prado*.
Nel romanzo appariranno di frequente nomi di narratori e personaggi della realtà mescolati a quelli della finzione. Per mantenere l'ambiguità della trama, si è scelto di spiegare in nota solo quelli nati prima del ventesimo secolo.

Quella gente piscia così tanto che ha bisogno di gabinetti con la tazza ampia."

"Del Nord, senz'altro."

"Ricordavano un po' i modelli nordici... Danesi."

"Infatti. I modelli vengono da una fabbrica di Holstein, accanto alla penisola dello Jutland."

"Ho una sensibilità speciale per tutto ciò che è nordico. Il Nord è la ragione e il Sud la sputacchiera. Mi piacerebbe tantissimo un Nord popolato da meridionali razionalizzati o semplicemente inciviliti."

"E se ripopolassimo il Nord di meridionali, che ce ne faremmo dei nordici?"

"Li faremmo salire sino alla punta del Polo Nord e poi li faremmo precipitare nell'abisso che c'è dall'altra parte del pianeta."

La signora Puig chinò il testone pettinatissimo e il seno eroso dall'età e dalle conseguenze del buco nell'ozono, per fare una confidenza a quell'eterna promessa che da dieci anni era oggetto della stessa critica, dallo stesso critico, sullo stesso giornale: "Uno dei fenomeni più tipicizzabili della Nuova Narrativa Spagnola è quello di Sagalés, uno scrittore introverso che consente l'approccio solo a quegli spiriti più disposti a lasciarsi sorprendere da una letteratura contraria alle leggi del mercato, capaci di capire la lotta quasi solitaria di uno scrittore con il dono dell'ironia segreta come mezzo di conoscenza di un universo che soltanto lui sa vedere...". Sagalés vide da vicino le labbra dipinte e screpolate della signora, i suoi denti puliti ma bicolori per un eccesso di penicillina inflittole nell'infanzia, quella comprata alla borsa nera negli anni quaranta; vide i suoi occhi da ragno per via di un rimmel controculturale anni sessanta con il bianco sporco di venuzze rilavate da insufficienti colliri anni novanta.

"Lei sì che è un grande scrittore."

"Mille grazie, signora."

"Non mi spiego che cosa facciano tanti catalani a uno stesso tavolo."

"Ai madrileni piace un sacco tenerci sotto controllo perché non gli si rubi la purezza delle loro tradizioni. A Madrid sanno come organizzare un carnevale, e hanno sempre bisogno di un catalano sciapo e noioso che tessa le loro lodi. Ci ricambiano il favore chiamandoci europei."

"Lei non ha bisogno di simili carnevalate."

Sagalés cercò di sfuggire alla confidenza senza perdere il sorriso e incontrò lo sguardo sarcastico di sua moglie dall'altra parte del tavolo rotondo. Due Martini dry ed era già ubriaca. Gli occhi dello scrittore avrebbero voluto sigillare le labbra della moglie, ma ormai era tardi.

"Mio marito è il giovane scrittore più vecchio del Mercato Comune."

"È sua moglie?"

"Si chiama Laura. Effettivamente, è mia moglie. Quale donna potrebbe parlare di un uomo in questo modo se non fosse sua moglie?"

Tutti i commensali erano interessati alla scoperta della relazione tra il giovane vecchio scrittore e quella donna un po' culona ma piena di calde rotondità che attiravano lo sguardo.

"Eppure mi avevano detto che lei..."

Una gomitata del primo venditore di dizionari enciclopedici dell'emisfero occidentale spagnolo impedì che sua moglie dicesse quel che pensava. Ma aveva già addosso la signora Sagalés.

"Forse che era frocio? Omosessuale?"

"No. Scapolo."

"Sì. Questo sì. Mio marito è sempre stato scapolo."

"Mia moglie è quanto ho di più letterario."

Tutti, tranne sua moglie, risero del sarcasmo dello scrittore, ma la situazione richiedeva una pausa di riposo e il venditore pensò che fosse giunto il momento di mettere sul tappeto le tonnellate di libri che vendeva in un anno.

"Detesto che i libri si vendano."

Lo interruppe Sagalés, per aggiungere:

"E soprattutto detesto che si vendano i miei. Salvo eccezioni, in cui includo i qui presenti, mi irrita che tutto ciò che ho fantasticato e scritto finisca in pasto a dei cretini. Io li scrivo e basta. Che ho fatto di male perché un branco di porci ignoranti si butti su questo sangue del mio sangue, su questa carne della mia carne, e se ne approfitti, la palpi sguaiatamente e infine se la mangi a beneficio di un metabolismo inqualificabile che trasforma il mio talento in un lurido miscuglio di vitamine e proteine che nutrono un lettore generalmente cretino, tanto cretino da buttar via due o tremila pesetas per comprare quello che lui non è stato in grado di scrivere?".

Al venditore si erano bloccati il sorriso, la parola, il gesto. Finalmente riuscì a balbettare:

"Insomma... Molti dei miei clienti sono persone di cultura. Medici. Dentisti. Avvocati".

Laura gli fece l'occhiolino.

"Non cerchi di convincerlo. Mio marito scrive per se stesso."

"Eppure è il primo scrittore che conosco che non vuole vendere i suoi libri."

"Potrebbe tollerarne la vendita a condizione di proibirne la lettura, mediante un compromesso formalizzato da un notaio non dedito alla scrittura."

"Ma che dice! Ci sta prendendo in giro, vero? Bisogna pur guadagnarsi da vivere."

"Io mi guadagno da vivere con onestà e non poca fatica. Talvolta scrivendo coccodrilli su scrittori che sono lì lì per morire o che sono morti da poche ore. Ho un grande talento per i coccodrilli. Molti parenti di scrittori e affini, appena questi muoiono, si rivolgono immediatamente al giornale per chiedere che sia io a scrivere il coccodrillo. Avere un necrologio di Sagalés è come avere un Picasso. Potrei persino improvvisarne uno qui su due piedi per ciascuno di voi. Lei, per esempio. Lei, come nasce?"

"Di che nascita parla?"

"Il suo nome, per cortesia."

"Julián Sánchez Blesa."

"Qual è il suo territorio di apostolato letterario?"

"Intende dire dov'è che vendo libri? Ebbene. Immaginiamo la Spagna divisa in due emisferi."

"Una supposizione eccessiva, perché la Spagna non è grande abbastanza. Ma supponiamo pure."

"Ecco. A me spetta l'emisfero occidentale."

"Ci è venuto a mancare Julián Sánchez Blesa, mutilando gravemente la memoria letteraria dell'emisfero occidentale spagnolo. Grazie al suo impegno costante per innalzare il livello culturale dei cittadini privi del dono della scrittura, le case degli spagnoli si sono riempite di Dizionari Enciclopedici e delle opere complete di praticamente tutti gli autori di maggior rilievo. La vedova vi chiede una preghiera per l'anima del defunto, sobria quanto la sua vita. I venditori di libri in inverno recitano Shakespeare e in estate partono per Benidorm."*

*Riferimento burlesco ai versi di T.S. Eliot: "Leggo fino a notte fonda e vado a sud in inverno", parafrasati in più opere di Manuel Vázquez Montalbán, tra cui *I mari del Sud* (Feltrinelli, Milano 1994).

Come, come, you forward as unable wormes.
My mind hath bin as bigge as one of yours
My heart as great, my reason haplie more
To bandie word for word, and frowne for frowne.
But now I see your launces are but strawes.

"Può tradurmelo, nel caso mi debba incavolare?"

"Avanti, avanti voi vermi incapaci / Anch'io ho avuto una mente poderosa come la vostra / Un cuore altrettanto grande e forse maggiori motivi / Per opporre una parola a una parola, un malumore a un malumore. / Ma ora avverto che le vostre lance sono soltanto deboli canne..."

"Lei che lo conosce bene, devo incavolarmi?"

"Io gli spaccherei la faccia," commentò Laura, e il venditore scoppiò a ridere.

Alzò le spalle il più stagionato degli scrittori promettenti di Spagna, dando così per conclusa l'implicita udienza, e gli sguardi si sparsero nel salone dell'albergo. Agli incaricati di accomodare gli invitati era stato raccomandato di rispettare lo status culturale combinandolo con quello economico. Così le prime fortune del paese dividevano il tavolo con i destinati a ricevere un giorno il Premio Cervantes, sebbene avessero già vinto il Nobel, il Planeta e, a guisa di rinforzo esotico, venivano accompagnati a qualche vincitore del premio di poesia Príncipe de España o Loewe o El Corte Inglés o General Motors o Parmalat o Minestre La Teresita purché avessero quell'aspetto senatoriale che gli ormai non tanto giovani poeti spagnoli, indipendentemente dall'età, ottengono con il sistema di scrivere poesie composte da due citazioni di Parmenide, un certo disagio metafisico e qualche tramonto in isole improbabili. Gli scrittori non ancora consacrati stavano un po' più lontani dal tavolo presidenziale, dove le forze vive aspettavano in piedi l'arrivo del presidente in carica della Comunità Autonoma di Madrid, don Joaquín Leguina, sul punto di essere sostituito da Ruiz Gallardón – trionfante candidato della destra che aveva declinato l'invito per rispetto della rappresentanza ancora esercitata dall'amico, nonché antagonista politico – e della signora doña Carmen Alborch, ministro della Cultura, entrambi in fase politica terminale a giudicare dai commenti predominanti che sottolineavano quanto era stato maldestro Leguina nel lasciarsi affondare insieme alla silurata nave socialista, e quanto era stata invece abile il ministro Carmen Alborch, capace di durare non tanto a lungo, ma abbastanza da essere ricordata come il solo ministro in technicolor dell'intera storia di Spagna, caratterizzata da ministri color cachi militare o grigio marengo. L'imprenditore Regueiro Souza si guardò il viso nello specchietto nascosto del portasigarette aperto, controllò con gli occhi l'appropriatezza del trucco che conferiva una continuità vellutata simile alla buccia di una pesca matura alla sua faccia solo eccessivamente rigonfia sulle poderose borse sotto gli occhi a mandorla e con troppe ciglia che cercavano di cogliere prima degli altri l'arrivo del ministro, ma le sue aspettative mutavano con l'avanzare ducale tra saluti disugualmente corrisposti di Jesús Aguirre, duca di Alba, con cui avrebbe diviso il tavolo, come specificato dal segnaposto davanti al coperto. Prima dell'arrivo ducale, una sedia venne occupata da Hormazábal, squisitamente calvo e astenico come sempre e tanto parco di parole da salutare Regueiro Souza con un leggero schiocco delle dita. Non furono necessarie altre presentazioni a quel tavolo, sorpreso come tutti gli altri quando i riflettori delle televisioni e i flash dei fotografi organizzarono un corridoio di luci lungo il quale avanzarono le autorità attese cui faceva strada, camminando di lato per non dare le spalle, don Lázaro Conesal. Nonostante la nobiltà canuta e impettita di Leguina o la policromia festiva da ballerina di samba del ministro della Cultura, tutti gli sguardi seguivano Conesal, impeccabile nel suo abito scuro di Armani, con i capelli biondi quasi bianco metallizzato da eroe wagneriano stirati da un gel carissimo, che rispettava il flou delle basette bianche, di un bianco da uomo delle nevi ben curato e con la faccia abbronzata dai soli e dai venti dei migliori velieri, dalle migliori scie nei migliori mari del Mediterraneo, filtrati quotidianamente da cosmetici Natura Bissé e leniti da un bisettimanale massaggio facciale completo e riparatore eseguito da una massaggiatrice venuta apposta da Marrakech sull'aereo privato del milionario, da non confondere assolutamente con il suo aereo transoceanico destinato a imprese più ardue.

"Aplomb e denaro," commentò Altamirano davanti all'apparizione.

"Piombo e oro," corresse Marga Segurola.

Lázaro Conesal sembrava ricoperto dalla vernice tirata a cera delle carrozzerie delle auto di lusso, capace di respingere gli sguardi e di esigere l'accettazione della propria unicità. La tendenza a somigliare a un bel fotomodello per la pubblicità di colonia maschile veniva corretta da Conesal con i gesti di chi è inoltre proprietario della colonia e del fotomodello. Infatti, Lázaro Conesal aveva l'aspetto del proprietario di qualsiasi metafora della propria apparenza. Una volta presentate le autorità alla moglie del finanziere, un'ex impiegata del ministero delle Finanze che conservava un certo aspetto da ragazza anoressica e invecchiata dai concorsi, Conesal si scusò per la sedia elettrica che stava per lasciare vuota accanto alla signora ministro, a causa dei suoi impegni come presidente della giuria.

"Anche se ti lascio in buona compagnia, ministro. Mio figlio Álvaro. È appena uscito dal MIT e ha bisogno di una guida spirituale culturale e mediterranea come te. Ricorda, Álvaro, che questa sedia è solo in prestito e appena avremo il verdetto, tu torni al tuo posto e io al mio."

Álvaro Conesal, giacca da smoking Armani e jeans di seconda mano, avvicinò le labbra alla mano del ministro che a sua volta lo baciò su entrambe le guance e gli si attaccò al braccio per dirgli all'orecchio:

"Ci ho guadagnato nello scambio. I figli degli uomini belli sono anche più belli dei loro padri".

"Invece noi figli degli uomini ricchi abbiamo meno soldi dei nostri padri."

A Lázaro Conesal non piacque troppo il commento, ma poiché la signora ministro lo accolse con un entusiasmo contagioso, rise per la battuta del figlio e iniziò la ritirata verso i quartieri della giuria. Adattò l'andatura a quella del detective privato che il figlio gli aveva messo alle costole, mescolato con le guardie del corpo di sempre. L'uomo, che non lo aveva nemmeno salutato, procedeva parallelo al gruppo composto dal finanziere e dai soliti uomini della scorta, con l'espressione di un veterano di eventi noiosi. A Conesal piaceva conoscere chi lo proteggeva, ma di quell'ultimo arrivato ricordava solo vagamente il suono gagliego del cognome e il monologo di quello stesso giorno, durante il pranzo, contraccambiato da silenzi. Il monologo era stato suo, e il silenzio del detective. A Lázaro Conesal non mancarono strada facendo le interpellanze di tirapiedi pronti a fargli presente con quanta tensione e con quanta apprensione stessero vivendo la cerimonia del premio, ma lui si limitò a dare l'impressione che tutto fosse sotto controllo e che era logico ma inutile dubitare che qualcosa non fosse sotto controllo.

"E della nostra faccenda, che cosa mi dici?"

L'uomo quadrato e sfidante gli stringeva la mano, ma nei suoi occhi c'era un ultimatum e quasi aggressività.

"Hormazábal. Ma ti pare il momento?"

Conesal superò l'interlocutore, ma il gesto aveva contagiato parecchie persone che gli porgevano la mano e cercavano di attaccare bottone.

"Desiderate conversare o sapere il nome del vincitore? La giuria è in riunione e mi aspetta."

Giunto alla porta che gli apriva la strada verso il nascondiglio della giuria, fece un gesto imperioso per bloccare le guardie del corpo. Soltanto il nuovo detective avanzò per fermarsi sulla soglia e restare in piedi con lo sguardo rivolto alle chiacchiere della sala da pranzo, mentre Conesal gli passava di nuovo accanto senza riuscire ancora una volta a ricordarne il cognome e senza la minima voglia di domandarglielo.

"Chi è il vincitore?"

"Sánchez Bolín."*

"Sicuro?"

Ariel Remesal, vincitore di sette premi periferici di media importanza, indicò un titolo nella lista degli autori selezionati perché lo notasse un suo compagno di tavolo, Fernández Tutor, un editore per bibliofili chiamato anche "Il Bibliofilo della Transizione" grazie alle molte sovvenzioni ottenute per le sue pubblicazioni dedicate a riscattare dall'oblio i libri più perfettamente dimenticabili, e che era diventato il Giudice Supremo del Giudizio Universale della Storia della Letteratura Dimenticata, in grado di decidere una posterità letteraria nobilitata dalla carta tipo Fabriano e dalle rilegature in pelli fetali più costose dei migliori mattatoi.

"*Le tribolazioni di un russo in Cina.* Di Sánchez Bolín?"

"È una parafrasi tipicamente sanchezboliniana. Una sua passione, ormai alquanto datata, per i meticciati culturali, sia nei materiali sia nelle finalità. Jules Verne e la caduta del Muro di Berlino. Che tribolazioni può mai avere un russo postcomunista in Cina, che teoricamente continua a essere comunista?"

"Infatti. È molto sanchezboliniano. Come anche lo pseudonimo: Mateo Morral, un anarchico d'inizio secolo. Roba antidiluviana. Sono gli scherzi nostalgici di una sinistra ammuffita nell'armadio, con dispensa e chiave nell'armadio stesso," intervenne Andrés Manzaneque, il miglior poeta e romanziere gay

---

* Lo scrittore Sánchez Bolín, dichiarato alter ego di Manuel Vázquez Montalbán in chiave parodistica, è già apparso nell'episodio della serie di Pepe Carvalho intitolato *Le Terme* (Feltrinelli, Milano 1996).

della sua generazione nelle due Castiglie, apprezzamento non accettato dai migliori poeti e romanzieri gay di León, i quali rifiutavano compatti l'unità politico-amministrativa autonoma formata dalla Vecchia Castiglia e León. Era d'accordo con Alma Pondal, nata Mercedes fino a una scoperta adolescenziale di Mahler, la miglior romanziera casalinga della sua generazione, la quale era venuta insieme al marito, il miglior ingegnere di ponti e strade della sua generazione. Andò oltre il semplice accordo.

"Bisognerebbe praticare una desanchezbolinizzazione del romanzo spagnolo. È ora di finirla! Sta di fatto che Sánchez Bolín ha apportato un solo elemento positivo."

"Quanto sei costruttivo, stasera!"

"Ha evidenziato il costumbrismo* esaurito di Delibes e dei delibesiani e quello degli autori del postrealismo socialista rifugiatisi nel genere poliziesco."

"Genere fetente. Odora già di merda. Scusate."

"Peggio che di merda. Non odora più di niente."

Non c'era ormai modo di far tacere il miglior romanziere gay delle due Castiglie.

"E visto che siamo in Spagna, insieme alla desanchezbolinizzazione, decatalanizziamo la letteratura spagnola. Che orrore! Quello spagnolo periferico dei Marsé, dei Mendoza, degli Azúa e dei Goytisolo! Puzza del loro pane e pomodoro e del dizionario di María Moliner."**

"Peggio ancora. Del *Diccionario Ideológico* di Casares. A proposito, c'è Sánchez Bolín? Non assiste mai a questi bailamme. Se c'è vuol dire che..."

"C'è."

Il dito della miglior romanziera casalinga, appositamente restaurato dalla manicure per l'evento letterario, indicava un tavolo relativamente ben posizionato nei confronti di quello presidenziale, e non già per la presenza di un Sánchez Bolín insospettatamente dimagrito, ma anche per quella dell'unico premio Nobel spagnolo realmente esistente, con tutta la letteratura immagazzinata nella tripla pappagorgia che gli metteva in comunicazione le labbra sdegnose con il triplo addome. Un altro accademico addobbato come tale dall'età, dalla biologia in generale e dall'erudizione, così come Justo Jorge Sagazarraz, un tizio

---

*Letteratura di genere che ritrae gente comune nella vita di tutti i giorni.
**Dicono le malelingue che gli scrittori di origine catalana, insicuri del proprio uso del castigliano, consultino di continuo l'esaustivo dizionario di María Moliner.

dall'aspetto invecchiato da una testa calva ovale e da una trascurata barba sale e pepe, l'ereditiero di un cantiere navale a capitale misto, e Mona d'Ormesson, trafficante di potere intellettuale, traduttrice a tempo perso di *Sir Orfeo*, versione medievale del mito di Orfeo ed Euridice. Sagazarraz se ne stava più spesso in piedi che seduto, più che stare se ne andava balbettando scuse per gironzolare in perlustrazione nella sala, per salutare ed essere salutato, e ogni volta che tornava sembrava essersi scolato una fiaschetta intera di whisky che gli metteva sempre più in risalto i capillari lilla sulle guance. La signora recitava attaccata a un orecchio sfuggevole e grassottello di Sánchez Bolín, il quale si sistemava sul naso gli occhiali penduli con un dito corto e grassottello, per poi portarlo all'interminabile fronte dove ripescava e schiacciava perle di sudore.

> *Poiché ora ho perduto la mia regina*
> *la più bella signora che mai sia nata.*
> *Non rivedrò mai più una donna.*
> *Mi ritirerò nel bosco selvaggio,*
> *dove vivrò per sempre,*
> *con le fiere selvagge nella grigia foresta.*

"Bellissimo, no?"

"Bellissimo."

"Possiede una dignità poetica che non ha nulla da invidiare alla migliore letteratura orfica."

"È ovvio."

"Sono molto contenta del mio lavoro. Inoltre, ho l'approvazione di García Gual. Quell'uomo è un genio! Il suo libro *Miti, viaggi, eroi* pubblicato da Taurus è stato per anni *mon livre de chevet*."

"Ammirevole. Ammirevole," ammise Sánchez Bolín.

"Ammirevole, ammirevole," confermò l'armatore Sagazarraz.

"Le interessa la mitologia?"

Sagazarraz tardò a capire che la signora orfica si stava rivolgendo a lui.

"Mi interessano i viaggi. Sono un armatore."

"Un armatore! Una professione mitica. Le sue navi fanno il giro del mondo? Percorrono cariche di petrolio le vene del mondo industriale?"

"Nei miei cantieri abbiamo sempre costruito pescherecci, soprattutto quelli per la pesca del calamaro."

Alla traduttrice cominciò a svanire il brillio degli occhi.

"Calamari freschi, ottimi."

Alleggerì la situazione l'armatore, ma non si classificò meglio agli occhi della signora selettiva.

"A casa mia non si sono mai pescati calamari fritti."

La traduttrice aveva perso ogni interesse per Sagazarraz, ma ritrovò il suo migliore sguardo brillante per rivolgerlo ora a Sánchez Bolín, ora al premio Nobel. Avendo ormai esaurito Sánchez Bolín la funzione di ricettore dei suoi prodigi, si lanciò sul premio Nobel che non era in vena di seccature orfiche, tant'è che esclamò in latino:

"*Nemo secure loquitur, nisi qui libenter tacet*".

E la frase sarebbe rimasta chiusa nella propria laconicità se lo scrittore non l'avesse coronata con un rutto. Ma la signora orfica era disposta a qualsiasi cosa per continuare a essere tale e si fece venire altre scintille di entusiasmo agli occhi per dire:

"*Verecundari neminem apud mensam decet*".

Infastidito per non essere riuscito a scandalizzare nessuno, il premio Nobel fece una voce da cantante russo, e precisamente da basso russo, per portare la conversazione verso la zona sud del corpo.

"Quando il tempo sta per cambiare me ne accorgo perché mi prudono i coglioni."

La traduttrice pensò che al premio Nobel sarebbe piaciuta una tenzone e non badò alla volgare risata che sfuggì dalle labbra ormai perennemente umide dell'alticcio Sagazarraz. Rinnovò il brillio malizioso dei suoi occhi, e li rivolse con tutta la luminosità possibile verso quelli del Nobel mentre ribatteva:

"Deve averli tanto grandi quanto il gran parlare che ne fa".

"Si sbaglia. Li ho piccoli e attaccati al buco del culo. Come le tigri."

"Può farsi operare."

"Li ho tenuti così per tutta la vita. Fanno parte della mia personalità. Grazie a loro sono riuscito a scoparmi tutte le mie traduttrici in samoiedo."

Tutti gli occhi seduti al tavolo si girarono verso la voluminosa patta dello scrittore, eccessiva per l'alta magrezza del resto della sua anatomia, e persino Sánchez Bolín contemplava l'orografia addominale del premio Nobel come se stesse per avere un'eruzione. Ma gli occhi di Sánchez Bolín si sorpresero nel distinguere tra i perlustratori in mezzo ai tavoli un personaggio familiare e inadatto alla situazione.

"Cazzo!", pensò e quasi disse, mentre i suoi occhi si incontravano con quelli dello strano invitato e scambiavano ammiccamenti complici. Non abbastanza perché Sánchez Bolín non si alzasse andando poi verso il suo silenzioso interlocutore.

"Come mai da queste parti?"

"Velleità letterarie."

La conversazione non andò oltre e i camerieri apparvero in formazione da esercito di occupazione in un'operetta viennese, e dopo aver sfilato con i vassoi aleggianti sulle teste, divisi in picchetti di gala, si lanciarono sui tavoli per deporvi piatti di delicati antipasti "nouvelle cuisine" improntati all'art déco, mentre altri camerieri riempivano i calici di spumante catalano che accompagnava, come da menù, i manicaretti.

"Catalano?" domandò Mudarra Daoíz, un accademico specializzato nell'uso del diminutivo nella prosa delle autrici spagnole del XVII secolo, mentre i suoi occhi arrossati e duri fermavano il movimento del cameriere nel gesto di mescere, e lo stesso facevano le sue mani venose incrociate sul *flûte* con le labbra che gli si indurivano come pietre per domandare in tono accusatorio al cameriere:

"Catalano?".

"Nossignore, sono di Alcázar de San Juan."

"Mi riferisco allo champagne."

"È *cava*, champagne catalano, sissignore."

"Mi rifiuto di assumere alcunché di catalano finché in Catalogna persiste il genocidio della lingua spagnola."

Lo sguardo a caccia di solidarietà dell'accademico fu accolto con apatia e voglia di bere spumante, di qualsiasi provenienza fosse, tranne che dalla traduttrice di *Sir Orfeo*, che si mise l'avambraccio sugli occhi mentre gettava il corpo all'indietro mettendo in pericolo la stabilità della solida sedia elettrica.

"No!"

C'era un'evidente curiosità comune sulla destinazione del no. No al *cava* catalano? No al genocidio dello spagnolo in Catalogna? No all'atteggiamento masochista e patriottico dell'accademico?

"No! Non ci posso credere!"

Che cosa non poteva credere o a che cosa non poteva credere? La traduttrice aveva ritirato l'avambraccio dagli occhi e guardava il vecchio accademico come se si fosse trattato di una leccornia sessuale e mentale allo stesso tempo, al punto che l'anziana moglie dell'accademico cercò di affrontare la situazione creata dall'impertinente sguardo e il marito arrossì mentre gli si gonfiavano le appassite penne del pavone che era stato ai tempi in cui aveva toccato a Exeter una tetta a una docente irlandese specializzata nel paesaggio letterario nell'opera dell'Arciprete di Hita.* La docente aveva fama di possedere un paio di tette in grado di vincere tutte le battaglie contro la forza di gravità, non avevano bisogno di reggiseno ed emergevano come galleggianti da una bionda cenere affogata nell'oceano degli sguardi più eruditi e lascivi delle letterature romanze. Quando il professore riuscì a toccarle una tetta, negli andirivieni di una lunga conversazione sul Góngora costumbrista, ricordò certi versi di Garcilaso: *Ove colonna che il dorato petto / con presunzion graziosa sosteneva.* Ma si interessò poco della metafora di Garcilaso sul collo-collo. La tetta. La tetta. Non toccatela più, così è la tetta. Finalmente le labbra della traduttrice abbandonarono la forma a cuore sottolineata dal più unto color argilla prodotto da Margaret Astor e si aprirono in un aggettivo indirizzato all'accademico.

"Che carino!"

La moglie dell'accademico fu senza dubbio l'occupante più sconcertata del tavolo e l'accademico il più imbarazzato, perché nonostante la lode contenuta nell'epiteto, la analizzò semanticamente con tutta la rapidità consentitagli dai neuroni e decise che nel suo caso era un epiteto poco gradito, che lo riduceva alla condizione di orsetto di peluche nelle mani di quella sfacciata, e pertanto allungò il collo maltrattato dal colletto inamidato della camicia inaugurata il giorno del discorso di investitura accademica del duca di Alba.

"A proposito, avete visto Alba?"

"È a quel tavolo, Mudarra."

"Ci sono gli Albó, quelli dell'industria di tonno in scatola?" volle sapere Sagazarraz, ma Mudarra sembrava non capirlo e continuò a prestare attenzione alla moglie.

"Di che tavolo parli, Dulcinea?"

La moglie dell'accademico segnalò con un dito sarmentoso e inanellato da chincaglierie bulgare, frutto del simposio sulle letture ottocentesche del *Lazarillo de Tormes* tenutosi a Sofia nel 1958, il tavolo dove il duca di Alba attirava l'attenzione di tutti i

---

*Juan Ruiz, detto anche Arciprete di Hita (1283?-1350?), scrittore spagnolo autore del *Libro del buon amore*, uno dei testi più originali e significativi nella formazione della lingua e della letteratura spagnola.

commensali con un discorso che li divideva in apocalittici e integrati, con i primi irritati dall'esibizione di pedanteria controllata del signor duca e i secondi sedotti dal collage mentale dell'ex gesuita ora duca, capace di mescolare le genealogie più sciocche dell'aristocrazia spagnola superstite alle generazioni della Scuola di Francoforte o allo stesso György Lukács. Tra gli apocalittici, due soci di Conesal, il finanziere Iñaki Hormazábal, "il calvo d'oro" per le signore della Madrid che conta, chiamato anche "l'assassino della Compagnia Telefonica", soprannome meritato per la sua smania di comprare, uccidere, smantellare, vendere compagnie per via telefonica, e Regueiro Souza, rottamatore e proprietario di aerei da noleggio, amico intimo del capo del Governo, di qualsiasi governo, al quale si rivolgeva persino voltandogli le spalle. Tra gli integrati, Beba Leclercq, dei Leclercq di Tettoie e Demolizioni, una bionda elastica e dorata sposata con un certo Sito Pomares, dei Pomares & Ferguson, vinattieri di Jerez, un rubizzo omone quadrato e lentigginoso, più Ferguson che Pomares. Beba Leclercq si era confessata con il duca di Alba quando questi era ancora sacerdote e adorava sentirlo parlare in tedesco, addirittura qualche volta gli aveva chiesto di darle l'assoluzione e la relativa penitenza in tedesco. Quanto a suo marito, a lui piaceva tutto quello che piaceva alla moglie, ma non che la moglie piacesse così tanto agli uomini.

"Duca," disse Beba, in un tono che sembrava piuttosto voler dire "padre".

"Dimmi, figliola. Quante volte?"

"No, volevo dire... Volevo ricordarti che l'ultima volta che ci siamo visti è stato in casa di Tato Hermosilla, il marchese di San Simón, e che già allora ci hai parlato di questo russo, Lucas. Mi è sembrato così interessante!"

"Il peggio dei marchesi di San Simón è che non sanno nemmeno dove si trovi San Simón o nel migliore dei casi lo associano a un formaggio, e a un formaggio gagliego, a maggior onta; e il peggio di Lukács, il quale, va ribadito, mia cara, non era russo ma ungherese, il peggio sono i discepoli che si è ritrovato, inclusa quella Ágnes Heller, fuggiasca dal terrore rosso soltanto per finire in Australia a fare il canguro postmarxista. Mudarra!"

Il duca aveva notato l'avvicinarsi del vecchio accademico fuggiasco dal *cava* catalano e dalla traduttrice di *Sir Orfeo*, traballante sui piedi gonfi, con il tovagliolo dimenticato che gli pendeva dalla cintola e la pappagorgia ribelle sul collo della camicia istoriata e troppo stretta. La mano che porgeva il duca predisponeva al baciamano per la sua mollezza, ma l'accademico trattenne la voglia di avvicinare le labbra e la strinse con un entusiasmo che fece sollevare sdegnosamente il ciglio sinistro del signor duca.

"Alba! Mio caro Alba! Non è venuta Cayetana?"

"Ha avuto un dispiacere tremendo per via di uno dei nostri cani e le ho detto: Cayetana, quando ti arrabbi diventi una bomba a orologeria dinastica. Una tua incavolatura può far saltare il Governo e, suppongo, il premio. Non venire. Gliel'ho proibito!"

Il duca rideva divertito della propria capacità di vietare qualcosa alla duchessa e l'accademico rideva dell'amenità riscontrata in tutto ciò che potesse dire Jesús Aguirre y Ortiz de Zárate, duca d'Alba consorte.

"Non ceni, Mudarrito?"

"Taci... taci..., sto morendo di fame ma mi è toccato un tavolo da infarto e, mi mancava solo questa, hanno servito dello champagne fenicio-catalano.* Bella compagnia! Il premio Nobel realmente esistente, quel postmarxista di Sánchez Bolín, un pescatore di calamari completamente ubriaco e una tizia sinistra, la traduttrice di *Sir Orfeo*."

"Mona!"

"Anche tu ti sei dato al turpiloquio?"

"Mona d'Ormesson de los Fresnos de Ruiseñada. Non cogli? È la cugina della contessa dei Cantos, l'amante di Paco Umbral e dell'Unión de Explosivos de Riotinto."

"Quell'eccentrica è una d'Ormesson?"

"Addirittura figlia di Pocholo d'Ormesson."

"E perché mai le è venuto il ghiribizzo orfico?"

"Perché si è separata dal marito e adesso sta facendo pazzie per quello scrittore che si dice sia il miglior autore inglese in lingua spagnola."

"Javierito Marías?"

"Sta' buono, mio caro. Inoltre, si dice il peccato ma non il peccatore. Quanto al giovane Sagazarraz, il pescatore di calamari come lo chiami tu, tienilo d'occhio. Suo padre ha una delle fondazioni culturali più interessanti della Spagna."

"Il padre di quel suonato?"

"La Fondazione Saudade."

"La Saudade è di quell'ubriacone?"

---

*Si vuole attribuire ai catalani – tipicamente industriosi e oculati con il denaro – lo spirito degli antichi colonizzatori fenici che tra l'altro, come racconta la leggenda, fondarono la stessa Barcellona.

"La *saudade*,* mio caro, spinge a bere."

Il duca rise della propria battuta, mentre i suoi occhi mobili non perdevano i saluti che gli giungevano dagli altri tavoli cui rispondeva alzando il calice, il ciglio o il naso, in segno di accettazione maggiore o minore dell'omaggio ricevuto. Aveva dedicato un'alzata di ciglio a un ex giovane che riconosceva, ma non abbastanza da associarne la faccia a un cognome.

"Senti, Mudarrito, quello lì non è Sagalés?"

"Catalano?"

La smorfietta disgustata della poltrona W bis della Real Academia de la Lengua rappresentava la dichiarazione di principi etici del suo occupante.

"Ma che domando, proprio a te che sei rimasto all'Arciprete."

"All'Arciprete e a Valle Inclán.** Al di sotto di loro, non mi interessa nessuno."

"Ci vediamo all'Accademia, Mudarrito."

Alba si voltò verso i suoi compagni di tavolo.

"Di che cosa parlavo?"

"Dei marchesi di San Simón."

"No. Di un certo Lucas," insistette Beba Leclercq.

"Andrò avanti con Lucas, come lo chiami tu, e poi proseguirò con quell'arrogante cocciuto che è Hermosilla, il marchese di San Simón. Si è parlato di Lukács a proposito del problema della conoscenza e della differenza tra conoscenza filosofica e letteraria. Vero? Io sono d'accordo con Lukács, non sempre, ma stasera sì, quando dice che lo spirito si appropria di ciò che non gli somiglia, somigliandogli per possederlo."

Sagalés si era sentito insufficientemente riconosciuto da Alba. Si sentiva sempre insufficientemente riconosciuto, il che era molto peggio che esserlo poco o niente affatto. I camerieri si preparavano al defilé che avrebbe preceduto la seconda portata.

"Nessuna votazione, per il momento," si lamentò la moglie del fabbricante dei Sanitari Puig.

"Suppongo che seguiranno un certo rituale prima di emettere il verdetto."

"Sicuro. Ma mi hanno detto che anche in questa attività,

*In portoghese, nostalgia.
**Ramón María del Valle Inclán (1869-1936), prolifico scrittore spagnolo della "generazione del '98", autore di romanzi, poesie, testi teatrali tra cui spiccano gli "esperpentos", farse grottesche di grande forza espressiva e originalità. Fu direttore dell'Accademia di Spagna a Roma.

come in tutte le altre, Lázaro Conesal è uno schiacciasassi. Sarà lui a decidere chi vincerà il premio."

"Ha buon gusto letterario?"

Sagalés aveva sete di vino rosso, e lo chiese a un cameriere ignorando lo sguardo ironico della moglie. Si scolò il bicchiere non appena gli fu riempito e lo fece vibrare colpendolo con il dito perché il cameriere lo riempisse di nuovo.

"In Spagna i premi vengono sempre concessi contro qualcuno. Bisogna sempre domandarsi non a chi lo hanno dato, ma a chi sono riusciti a toglierlo. Quanto al gusto di Conesal, sì, ha buon gusto letterario. Redige i migliori bilanci amministrativi di tutte le società anonime della Spagna."

"Suo padre ha buon gusto letterario?"

Alvarito Conesal si chinò verso la signora ministro e si atteggiò con un sorriso enigmatico.

"Ha tutte le collane complete di Bompiani, La Pléïade, Aguilar."

La signora ministro rideva.

"La cosa non è priva di merito, perché io ho cercato di avere quelle di Aguilar e non ci sono riuscita."

"Mio padre gliele spedirà al ministero."

Alvarito si segnò la richiesta sul polsino della camicia con una penna Ferrari.

"Non so se accettare. Quelli del giornale 'Mundo' lo considererebbero una prevaricazione o un ulteriore segno della mia scarsa forma e del mio scarso contenuto ministeriale. A proposito. Ho notato che questo albergo si chiama Venice e dubito che si tratti di un errore della penna. Da dove viene il nome?"

"Da Jim Morrison. È un omaggio a Jim Morrison."

"L'albergo è di suo padre. A suo padre piace Jim Morrison?"

"Mio padre ha riserve culturali insospettate. Sono riuscito ad appassionarlo a Jim Morrison e ultimamente, quando va a Parigi, passa sempre a far visita alla sua tomba al cimitero Père Lachaise. Un altro omaggio a Morrison. Abbiamo tutti i suoi dischi."

"Adoro Morrison. Adesso ricordo addirittura la canzone in cui si parla di Venice."

La signora ministro canticchiò avvicinando le sue labbra assolute all'orecchio di Álvaro Conesal.

> *Blood in the streets runs a river of sadness.*
> *Blood in the streets, it's up to my thigh.*

The river runs down the legs of the city.
Women are crying red rivers of weeping.
She came in town and then she drove away.
Sunlight in the hair.

Indians scattered on dawn's highway bleeding.
Ghosts crowd the young child's fragile eggshell mind.
Blood in the streets of the city of New Haven.
Blood stains the roofs and the palm trees of Venice.
Blood in my love in the terrible summer.
Blood red sun of Phantastic Los Angeles.*

Un orecchio era ridotto al collasso dal ministro della Cultura, l'altro seguiva la conversazione di sua madre con Joaquín Leguina. Piuttosto riservato ma tenero, con quella signora di un bruno violaceo, alta e lunga persino nelle occhiaie simili a ogive, il presidente del Governo della Comunità Autonoma di Madrid eludeva la volontà della donna di cantarle chiare a chiunque capitasse a tiro premettendo che lei non aveva peli sulla lingua.

"Io non ho peli sulla lingua."

"E fa benissimo."

"E anche se mio marito mi tiene in disparte per non farmi dire quello che penso, io dico quello che penso."

"Bisogna sempre dire quello che si pensa."

"Io il mio voto non ve lo do. Io, se votassi per le sinistre, voterei per quelle vere. Per i comunisti. Anche se pure loro mi sembrano dei riformisti e Anguita un baciapile. Penso..."

"Signora, io sono molto amico dei comunisti e da giovane ero più a sinistra di loro. Quando loro erano dei revisionisti schiavi della coesistenza pacifica e della guerra fredda, io volevo darmi alla macchia e fare la rivoluzione."

"E avrebbe fatto meglio. Adesso non è che un socialdemocratico decaffeinato e, per di più, un perdente. Un socialista peso gallo nutrito dalle ombre intellettuali della reazione liberista inglese, con quel cretino di Popper in testa. Io, caro Leguina,

* Sangue nelle strade, scorre un fiume di tristezza. / Sangue nelle strade, mi arriva alla coscia. / Il fiume scende per le gambe della città. / Le donne piangono fiumi rossi di lacrime. / Lei venne in città e poi andò via. / La luce del sole nei suoi capelli. / Indiani sparsi lungo l'autostrada dell'alba sanguinanti. / Spiriti affollano la mente di un bambino fragile come un guscio d'uovo. / Sangue nelle strade della città di New Haven. / Il sangue macchia i tetti e le palme di Venice. / Sangue nel mio amore nell'estate tremenda. / Sanguinante sole della Fantastica Los Angeles.

non l'ho votata alle elezioni, ma non l'ho fatto nemmeno per quel ragazzo di destra, Ruiz Gallardón, quello che sembra un giocatore di polo miope. Io, come vede, le cose le dico chiare e tonde. Non ho peli sulla lingua."

"Mamma."

Alvarito sembrava in preda a un bisogno impellente di comunicare con la madre e accennò un sorriso leggero come un soffio per scusarsi dell'intromissione.

"Mamma."

"Non tirare tanto in ballo il nostro grado di parentela, Alvarito. Ti ho sentito."

"Ho pensato che potresti spiegare al signor Leguina quel tuo progetto di un concorso di scialli tipici ricamati per raccogliere fondi per i bambini del Ruanda."

"Adesso sì che le salto addosso, Leguina. Mio figlio ha ragione. Lei che ne sa di quegli scialli ricamati detti 'di Manila'? Innanzi tutto le dico il mio nome da ragazza, perché non mi piace che mi si conosca come signora Conesal. Il mio nome è Milagros Jiménez Fresno."

Hormazábal, "il calvo d'oro", riuscì a tenere la faccia incollata al tavolo come se ascoltasse le argomentazioni di Alba in favore di un recupero urgente, necessario, *sine qua non*, di Walter Benjamin, e a mandare lo spirito in gita per la sala. Gli risuonavano all'orecchio i sospiri di ansia o di noia di Regueiro Souza, in attesa di entrare nel monologo di Alba, incitato di tanto in tanto da Beba Leclercq, mentre il marito, Pomares & Ferguson, sbadigliava come un Pomares e faceva la faccia da benessere biologico-sociale di un Ferguson. Regueiro Souza non sapeva se fare la faccia da rottamatore ricco o da ricco proprietario di aerei a noleggio e decise di farla da ricco al di sopra delle velleità intellettuali di un duca consorte e una malmaritata. Hormazábal estrasse dalla tasca un cellulare e persino il duca di Alba ammutolì, mentre si creava una cerchia di silenzio intorno al finanziere. Non voleva chiamare nessuno, semplicemente toccare qualcosa che lo mettesse in contatto con la realtà, e di tutti gli sguardi in attesa o ironici che lo circondavano scelse come interlocutore quello di Alba.

"Non intendo rovinare la serata a nessuno."

"Lo sai. Il tuo telefono ha una fama..."

"Volevo semplicemente fare qualcosa con le mani. Tu hai scelto la parola scritta o gassosa per diventare padrone del mondo. Io ho bisogno di uno strumento."

"Sei il lavoratore manuale del capitalismo speculativo."

"Compro e vendo per telefono. Trasformo il mondo mediante il telefono. Tu puoi dire la stessa cosa della letteratura?"

"Ma chi pensa alla letteratura, Hormazábal? Che cosa c'entra questo incontro con la letteratura?"

Hormazábal fece spallucce e sguainò di nuovo il cellulare, digitò il numero desiderato e gli altri commensali finsero disinteresse per la conversazione che seguì, in cui il finanziere parlava con perfetti monosillabi naturali; quando tornò ai circostanti fece in tempo a constatare che il duca non gli aveva levato gli occhi di dosso, anche se ora era costretto a levarli perché il cameriere gli depositava un piatto davanti al naso. Il duca lo annusò ed emise un giudizio pragmatico particolarmente rivolto a Hormazábal.

"Questa serata non c'entra niente né con la letteratura né con la gastronomia. Salmone. Che orrore! Che volgarità!"

Il miglior romanziere gay delle due Castiglie accolse con scetticismo la seconda portata. Avvicinò pericolosamente la punta del naso affilato al piatto, disegnò lo schifo sul volto e contemplò sfidante i commensali che lo interessavano, il pluri-vincitore dei premi periferici, Ariel Remesal, e l'editore per bibliofili Fernández Tutor. O non colsero l'imperiosità del suo sguardo o non ci badarono affatto, perché nonostante facesse di tutto per attirare silenziosamente la loro attenzione non ci riuscì e si vide costretto a esclamare:

"Intollerabile".

"Quel che ho detto."

"Invece io non sono del tutto d'accordo."

"Quello che è intollerabile è intollerabile, e ancor più in questa cornice e con questo ospite."

"Non vedo che cosa abbia a che vedere la politica editoriale con questa cornice e con questo ospite."

"Mi pare che non stiamo parlando della stessa cosa."

Fernández Tutor fece una faccia da bibliofilo rilegato in pelle vecchia di feto di capra, mentre Ariel Remesal lanciava uno sguardo a fendente al miglior poeta gay di Cuenca, il quale cercava di utilizzare occhi e naso per spostare l'attenzione sul piatto di salmone e, non riuscendoci, tentò di aiutare gli svogliati interlocutori fornendo qualche traccia.

"Odio gli animali d'allevamento che mantengono l'aura di quello che non sono più."

Remesal e Fernández Tutor cominciavano a essere gravemente sconcertati.

"Si tratta forse di una metafora postorwelliana?"

"Il Grande Fratello dirige forse il palato universale del supermercato universale?"

Ma, poiché considerò scarso l'interesse dei suoi sconcertati ascoltatori, o scarsa la loro capacità di decodificazione, si alzò gettando ostentatamente il tovagliolo sul piatto di salmone senza rispetto per la sua inamidata condizione immacolata.

"Vado a salutare Sagalés."

"Lo conosce?"

Non guardò nemmeno il patteggiatore Fernández Tutor, disposto a superare la grave diversità di opinioni appena dichiarata.

"Mi interessa, è uno dei pochi scrittori che mi interessano."

E scansò i tavoli come un pilota di rally pedonali per fermarsi davanti a Sagalés, e senza presentarsi né dargli tempo per capire la nuova situazione, gli indicò il contenuto del piatto.

"Salmone. Il pollo della postmodernità. Presto l'aragosta sarà il pollo del XXI secolo, a maggior onta dell'inventore dell'aragosta alla Thermidor. Non stiamo forse assistendo a un Thermidor alimentare? Da quando i socialisti sono al potere, in serate come questa non si serve che salmone. Con tutti i soldi che ha Conesal, adesso ci offre un menù da congresso di editori piagnoni o da incontro di editori presuntamente squisiti che non vanno oltre il pollo di batteria e la Diet-Coke.

"Salmone!" esclamò Sagalés sognante. E aggiunse: "Salmone Rushdie, il grande scrittore perseguitato!".

La signora Puig tossicchiò.

"Sta parlando di Salman, di Salman Rushdie?"

"Salman in spagnolo è salmone. Lo so bene perché si tratta di uno scrittore che ammiro."

"A lei piace come scrittore?"

"Per niente. Lo trovo nauseante e soprattutto detesto il suo romanzo *Versetti satanici*, che mi sembra degno di un Premio Planeta."

"Vero, verissimo."

"Non mi domanda perché lo ammiro se invece lo detesto come scrittore?"

"Come lottatore?"

"Come lottatore è un cretino. A chi salterebbe in mente di litigare con il Corano, un libretto pseudosacro di una religione eretica..."

"Non saprei."

"Lo ammiro perché aggredisce i lettori raccontando di essere perseguitato dagli integralisti islamici, e ha fatto cacciare i soldi persino a Margaret Thatcher, di cui non si conosce una sola opera di beneficenza, né personale né statale. La signora Thatcher odia la letteratura e gli scrittori, tranne Kipling nella sua fase coloniale. Se l'avessero lasciata fare, sarebbe stata capace di torturare con le sue stesse mani la maggior parte dei pessimi scrittori inglesi contemporanei, e non in quanto pessimi, ma in quanto scrittori. Ma si è vista costretta a cacciare un sacco di soldi per proteggere un suddito dell'impero che è quasi negro. Che orrore!"

"A dire il vero i salmoni mi fanno schifo, ma questo qui mi sembra il più schifoso di tutti."

Il venditore di libri più importante dell'emisfero occidentale spagnolo si sentì chiamato in causa, perché Manzaneque indicava precisamente il suo piatto con il salmone già pizzicato dalla punta della forchetta.

"Insomma, non è caviale ma è mangiabile. Troppo bollito, questo a mio parere è casomai il suo difetto, e a me è toccata la ventresca, che pur essendo più saporita, è un filo troppo grassa, ed è senz'altro preferibile arrosto, in modo che si sciolgano le venature bianche di grasso. Le vede?"

La punta della forchetta indicava alcune ben disegnate venature bianche che contrastavano con l'impallidito color salmone dominante.

"Lei che è un possibilista, Sagalés, la pensa allo stesso modo?"

Di fronte alla sua insistenza, Sagalés notò non solo che il giovane interpellante era sempre lì, ma che continuava a interpellare e gli concesse uno sguardo di curiosità.

"Può giustificare il suo odio per i salmoni?"

"I salmoni di allevamento fanno tutti schifo."

Si imbaldanzì il giovane romanziere fino all'esagerazione e osò puntare un dito su Sagalés.

"Io sono un suo grande ammiratore."

"Dammi del tu, ragazzo, non potrei mai essere tuo padre."

"Sa, vengo dalla provincia..."

"Il nome?"

"Quale nome?"

"Il tuo."

"Andrés Manzaneque, di Cuenca, e me ne vanto."

"Il poeta e romanziere, *I suppose*."

Al giovane di Cuenca crebbe a dismisura tutto quello che aveva in faccia, e con sgangherata dismisura scoppiò a dire:

"Ha letto il mio romanzo? Come fa a sapere che sono poeta e romanziere?".

"Alla tua età e se, come sospetto, sei figlio della vastità profonda delle province più serie della Spagna, si è poeti e romanzieri, in quest'ordine. E quando c'è la poesia, è meglio che il romanzo si faccia da parte. Ti ho letto. Io leggo i miei nemici, non sono come quel Nobel concupiscente che disprezza tutto ciò che è nuovo. Il tuo è un ottimo romanzo per i primi tre quarti, ma poi hai perso coraggio..."

La voce della signora Sagalés si impose su quella del marito per terminare la frase.

"...e non mantieni la grande promessa cosmogonica che ogni romanzo deve apportare."

"Mi hai tolto le parole di bocca."

"Gli tolgo sempre le parole di bocca per non farlo stancare, perché dice le stesse cose a tutti gli scrittori esordienti, almeno a quelli di Cuenca."

"Continua a scrivere, continua a vivere a Cuenca, ma soprattutto continua a essere scapolo," raccomandò Sagalés a un Manzaneque sempre più irritato, disinteressandosi di lui che continuava a stare in piedi al suo fianco, mentre contemplava di nuovo i tavoli pieni di potere economico, culturale, politico. Un calvo eccellentemente progettato stava telefonando dal tavolo del duca di Alba. Poi contemplò con compassione l'umiliato poeta romanziere.

"Quando saremo grandi ci faranno sedere a tavoli dove non si avrà il diritto di incavolarsi, dove nessuno sarà disposto a uccidere il proprio padre per una frase brillante e dove ci serviranno i migliori tagli di salmone, di Salmone Rushdie."

"A che aspetto della letteratura ti dedichi, amico? Si direbbe che sei García Márquez."

Il miglior romanziere gay delle due Castiglie sembrava sul punto di scoppiare a piangere, e Sagalés a ridere.

"Che orrore! García Márquez! Quella fabbrica di bestseller! Lo leggono tutti."

Manzaneque sorvolò con la mano pallida, magra, alata, il calice di vino, lo pinzò con le dita, lo staccò dal suo aeroporto bianco, lo impugnò come se la sua appassionata mano stesse per spaccarlo e ne lanciò il contenuto tanto blandamente su Sagalés che il liquido si fermò a metà strada sulla scollatura screpolata della signora Puig.

*"Collons"** disse il signor Puig gettando il tovagliolo sul tavolo, pronto ad alzarsi, ma aspettando che la moglie lo trattenesse.

"Pepitu, no t'embololiquis. Son escriptors. Ja se sap."

"Escriptors... escriptors... uns poca soltes, és el que son."**

Un fascio di luce proveniente da un riflettore televisivo li fece ammutolire e tornare ai loro gesti preferiti, consapevoli di posare per la galassia. Il fascio si fermò su Sagalés e la signora Puig commentò a bassa voce:

"Mi pare che l'abbiano riconosciuto".

Ma il fascio di luce passò a un altro tavolo e il gruppo rimase spoglio e stanco, consapevole ora del bisogno di ricomporre la convivialità. La moglie di Puig, s.p.a., osservò con onesta gioia che un cameriere nero stava parlando con la moglie di Conesal.

"Guarda un po', che originale. Un cameriere nero. Ricordami, Quimet, di ingaggiare camerieri neri per la *caldereta**** di quest'anno a Llavaneras."

La signora Sagalés sondava la possibilità che un cameriere bianco le portasse una bottiglia di whisky.

"Io, senza whisky, il salmone non riesco a mandarlo giù."

Sagalés e la signora Puig partirono verso le toilette per pulirsi le macchie, le loro strade si divisero dopo un sorriso di complicità eterosessuale e lo scrittore ubbidì alla proposta semiologica di un angelo preraffaellita sessuato da una verga equina in una reinterpretazione post-Mariscal, e non si sbagliò. Nella toilette per uomini incontrò un manager di gruppo editoriale di recente nomina, razza Terminator, che orinava con il pene in posizione orizzontale perché spruzzasse la pipì trasformata in una immaginaria fontana luminosa. Accanto a lui pisciava con qualche difficoltà un colorito signore che beveva da una fiaschetta d'argento. L'ubriacone non trattenne il gesto, ma volle giustificarsi.

"Justo Jorge Sagazarraz. Armatore navale specializzato in pescherecci per la pesca dei calamari. Il mio whisky è decisamente migliore di quello che offrono qui. Molta presunzione e molta 'bella gente', ma non vanno oltre il JB, che ormai è diventato roba dozzinale. Lo beveva persino Ceausescu, e lo bevono i

---

* In catalano, coglioni. Sta per "cazzo!".

** In catalano: "Pepitu, non immischiarti. Sono scrittori. Si sa come sono". "Scrittori... Scrittori... scriteriati, ecco cosa sono."

*** Piatto a base di pesci di carne dura, crostacei, vongole veraci, cotti con l'aggiunta di vino, olio, peperone, peperoncino, cipolla e spezie in casseruola di terracotta.

disoccupati. Tutti gli operai che licenzio bevono JB, perché quando gli do il benservito gliene regalo una cassa. Di tasca mia. Sono un imprenditore, una vecchia giovane promessa di imprenditore e mi rompe licenziare i miei lavoratori."

Terminator Belmazán non si sciacquò le mani nel lavandino, ma prese dalla tasca della giacca un biglietto da visita e lo porse a Sagazarraz.

"Noto che ha problemi di minzione e di razionalizzazione delle imprese. Mi chiamo Ginés Belmazán e sono specializzato in riconversione delle imprese e dei loro uomini e donne secondo i requisiti del nuovo millennio."

La porta della toilette si era aperta e Terminator uscendo incrociò un uomo dall'aspetto tra il severo congenito e il disincantato storico. L'uomo disincantato si lavò le mani mentre ascoltava di straforo la disquisizione di Sagazarraz sul whisky e sugli imprenditori che andava avanti.

"Per quanto mi riguarda, non è ancora nato nessuno in grado di riconvertirmi. Quello lì si è proprio montato la testa. Ho appena scoperto un Single Malt delle isole Orcadi, si chiama Scapa, e mi ci riempio le fiaschette. Vuole assaggiarlo? Mi sono rimaste ancora tre fiaschette piene."

Sagalés accettò la bottiglietta d'argento e ne assaporò un sorso. Quando stava per pronunciare il suo commento, l'ultimo arrivato gli chiese la bottiglia.

"Permette?"

Sagalés inarcò un sopracciglio per ottenere il permesso dal proprietario della bevanda, il quale lo concesse deliziato dalla possibilità di avere un altro seguace di vizio. L'uomo sorseggiò, constatando a più riprese la bontà del liquido.

"Ha aroma e sapore persistenti. Ma non si illuda sulla squisitezza di questo Single Malt, amico."

Il commentario era rivolto a un ubriaco ma perplesso Sagazarraz, che nel frattempo aveva scoperto di avere la patta aperta, ma non osava porvi rimedio per non rendere più visibile la dimenticanza.

"Lo Scapa è il whisky preferito dalla Royal Navy in quanto ha una base dimenticata nell'isola di Scapa."

"Come fa a sapere queste cose?"

"Perché sono James Bond."

"Io, la sua faccia l'ho già vista da qualche parte."

"Al bancone di un bar, sissignore."

L'estraneo abbandonò la toilette seguito da Sagalés cui interessava proseguire la conversazione con quell'evidente personaggio da romanzo poliziesco. La porta a battenti lo lasciò in mezzo ai festeggiamenti e ai mormorii, ma non c'era alcuna traccia dell'esperto in whisky, per quanto Sagalés perlustrasse con lo sguardo i quattro punti cardinali della sala. Come per simpatia, dal tavolo presidenziale Alvarito Conesal si alzò per perlustrare a sua volta con lo sguardo i quattro punti cardinali della sala. Guardò l'orologio. Si fece strada tra i tavoli ma venne trattenuto dalla mano di Marga Segurola che nel frattempo gli si era attaccata a un braccio acchiappato al volo.

"Alvarito, siamo senza premio?"

"È quello che volevo verificare. Mi sorprende che non abbiano comunicato il verdetto."

Marga Segurola trasse il maggior partito dal suo collo quasi inesistente per indicare ad Altamirano con la testa Alvarito che se ne andava.

"Non hanno raggiunto la maggioranza. Un premio non si improvvisa, soprattutto senza un'industria editoriale alle spalle."

"Conesal ha messo dei soldi in tutte le case editrici."

"Non è la stessa cosa. Vedi forse da qualche parte i classici dirigenti editoriali pronti a muoversi dietro le quinte? Quali veri e propri pescecani del mondo editoriale sono venuti qui oggi? Non c'è nemmeno Carmen Balcells, la superagente letteraria con licenza di uccidere. Quella gente considera Conesal come un *parvenu*; inoltre si dice in giro che stia cominciando a cadere in disgrazia politica. Pare quasi che Conesal conceda il premio senza giuria e senza mani, come quei bambini che vanno in bicicletta e vogliono far vedere a tutti quanto sono bravi."

"Un premio tra i tanti, che cosa importa?"

"È il più ricco. Cento milioni di pesetas. Il doppio del Planeta."

"Spiccioli, se teniamo conto della fortuna di Conesal. Insisto: un premio tra i tanti, che cosa importa?"

"Io posso essere non meno purista di te e mi disinteresso del novantanove per cento di quello che si scrive e si pubblica, ma tu stai facendo la parte del purista e io quello della cinica."

"Perché io sono un purista. Credo solo nella letteratura."

"Buon pro ti faccia."

Altamirano alzò le sopracciglia un po' più del solito, in parte per contenere l'eccesso di sudore, ma anche per sottolineare la statura delle sue affermazioni.

"Non cadere nella facile ironia, Marga. La critica deve ironizzare, ma sulla tendenza all'eccesso di ironia nella misera letteratura che ci circonda, il mio maestro Northrop Frye..."

"E il mio. Cazzo."

"...il mio maestro Northrop Frye mi ha lasciato questo problema pronto per la sentenza. Una prova del fatto che ci troviamo in una fase ironica della letteratura consiste nel dilagare del romanzo poliziesco, per esempio. Dice Frye testualmente che le banalità più monotone e trascurabili della vita quotidiana diventano elementi dal significato misterioso e fatale. Tutto conduce a un rituale di individui sospetti interrogati sul conto di un cadavere. Questo è il *non plus ultra* della letteratura come rivelazione a partire da un mistero. È il degrado della logica letteraria."

"E ce lo vendono come il massimo della poetica della modernità neocapitalista."

"È l'alibi di natura ideologica dei Sánchez Bolín e compagnia bella."

"In mezzo a un'acuta contraddizione perché, se ben ricordi e mi pare che tu lo faccia quasi testualmente, Frye accusa il romanzo poliziesco di essere la propaganda avanguardistica dello stato di polizia, in quanto contribuisce a far accettare la violenza."

"La diagnosi di Frye andrebbe completata con quella di un altro purista imprescindibile."

"Steiner?"

"Marga, siamo telepatici. Mi hai tolto le parole di bocca."

"Da tutto quel che dicono, deduco che il romanzo poliziesco sia intrinsecamente perverso."

Vennero raggiunti al tavolo da una terza persona. Un tizio rubizzo con yacht privato, intuì Marga Segurola dal viso abbronzato.

"Lei fa parte di questa guerra?"

"Di che cosa sta parlando?"

"Lei è nuovo in questo tavolo."

"Sono venuto a salutare i miei amici."

E segnalò le due coppie relativamente giovani che avevano assistito abbattute all'ininterrotta conversazione tra Altamirano e la Segurola. Ferguson, della Pomares & Ferguson, si presentò all'intruso. Vini di Jerez, insinuò Altamirano all'orecchio di Marga.

"Mi rifiuto di accettare che vi sia qualcosa di intrinsecamente perverso, questo mi suona di Opus Dei."

Altamirano le propinò un calcio sotto il tavolo e così Marga poté capire che stava parlando con un membro avvinazzato dell'Opus Dei.

"Anche se non ho nulla contro l'Opus Dei. No. No, il romanzo poliziesco non è intrinsecamente perverso, ma nemmeno necessariamente eccelso, come sostiene Mandel, che è un trotzkista e ritiene che il solo romanzo eticamente meritevole sia quello poliziesco. Rinnego la narrativa cosiddetta 'maggiore', e questo anche se il trotzkismo m'appassiona."

Le altre coppie non avevano nulla in comune tra loro, ma la Segurola calcolava il loro peso in oro, in quanto fondazioni future appena la Legge fosse stata approvata. La Segurola aspettava di poter fare consulenze amene, che le consentissero scelte dispotiche ma colte: questa cosa sì, quella no, questo qui no, quell'altro nemmeno. A loro volta gli altri sapevano o intuivano di essere non solo sotto la tutela di lettori privilegiati, ma anche al tavolo del potere letterario, della donna che portava in televisione o nei supplementi culturali gli scrittori che lei voleva scegliere, protetti dal critico che separava il Bene dal Male in letteratura e che, ogni anno, in coincidenza con la Fiera del Libro, faceva conoscere le selezioni nazionali degli scrittori senior insieme a quelle dei giovani under 21. Ma se quel cantiniere o vinattiere o quel che fosse di Jerez aveva un grosso capitale e una specializzata cultura minore da baciapile, poteva essere un mecenate prodigioso. Marga sentì di dover tendere un ponte.

"Non è intrinsecamente perverso se il romanzo si chiama *Delitto e castigo*."

"O *Santuario*," aggiunse Altamirano.

Regueiro Souza aveva seguito le disquisizioni del duca con faccia da esperto di aristocrazia e della Scuola di Francoforte, ma di tanto in tanto ammiccava in direzione dei commensali non del ramo in cerca di complicità; soltanto Pomares Ferguson, fino a quando non se ne andò, restituiva gli ammiccamenti che Regueiro non considerò di appoggio, ma frutto della pochezza di un invitato zitto, zittito e illetterato. Hormazábal, invece, non gli dava retta.

"È la prima volta che ti vedo a un premio letterario."

"Logico. È la prima volta che ci vengo."

"Non ti interessa la letteratura."

"È un piacere segreto, come il voto."

"Ma tu voti?"

"Insisto. È un piacere segreto."

Regueiro approfittò di un decimo di secondo di silenzio del duca che si bagnava le labbra con il *cava*, per intrufolarsi nello spazio verbale di Beba Leclercq. Regueiro usò più malizia nello sguardo che nella domanda.

"Beba. Dov'è tuo marito?"

"Sono forse responsabile del mio padrone?"

"Ma quanto sei evangelica, ragazza mia. Si nota che leggete *Cammino*[*] tutte le sere. Ma se aspetta di poter parlare con Lázaro, si sbaglia. Io ci ho provato e ha svicolato."

"Perché dovrebbe parlare con Lázaro?"

"Davvero lo vuoi sapere?"

"Davvero."

Beba esagerò la sensazione di scomodità e si alzò in piedi raccogliendo la sua borsetta e indicando chiaramente di doversi dare una rinfrescata al trucco. Al duca non sfuggì la sfida degli sguardi sorridenti.

"Può darsi, miei cari, che semplicemente marito e moglie siano andati alla toilette."

E i tre guardarono verso l'uscita che portava ai colossali gabinetti dell'Hotel Venice, ma sulla strada gli occhi e le diottrie del duca si soffermarono perspicaci sulla conversazione a tu per tu tra Beba Leclercq e Alvarito Conesal, poi giocherellarono con la figura di Sagalés impegnato nella ricerca di qualcosa o qualcuno. Lo scrittore tentava ancora di localizzare l'appassionato di whisky e finalmente lo vide davanti alla porta che metteva la sala in comunicazione con il resto dell'albergo. Se ne stava appoggiato a uno stipite e li guardava con fastidio controllato. Stava andandogli incontro quando si imbatté nella signora Puig che usciva dalla toilette.

"Che coincidenza! Lei deve avere capacità magnetiche."

"Tutti i giorni mi prendo il mio bicchierino di acqua magnetizzata."

"Lei ha qualcosa che calamita."

La signora si avvicinò allo scrittore.

"Non accetto proposte indecenti in pubblico."

La signora si avvicinò ancora di più.

"E in privato?"

Le dita inanellate si mossero per mostrare un pezzetto di carta ripiegata che lasciò nella mano di Sagalés. Lui se lo mise nella tasca della giacca e seguì la donna verso il loro tavolo. Aveva un culo piuttosto ben conservato. Ma dal culo della signora Puig passò al viso patetico di Manzaneque, ancora in piedi accanto al tavolo, come un eretico pellegrino in attesa dell'amni-

---

[*] Testo di José María Escrivá de Balaguer, sacerdote fondatore dell'Opus Dei.

stia papale, della risoluzione del suo sfortunato incontro, con gli occhi lacrimosi, il respiro affannato, tutta la tristezza di una vita breve ma piena di insuccessi, una vita in attesa di una parola luminosa del dio vendicatore.

"Sei sempre traumatizzato dal salmone."

"Non lo reggo," confessò il romanziere di Cuenca a Sagalés, con il quale cercò di riconciliarsi indicando un tavolo ben preciso.

"Ma io non reggo quello lì, e neanche la sua compagna."

Altamirano e Segurola, localizzò Sagalés.

"Non sono niente di speciale, ma in Spagna, vista la critica che c'è e la ruffianeria culturale, sono senza pari. No?"

"Dici così perché Altamirano ha parlato bene del tuo *Lucernaio a Lucerna*, ma quel figlio di puttana non mi aveva manco incluso nella selezione dei giovani romanzieri più promettenti."

"È importante?", volle sapere la signora Puig.

"Rischi forte. Come quelle valutazioni ricevute a scuola, che ti perseguitano per tutta la vita. Ti segnano. Lui invece quando mi vede mi dice: Seguo quello che scrivi, Manzaneque, lo seguo. Sarai splendidamente classificato per affrontare il Duemila."

"Questo me l'aveva già promesso nel 1984."

"Perché allora ti sarebbe spettato. Ma in questa società letteraria di merda o vinci un premio di quelli grossi e riesci a inserirti nel mercato, oppure ti dedichi a fare l'anacoreta letterario in attesa che Altamirano e i suoi consimili ti regalino tre righe in un giornale."

La signora Sagalés si era inzuppata l'anima e il corpo con tre bicchieri di whisky e rivolse uno sguardo materno al miglior romanziere gay di Cuenca.

"Siediti, figliolo. Non startene lì in piedi che non sarà Sagalés a dirti grazie. Tra qualche anno, quando mio marito sarà uno scrittore sessantenne, stanco di inseguire la gloria, il denaro e la letteratura, e tu sarai una promessa cinquantenne, le regole del gioco saranno cambiate. Chiedigli di sedersi, Oriol. Investi nel futuro. Pensa che questo ragazzo vivrà più di te, che potrà dirne di cotte e di crude sul tuo conto nelle sue memorie, e impedire persino che ti venga dato il Premio Cervantes o un posto al ricovero dei vecchi scrittori. I giovani scrittori di provincia arrivano solitamente dove si propongono, trovano sempre una fessura nella cattiva coscienza degli scrittori di Barcellona o di Madrid dalla quale intrufolarsi. Nella vita tutto è questione di tempo e di grado. Bisogna sempre aspettare. Per avere un telefono, per esempio. Ricordi quanto ci costò avere il telefono in casa?"

Sagalés assentì, ma il tavolo di Alba attirava tutti i suoi sguardi. Percepiva un certo fastidio nel vedere il calvo abbronzato e tanto bene addobbato, mentre Alba continuava a parlare in modo blando, ironico, come il personaggio di un romanzo di Huxley, *Punto contro punto*, per esempio. Per un momento credette che Alba lo avesse notato in mezzo agli altri e alzò un braccio come ricevuta di ritorno dell'interesse del duca, ma era stata una falsa impressione perché l'altro non gli ricambiò il saluto. Sagalés atteggiò un sorriso ironico e riguardò i commensali tentando di capire se avessero captato il suo gesto fallito. Lei. Lei sì lo aveva captato e lo stava insultando con il suo sguardo-messaggio: sei un venduto, dietro tutta la tua prepotenza sei un venduto e daresti via il culo per il commento favorevole di un qualsiasi mandarino. Altamirano esprimeva in quel momento tutto il suo accordo con George Steiner senza ottenere nient'altro che una smorfia dubbiosa da parte di Marga Segurola.

"Credo che la morte della parola sia inevitabile. Ricorda l'esempio proposto da Steiner in *Langage et Silence*. Il suono musicale e la riproduzione d'arte occupano nella società colta il posto un tempo occupato dalla parola."

"Steiner. Steiner. Sempre così tassativo. Io ribalterei questo pessimismo. La grande minoranza culturalizzata ha fatto molto male alla cultura seria e prima se ne vanno i topi dietro il pifferaio di Hamelin della musica e delle riproduzioni, prima la cultura resterà soltanto per noi."

"Hai istinti aristocratici e criminali."

"Nessuno ha mai ucciso come l'aristocrazia. Ma ci mancherebbe solo che diventassi protagonista di un romanzo poliziesco. Per quanto riguarda il genere poliziesco, sono quasi d'accordo con chi dice che si tratta di una trasposizione della mitologia del labirinto aggiornata secondo lo schema del labirinto urbano. Ricordi il 'labirintismo' romantico di Walpole nel *Castello di Otranto*?"

"Per Dio, non corrompere il mio immaginario del labirintico. Nemmeno nella contemporaneità patteggio con i labirinti di cartapesta del romanzo poliziesco. Io mi fermo ai labirinti di Kafka, Beckett, Perec, se proprio me lo chiedi."

"Perché dovrei chiedertelo? A te Perec non piace."

"Lo adoro ed è vero che il labirinto parigino di *Un uomo che dorme* è una delizia."

"Una delizia piena di topi, a dire il vero."

"Patricia Highsmith ci ha insegnato che i topi sono meglio delle persone."

"Si è limitata a dimostrare che sono migliori dei bambini. Ma i bambini, sono persone? Guarda, guarda che tenero, che tenero incontro."

Altamirano seguì l'indicazione visiva di Marga e notò il dialogo appassionato fra Beba Leclercq e Alvarito Conesal, catturato proprio mentre stava per uscire dalla sala. Lei lo rimproverava con emozione, lui cercava di sfuggirle, e quando ci riuscì e raggiunse l'uscita si imbatté in un nero che lo trattenne suo malgrado. Ma a un tratto il suo atteggiamento cambiò e si passò una mano sul viso, mentre tutto il corpo si trasformava in una tesa domanda rivolta all'informatore. Avevano detto qualcosa a voce alta, perché si creò una certa agitazione del personale davanti alla porta.

"Forse stanno per cominciare le votazioni," concluse Altamirano, seppure un po' sorpreso dagli atteggiamenti esagerati, spropositati in un premio letterario, per quanto ricco. Alvarito Conesal, che era rimasto rigido, paralizzato, perplesso, accanto a un nero dall'espressione preoccupata sotto l'architrave della porta, attirava sempre più l'attenzione, accentuata quando le squadre di tutte le televisioni cominciarono ad avanzare come pachidermi, con il riflettore puntato sulla fronte di ogni soggetto televisivo collettivo, verso le persone accalcate, mentre spuntavano come funghi le domande:

"Che cosa è successo?".

"È successo qualcosa?"

Le domande nell'aria circolarono da un tavolo all'altro fino a rimbalzare contro quello della presidenza dove la moglie di Lázaro Conesal si sollevò poco a poco mentre scrutava il figlio in lontananza, ormai prigioniero delle luminarie televisive.

"Che cosa è successo? Si sta per assegnare il premio?"

Álvaro si alzò in punta di piedi per distinguere sua madre al di sopra della cerchia di persone e di luci, e finalmente parlò all'orecchio dell'evidente poliziotto segreto che gli stava accanto. Gli stava dicendo di andare a informare la madre, ma la donna si era ormai alzata e avanzava quasi di corsa verso la porta dove si trovava suo figlio circondato dalle guardie del corpo infervorate e da personaggi che non riusciva a distinguere. Non le piacque lo sguardo di inquietudine e scoramento inviatogli da quell'uomo che li aveva accompagnati in macchina, il cui nome non le veniva subito in mente. Ma le venne quando, arrivata alla sua altezza, ascoltò la domanda rivoltagli dallo scrittore Sánchez Bolín.

"Cazzo, Carvalho. Mi può spiegare che cosa è successo e che cosa sta facendo qui?"

Carvalho rilesse: "Era naturale che il tango nascesse in un postribolo, ed è vero quanto Lugones aveva fatto notare con disprezzo: che era stato generato dalla prostituzione". "Verso fine secolo," scrive Ernesto Sábato, "Buenos Aires era una gigantesca moltitudine di uomini soli, un accampamento di laboratori improvvisati e cortili", e quel conglomerato "fa vita sociale nelle taverne e nei postriboli." Chiuse il libro, riguardò il titolo e il nome dell'autore: "*Le città – Buenos Aires – Horacio Vázquez Rial*", e già si accingeva a buttarlo nel fuoco del caminetto in uno dei suoi gesti più meccanici, quando venne colto dal dubbio sull'opportunità di documentarsi ulteriormente su Buenos Aires prima di andarci in visita professionale. Tu che ne sai di Buenos Aires? Tango, *desaparecidos*, Maradona... Perón, Eva Duarte de Perón, Nacha Guevara, *Don't Cry for Me Argentina*, la carne congelata del dopoguerra, Zully Moreno, Mirta Legrand, Luis Sandrini, El Zorro... zorro, zorrito... per grandi e piccini... Cercava di ricordarsi nomi di scrittori che probabilmente aveva letto, gli venne addirittura in mente una frase di uno di loro col nome di una marca di un olio d'oliva famoso. Borges, o qualcosa del genere. La luna del Bosforo è la stessa di... Non ricordava la frase completa, forse non cominciava nemmeno così, ma si riferiva alla metafora della luna indifferente alla concretezza terrena. Borges. Senza dubbio si chiamava Borges il creatore della frase che non ricordava e quindi era quasi meglio dimenticarsi di un autore di cui aveva bruciato la *Storia universale dell'infamia*. Un lavoro in Argentina, cercare un suo cugino *desaparecido* volontariamente dieci anni dopo la caduta della Giunta Militare che aveva cercato di farlo *desapare-*

cer senza riuscirci. Forse la sindrome di Stoccolma in versione argentina, la pulsione di essere un *desaparecido* quando non ci sono più *desaparecidos*. Ricordava il mandato di suo zio che se ne stava seduto in una poltrona Emmanuelle su un terrazzo della Villa Olímpica di Barcellona, sminuito dagli anni, più di ottanta, come se ciascun anno avesse portato via con sé parte del suo volume, definitivamente rimpicciolito, quasi svuotato dallo scalpello del tempo, vecchio, inacidito, con sguardi come coltelli rivolti verso le finestre da cui lo osservavano di nascosto alcune nipoti vecchie e interessate. "Sono nelle mani delle mie nipoti... non voglio che quei corvi si prendano quel che appartiene a mio figlio... Chissà dov'è finito. Credevo che avesse superato la morte di sua moglie, Berta, e la *desaparición* della figlia... Fu negli anni duri della guerriglia. Rimase frastornato. Era stato anche in prigione. Avevo scritto al re, io, repubblicano da tutta la vita... me l'ero portato in Spagna... il tempo... il tempo che tutto guarisce, dicono... Il tempo non guarisce niente. Tu, tu puoi trovarlo. Sai come fare, non sei un poliziotto?" "Detective privato," rispose Carvalho, e sentì le sue stesse parole che cercavano di spiegare al vecchio la differenza tra un poliziotto e un detective privato, tra il pubblico e il privato. Non siamo forse in tempi di ritorno al privato? "Pensi, zio, che persino i poliziotti che sorvegliano il ministero degli Interni, quello dei poliziotti, possono essere privati. Lo Stato non si fida di se stesso." Ma l'ultimo fratello di suo padre rimasto in vita, lo zio d'America come sempre era stato chiamato con rispetto fino a quando Carvalho, ormai cresciuto, fu in grado di dubitare dell'esistenza degli zii d'America, non aveva più voglia di imparare cose nuove. Disponeva appena di spazio nel cervello per quelle vecchie.

Concesse l'amnistia al libro su Buenos Aires e cercò di immaginare il viaggio, l'arrivo, il recupero di una città in cui aveva trascorso solo poche ore come addetto alla sicurezza di Foster Dulles (o era Dean Rusk?), durante uno dei suoi incontri con il presidente Frondizi, sempre con la frustrazione di non aver potuto andare a Corrientes... "Corrientes, tre, quattro, otto, secondo piano ascensore, senza portiere né vicini..." Un tango. Un tango su nidi di sesso nei quali abitano cani di porcellana perché "...non abbaino all'amore". Ogni volta che la parola amore gli appariva sul soffitto di quel suo decrepito e trascurato soggiorno, gli cadeva addosso come una lampada dalla struttura ossidata e stanca a furia di non fare più luce. L'assenza di Charo gli consentiva di osservare senza rimorsi la progressiva distruzione del suo spazio. "Pepe, le case vanno curate, altrimenti cadono a pezzi." Cercò alla cieca alla sua sinistra la bottiglia di vino rosso, Rioja Alta, 904, si riempì un bicchiere aggredito dalle luminosità del fuoco e se lo scolò con sete, come se da settimane non bevesse vino rosso Rioja Alta, 904. La notte complica la solitudine. Mormorò; e rimase in attesa di un'associazione di idee o di ricordi, ma suonò soltanto il telefono ed era soltanto Biscuter. Soltanto Biscuter.

"Capo, l'hanno chiamata da Madrid. L'aspetta un aereo privato all'aeroporto del Prat. Sta a lei fissare le condizioni."

"Ma che mi stai dicendo, Biscuter?"

"Alla lettera, capo. La aspettano con un aereo al Prat e per il momento le pagano duecentomila pesetas per il disturbo di andare e tornare da Madrid. Ho qui il nome del cliente: Álvaro Conesal, e quello dell'aereo."

Sillabò con attenzione perché si trattava di un nome straniero.

"Pe-re-la-chés."

"Ma non hai imparato il francese quando rubavi macchine in Andorra e quando sei andato a Parigi per quel corso di minestre?"

"Certo, capo, ma lo sillabo per lei."

"Alvarito Conesal. Che gli succede, a quello lì?"

"È il figlio di suo padre."

"Suole accadere."

"Non legge i giornali?"

"Non li brucio nemmeno."

"Ostia, capo, lei vive proprio nella luna. Questo Conesal è figlio di quell'altro Conesal, 'il miliardario di acciaio inossidabile'."

"Esistono metalli più pericolosi."

"È quel tizio che ha più grana di tutti gli altri miliardari messi insieme, e l'ha accumulata in solo dieci anni. Duecentomila pesetas per andare a Madrid e tornare. Dovrà assistere a una cena durante la quale si assegnerà un premio letterario. E se una volta lì accetta l'incarico, ci saranno un sacco di soldi."

"Cena pagata?"

"Ostia, capo. Certo."

"Menù."

Ma no, non valeva la pena di chiedere il menù di una cena durante la quale si assegna un premio letterario. In tali circostanze la gastronomia è il meno e sarebbe una volgarità se la cena fosse migliore dell'opera premiata.

"Fa' che siano trecentomila e non scendere al di sotto di duecentocinquantamila. Nemmeno se ti assicurano che la cena è al Horcher, al Zalacaín o al Jockey."

"È in un albergo, capo."

"Lo temevo. Voglio inoltre che mi si garantisca che non devo leggermi per forza l'opera premiata."

Due ore dopo si trovava all'aeroporto del Prat e veniva portato da un furgoncino alle piste degli aerei privati dove lo aspettava un apparecchio che in realtà si chiamava *Père Lachaise*. Niente di simile agli aerei privati che qualche volta aveva utilizzato in America Latina per brevi percorsi. Ricordava un viaggio da Santo Domingo a Sosúa ai tempi in cui stava tentando di abbattere Bosch in favore di Balaguer, nonostante avesse frequentato fugacemente Bosch in un congresso di rossi dove era stato infiltrato dalla CIA. Bosch si vantava di essere quasi catalano: "Ho una 'zietta' chiamata María delle parti di Vilanova i la Geltrú". L'uomo aveva ragione in questo e in certi presupposti politici, ma venne abbattuto dagli americani con l'aiuto di Carvalho, anche se il detective si era rifiutato di assistere al momento vero e proprio della caduta: lontano dagli occhi lontano dal cuore, e tutto sommato l'intelligenza dei progressisti latinoamericani consiste nell'accettare il proprio destino di perdenti. La destra è sempre più intelligente. Ma l'aereo che lo aspettava era un piccolo velivolo transoceanico e si chiamava *Père Lachaise*, un nome sorprendente, da cimitero, anche se si trattava di un cimitero letterario per un apparecchio appeso al cielo.

Nemmeno il pilota dell'aereo somigliava a quell'ufficiale dominicano golpista travestito da civile, né l'aeroplano era quel miserabile trabiccolo che aveva attraversato l'isola da Sud a Nord come guidato da un asmatico amatore di aeromodellini. Carvalho penetrò in un Douglas transoceanico ammobiliato, cui mancava soltanto una piscina coperta; il pilota sembrava laureato in Scienze Aeree Esatte, anche se parlava come un pilota dell'Iberia salito di grado.

"Dove è seduto lei, si sono seduti capi di stato."

"Il capo se li porta a spasso?"

"Il capo li porta dove vuole."

"Non ne avete mai buttato giù qualcuno senza paracadute?"

"Non se lo lasciano fare."

"E con il paracadute?"

"Nemmeno."

Poi l'aereo decollò come staccandosi da una pista satinata e volò con ammortizzatori celesti, o forse così parve a Carvalho perché gli servirono un eccellente whisky di malto a lui sconosciuto, Scapa, tanto buono e leggero da sembrare un whisky dell'Aldilà. Lesse sull'etichetta della bottiglia che si trattava del whisky preferito dalla Royal Navy, stabilita sull'isola di Scapa, nelle Ebridi, in una base navale. I tramezzini erano di caviale iraniano o di prosciutto di Jabugo e sulla bottiglia di Mouton Cadet era scritto che si trattava di un omaggio del sindaco di Bordeaux, Chaban Delmas. Il vino venne servito in calici di cristallo con incisi lo scudo della città della Garonna e il nome di Lázaro Conesal a guisa di emblema urbano sullo *skyline* bordolese. Bordeaux? Una città? Un vino? Soltanto questo? Anche il romanzo di una scrittrice che ricordava vagamente, si chiamava Soledad. Soledad, e che altro? Ricordava il suo viso, eccellente per essere intravisto dietro le finestre di un paese con chiarori nordici. Soledad Puértoles, ecco il nome dell'interessata. Aveva tardato a ricordare il nome per intero, come se la scrittrice opponesse resistenza a incorrere nella stessa sorte del suo libro, bruciato nel caminetto di Carvalho, mentre il suo volto di dama rinascimentale veniva lambito dalle punte azzurrognole delle fiamme. Si versò una nuova porzione di Scapa e lo assaporò soddisfatto. Tutto era al suo posto. Finalmente aveva trovato un ricco che non nascondeva la sua ricchezza e la spartiva con i detective privati. Le due hostess erano più oceaniche che asiatiche, ma Carvalho trattenne la maleducata tentazione di domandar loro se fossero filippine o di qualche isola polinesiana. Due bellezze portatili che gli parlavano facendo le fusa come gatte raffreddate. Accogliendo tante delizie, il viaggio si fece breve, e senza cadere nella volgarità di esternare il proprio entusiasmo, domandò al pilota che gli si metteva mollemente sull'attenti come uno dei migliori maggiordomi inglesi interpretato quantomeno da John Gilgud:

"Quando si torna? Adoro viaggiare in questo dirigibile".

Il pilota era stato istruito a essere tollerante con i detective privati poveri, e gli rispose con un sorriso da militare effeminato, l'unico che gli consentisse un sorriso amabile. L'aereo aveva il suo spazio sulla pista di Barajas, e ai piedi della scaletta lo aspettava una Jaguar luccicante con autista vestito da ammiraglio della marina svizzera, che assicurò di chiamarsi Semplicemente José. Poi, ormai accomodato sugli ampi sedili posteriori tappezzati di pelle beige, Carvalho venne assalito dal mobile-bar foderato di cristallo nel cui centro spiccava una bottiglia di

Springbank 12 anni, il miglior Single Malt di questo mondo. I cubetti di ghiaccio sembravano cesellati da un designer di firma e per giunta appena arrivati dal Polo più costoso, indubbiamente dal Polo Sud. Carvalho bevve la pozione a lunghi sorsi, con gli occhi chiusi e un'estasi interiore che quasi lo faceva piangere. Essere in Paradiso doveva essere qualcosa di simile. Un percorso senza paesaggi da giudicare, su una Jaguar, bevendo un Single Malt come quello, in un bicchiere di cristallo che emanava scintillii di lusso, quasi fasci di luce.

Represse la tentazione di tenersi la bottiglia quando, a macchina ferma, l'autista aprì la portiera invitandolo a uscire in una zona della Castellana che il detective non ricordava, resa simile a Manhattan da una foresta di grattacieli di vetro che sembravano macroformazioni cristallografiche del Kripton di un Superman della Mancia. Non contò gli uscieri, le hostess, i maggiordomi, le segretarie che successivamente gli aprirono le porte di quella mattiniera torre di Babele, fino a quando si trovò in un ufficio dove immediatamente sentì la mancanza di una buca da golf, visto che il giovane che lo aspettava sembrava vestito più per giocherellare in ufficio sulla moquette verde che per ricevere detective privati. Forse gli hanno rubato la buca, i bastoni, la pallina e vuole che io glieli trovi. Era un giovane alto, volutamente sportivo, anche se qualcosa nella sua ossatura tradiva che non aveva fatto troppo sport o forse quel distacco lo insinuavano i suoi lineamenti poetici e un gilet di cachemire quasi etereo a compensare l'eccesso d'aria condizionata con programma da giugno, su un paio di jeans sporcati con cura. Senza dubbio scriveva versi fino a notte fonda e d'inverno aiutava suo padre a mandare in rovina i concorrenti. Non commise la banalità di chiedergli: "Forse lei si domanderà perché l'ho fatta venire?", ma gli indicò invece una poltrona dove sedersi, e depositò il suo piccolo culo sull'orlo della scrivania di costosissimo legno. Carvalho occhieggiò i titoli di alcuni libri incastonati tra i logici dizionari enciclopedici da ufficio: *Butamalón* di Eduardo Labarcz, *Tra i vandali* di Buford, *L'amore e altri demoni* di Gabriel García Márquez, *Cambio di bandiera* di Félix di Azúa, una raccolta completa della rivista "Ajoblanco" e un'altra dell'"Europeo", libri di autori più enigmatici per Carvalho di tutti gli altri e senza alcun dubbio bruciabili: Mañas, Loriga, Gopegui. Belén Gopegui. Devo bruciare un libro di questa ragazza, pensò Carvalho, eccitato piromane davanti alla semplice eufonia di quel nome e cognome. Sembravano libri letti, ma il ragazzo golfista e lettore gli stava parlando.

"Ho bisogno di un detective privato per domani sera. Verrà assegnato il Premio Letterario Venice-Fondazione Lázaro Conesal, istituito da mio padre, e abbiamo ricevuto minacce anonime. Senza dubbio sono prive di importanza. Abbiamo bisogno di qualcuno nel locale che osservi e prevenga, ma senza intervenire direttamente perché disponiamo già di un servizio di sicurezza per evitare che qualcuno si avvicini a mio padre con cattive intenzioni. Mio padre è uno degli uomini più odiati di Spagna. Duecentocinquantamila pesetas per essersi prestato ad ascoltare quest'offerta e un milione di pesetas se l'accetta."

Carvalho incrociò le gambe e guardò significativamente una bottiglia di cristallo di rocca che luccicava splendida su un vassoio d'argento.

"Si serva da solo."

Lo fece. Generosamente. Allungò il bicchiere pieno nell'aria come in un invito al suo anfitrione.

"Non tocco quasi l'alcol."

Carvalho si sedette di nuovo. Assaggiò il whisky. Non era quello dell'aereo, ma nemmeno scadente.

"Un JB 12 anni?"

"Ignoro tutto sull'arte del bere e mangiare. È José a riempire tutte le bottiglie di casa. È il responsabile degli approvvigionamenti minori."

Sprecato, quel giovane. Dopo avere assaporato un lungo sorso, Carvalho studiò la distanza psicologica che si era stabilita tra un bevitore e un non bevitore. L'astemio sembrava tollerante. Gli sorrideva generoso, come compiaciuto del suo godimento. Era un bravo ragazzo.

"Suppongo che suo padre viva circondato da guardie del corpo pubbliche e private. Cosa c'entro io in tutto questo? Non si fida della polizia?"

"La polizia ha un cip che in questo caso non mi interessa."

"Le interessa il mio cip?"

"Lei brucia i libri e si dice che sia anticapitalista in modo adolescenziale. Inoltre, ha mestiere. È la persona più adatta a controllare una riunione piena di pescecani del capitalismo e della letteratura e a proteggere quindi mio padre, di cui deve avere una pessima opinione."

"Non avevo nessuna opinione di suo padre. Le mie buone o cattive opinioni sono civili. Ma dopo aver viaggiato sul suo aereo e aver assaggiato i suoi liquori, ho un'ottima opinione di suo padre. Sa vivere. Mi piacciono i ricchi che lo sono fino all'estreme conseguenze. Persino fino alla sedia elettrica. Lei scrive o si arricchisce?"

"Sono già ricco, e scrivo."

"Si presenta al premio?"

"Il premio è un'idea di mio padre. Io gli avevo proposto di premiare un'opera già pubblicata e lui mi aveva risposto che preferiva scoprire qualcosa di nuovo. Inoltre, in questo paese la gente legge solo quello che è stato premiato."

"La giuria?"

"Segreta. Ma figura nella documentazione trasmessa al ministero della Cultura."

"Accetto a una condizione."

"È il momento di fissarle."

"Che il viaggio di ritorno sia esattamente come quello di andata. La stessa auto. Lo stesso aereo. Lo stesso whisky."

"Accordo fatto."

E arrotondò la buona impressione creata mettendo una busta nella mano di Carvalho non occupata dal bicchiere di whisky.

"Per le sue spese a Madrid. Argent de poche. Denaro extra che non intacca la cifra globale che le ho proposto. Questa sera ha una stanza prenotata al Palace, a meno che non sia solito alloggiare in qualche altro albergo."

"È un hotel molto caro?"

"Credo che sia tra i più cari. Vuole disporre della stessa auto per i suoi spostamenti a Madrid?"

"No. Quella è un'auto per spostamenti iniziali o finali. Non per andare a prendere l'aperitivo con le *tapas*."

"Vada a riposarsi. Si presenti qui alle undici. Dovrà conoscere mio padre, qualche dettaglio su quello che accadrà stasera, sul chi è chi, e poi sarebbe conveniente che desse un'occhiata al posto dove viene consegnato il premio e scambiasse qualche opinione con i poliziotti veri."

Si era sempre in piena confusione ideologica. Per quel giovane rappresentante della nuova oligarchia, i poliziotti veri continuavano a essere quelli pubblici, ma si serviva di un investigatore privato. L'eterna ambiguità spagnola, pensò e sospirò Carvalho.

"La cerimonia del premio ha luogo all'Hotel Venice. È di nostra proprietà."

"E dove si trova?"

"Verranno a prenderla al suo albergo, al Palace."

"No. Voglio camminare un po' prima di incontrare suo padre."

"Qualsiasi tassista la porterà al Venice. Oppure ci chiami, a qualsiasi ora. La verremo a prendere."

Osservatorio privilegiato del Parlamento, il Palace a quell'ora era disabitato di se stesso, disabitato di incontri trascendenti e intrascendenti. Sotto il lucernaio di vetri policromi, il cortile centrale tra il neoclassico e il pompier era fermo nel tempo in attesa che il pianoforte si riprendesse e accompagnasse i piatti pronti sul buffet o le cospirazioni commerciali e politiche. Sembrava un albergo abbandonato a due venezuelani con postumi di sbornia, mentre il tabellone degli annunci conservava memoria di quanto era accaduto nelle sue sale: un convegno della Nissan, la riunione dei venditori della Margaret Astor, un simposio della gioventù liberale della Comunità Autonoma di Madrid e una degustazione con dibattito sul caviale di lumaca, nel salone Hemingway, precisamente nel salone Hemingway. Si rese conto che erano le tre di notte quando si lasciò cadere sul letto a quasi quattro piazze di una confortevole suite a misura di principi eredi quantomeno di San Marino, in quell'albergo di fronte al Parlamento spagnolo, il posto ideale per sapere prima di chiunque altro se c'è stato un colpo di Stato. Cominciò a congetturare che cosa si potesse aspettare da Madrid nelle ore che mancavano all'assegnazione del premio, escludendo i contatti programmati da Álvaro Conesal. Per esempio, con chi avrebbe pranzato? L'ultimo legame con Madrid lo aveva stabilito quindici anni prima grazie a Carmela, la guida che il PCE[*] gli aveva messo a disposizione quando indagava sull'assassinio al Comitato Centrale. Carmela quindici anni dopo. Carmela quarantenne. Forse anche più che quarantenne. Quella ragazza magrolina, con gli occhi a mandorla e le belle gambe che parlava come una figlia di Madrid nel gergo cosiddetto *cheli* degli anni settanta. Dittatura del proletariato in chiave di menefreghismo postmoderno, capace di tradurre il *Che fare?* di Lenin in *Come cavarsela?*. Carmela. Dopo aver ripetuto più volte quel nome si addormentò, ma appena si risvegliò sentendosi estraneo a quel letto, a quella stanza, a quella città, a quel paese, estraneo a se stesso, il primo punto di riferimento certo fu il nome di Carmela e la sua figura riscattata dal reparto degli immaginari della memoria. Quella professionista del Partito Comunista che gua-

---

[*] Sigla del Partito Comunista Español (Partito Comunista Spagnolo).

dagnava trentaseimila pesetas al mese per un lavoro che le impegnava l'intera giornata "...e alcune notti", e che alle manifestazioni portava anche – gratis – il bambino: "Il bambino se ne sbatte di tutto. Per lui fa lo stesso se lo porto a una manifestazione per il divorzio o l'aborto o a una manifestazione per i panini coi calamari. Tanto a lui piacciono gli hot-dog...". Carmela portava delle calze bianchicce di moda quell'anno, forse per dare maggior consistenza a un paio di gambe nel giusto limite della magrezza o per nascondere i grappoli di vene azzurre che dovevano affiorare da quella pelle trasparente che le si attaccava agli zigomi, quasi forzando le cose per lasciare spazio agli occhi ben dipinti, eccessivi, che prendevano il posto del naso fin troppo piccolo e delle guance che per sorridere dovevano chiedere permesso alla bocca per disegnarvi una dolce ruga tesa come un arco accanto agli angoli delle labbra, costantemente umettati da una lingua minuta. Perché gli tornava in mente con tanta forza quel viso da gazzella bruna? Forse perché aveva nascosto a se stesso di aver continuato a desiderarla per tutta la sua traversata lungo la Madrid del 1980 in cerca dell'assassino del segretario generale del Partito Comunista Spagnolo. Ricordava anche il commiato in aeroporto: "Torna un giorno o l'altro, quando avrai risolto la contraddizione tra il culo astratto e il culo concreto delle compagne". E Carvalho le aveva risposto, inghiottendo il groppo di desiderio che aveva in gola: "Devi mettere su cinque chili. La mia coscienza mi impedisce di andare a letto con una donna che ne pesi meno di cinquanta". "Ma se ne peso cinquantatré!" "Peccato. Perché non me l'hai detto prima?"

Ma la diagnosi di Carmela era giusta, almeno fino a quando non avesse risolto la contraddizione tra il culo astratto e il culo concreto delle compagne. Le aveva ricordato quella storia dei tempi della clandestinità, a Parigi, quando il segretario generale aveva sgridato una coppia di giovani comunisti sorpresi in piena fornicazione: "Dopo tutti i sacrifici che ci è costato farti uscire dalla Spagna, adesso ti interessa di più il culo di questa compagna che non quello di cui stiamo parlando". Come era nata quella battuta? Da dove spuntava fuori quella distinzione di Carmela tra culi astratti e culi concreti?

Aveva sognato culi più o meno riconoscibili. Quello di Muriel, la sua donna in quella lunga adolescenza sensibile finita quando si fece carico dell'insicurezza di Kennedy. Il culo della cilena che si prese gioco del suo desiderio. E a partire da questi due culi riconoscibili, concreti, un carosello di culi di cui aveva dimenticato il cognome, e così fino al suo pieno risveglio, con gli occhi diventati ormai due culi sodi e introversi. Culi astratti? Concreti? Nel passato era stato un eccellente culologo, attratto dalla quantità di patria, abbraccio, bacio e carezza posseduta da un culo femminile. Non ricordava mai, invece, il culo di Charo. Lei faceva l'amore con Carvalho come una dilettante, passiva e faccia a faccia, cercando di far dimenticare che con gli altri era una puttana. Perché aveva dimenticato il culo di Charo?

Aveva tutta una raccolta di enigmi peggiori e tutti senza risposta e si accinse a passeggiare un po' per le strade prima di incontrare i Conesal, ma passò innanzitutto dal buffet del Palace per fare colazione insieme a uomini d'affari e giapponesi indeterminati, tutti immigranti fugaci, che facevano provvista di proteine e calorie prima di addentrarsi nella giungla di Madrid con l'intenzione di vendere o comprare qualcosa. Sotto la cupola vetrata della hall dove si cucinava e ricucinava una buona parte dei minestroni della vita politica rappresentata nel vicino Palazzo dei Congressi, lo spazio vuoto, quasi appena sveglio, mascherava la sua vocazione alla ruffianeria. Madrid è una città dove sempre si compra o si vende qualcosa troppo ovviamente, e il Palace è uno dei suoi migliori bazar. Madrid era stata una città di un milione di cadaveri dopo la guerra civile, secondo l'opinione di un poeta.[*] A Carvalho parve la città di un milione di gilet in quella Transizione alla Democrazia diretta da giovani dirigenti di transizioni che indossavano il gilet per sentirsi più vertebrati. Poi i socialisti si erano tolti i gilet e quelli saliti al potere scoprirono le camicie di marca. Adesso osservò il ritorno di qualche gilet. Presto sarebbero tornate le destre al potere. Madrid era diventata la città di un milione di dossier, dove tutti trafficavano con quello che sapevano sulle fogne altrui.

Era da tempo che non godeva delle raffinatezze del buffet o del brunch, e quello del Palace era a metà strada tra lo splendore goloso degli alberghi di lusso dei paesi sottosviluppati e l'autocontrollo calorico dei migliori alberghi svizzeri. Equilibrato. Si servì due bicchieri di spumante catalano con succo d'arancia, in omaggio ai risvegli meticci di Winston Churchill, un seguace dell'incontro mattutino tra vitamina C e anidride carbonica vinificata, e anche se abbondò nelle porzioni di formaggi leggeri e prosciutto cotto, capì di avere ecceduto quando scoprì in se stesso energie inattese e la voglia di conquistare la città. L'ap-

*Riferimento a una poesia di Dámaso Alonso.

puntamento con i Conesal nella centrale del loro impero era per le undici, e i suoi passi lo avvicinarono via via alla geografia recuperata del quartiere Huertas, e anche se non ricordava esattamente il nome della strada dove viveva Carmela, era convinto di saperla trovare. Salì calle del Prado dove i negozi di antichità e le sale di esposizione erano ancora chiusi per uscire nella malinconica indeterminatezza di piazza Santa Ana, piena di birrerie, con la nota esotica di un bar polinesiano, all'ombra del pesante art-déco dell'Hotel Victoria. Retrocesse per entrare in Echegaray e vedere se fosse sempre aperto il ristorante Bodeguita del Caco, cibo cubano e canario, e gli parve di ricordare che la strada di Carmela si chiamasse Espoz y Mina nel ripercorrere mentalmente l'itinerario seguito la sera in cui aveva cucinato in casa della donna. Non ricordava nemmeno come facesse di cognome, per cui dovette inventare una necessità e un ritratto approssimativo del personaggio che spiegò nei negozi dove supponeva andasse a fare la spesa.

"Non può essere che doña Carmen. La madre di Dio ci becchi confessati."

La proprietaria di una cartoleria con la vetrina farcita di novità della Editorial Planeta, saggi scritti d'urgenza per la nuova destra e libri utili per adolescenti brufolosi, non sembrava una donna aperta a scherzi o a pettegolezzi, per cui una frase come "Dio ci becchi confessati" doveva significare qualcosa.

Che Carmela avesse un figlio diciottenne era prevedibile, ma che fosse diventato un cantante rock era eccessivo. Ciononostante Carvalho si arrampicò fino all'appartamento della donna per una scala tipica di quei quartieri madrileni, gradinate di ampi legni consunti, e premette più volte il campanello. Nessuno gli rispose ma gli parve di sentire della musica proveniente dall'appartamento e insistette a scampanellare fino a scaldare il tasto.

"Arrivo! Arrivo, cazzo! Mi sta spaccando i timpani!"

Dio ci becchi confessati, pensò, e infatti la porta si aprì per mostrargli un giovane dal viso brufoloso e di malumore sotto una testa rapata. Da quel viso emergeva un nasone da cui pendeva un cerchietto e un altro cerchietto pendeva dal sopracciglio sinistro. Gli occhi del ragazzo erano chiari e non erano indignati quanto la sua voce o la sua smorfia. Aveva la faccia da cantante di hard rock.

"Ho insistito perché mi è sembrato di sentire della musica."

"Senza la musica non riesco a vivere, e nemmeno a dormire."

"Cerco una certa signora Carmen."

"Mia madre. È allo scannatoio dalle otto. Quella lì si strafà di lavoro."

"Mi spiace. Sono a Madrid solo oggi e domani, e torno a Barcellona dopodomani presto."

"Un polacco."*

"Non sono polacco."

"I catalani sono polacchi. Non li ha mai sentiti parlare?"

"Le dica che è passato da qui Pepe Carvalho, quel gagliego di Barcellona che conobbe ai tempi dell'assassinio al Comitato Centrale."

"Un altro trinariciuto, ecco."

"Sua madre è ancora comunista?"

"Lei dice di no, ma segue il segretario Anguita come se fosse Michael Jackson, e Anguita ha qualcosa di Jackson, è un rosso sbiancato o un bianco arrossito. Mia madre se la fa con tutte le società segrete del rossume: SOS Razzismo, Diritti Umani, Via le Mani dal Chiapas..."

Aveva lasciato che la porta si aprisse ed eccolo lì, lo spilungone dolorosamente inanellato, con i pantaloni del pigiama e il torso nudo pieno di tatuaggi tra cui spiccava l'enorme scritta: *Non raccontarmi che la tua infanzia fu un patio di Siviglia*. Un flash della memoria aggredì Carvalho quando avanzò di due passi nell'anticamera. Il bambino di Carmela era biondo, biondo camomilla, come tutti i bambini biondi di Madrid all'inizio degli ottanta, e domandava alla madre perché le galline volassero poco.

"Chi ti ha detto questo, cuore mio?"

"La signorina. Per questo non c'è bisogno di tenerle in gabbia come le cocorite. Mamma, chi è questo signore?"

Ora il post-rockettaro con pochi capelli biondi tinti e con mèches color lilla avanzava per l'anticamera di casa sua a piedi scalzi e agitava le mani cercando un pezzo di carta e una matita per segnare l'indirizzo di Carvalho. Li trovò in un cassetto della console e quando si voltò verso l'intruso per farsi dettare i dati lo vide che se ne stava a guardare mezzo affascinato un cartellone attaccato al muro all'inizio del corridoio.

Gran concerto delle star di Alcobendas:
"Dio ci becchi confessati"

* Appellativo scherzoso, talvolta denigratorio, dato ai catalani da alcuni madrileni.

"Le galline volano poco"
"Presentazione del nuovo disco al
Palasport di Getafe:
Omaggio a García Madrid."

"Le galline volano poco," mormorò Carvalho.

"Per questo non le tengono in gabbia. Mi vuole dire come si chiama e dove si nasconde, nel caso mia madre decida di darsi una mossa?"

Carvalho ripeté il suo nome e disse di essere rintracciabile al Palace fino a sera, e in seguito al Venice. Quando pronunciò la parola Venice, gli occhi del ragazzo diventarono infantili per affacciarsi a una mitologia propizia.

"Il Venice? Lei è stato al Venice?"

"No. È un albergo. Che cos'ha, questo Venice?"

"La roba più da sballo che c'è a Madrid, il massimo del design, senta, l'anno Tremila, ma in modo, chessò, in modo tenero, non schizzato alla Robocop e via dicendo, mi creda, roba da frittata di uova di cimice."

Era troppo per la capacità metaforica di Carvalho che uscì dall'appartamento inseguito dalla calda curiosità del ragazzo.

"Può anche darsi che venga con mia madre a trovarla al Venice."

"Attento che non le strappino gli orecchini, hanno il metal-detector."

"Ho gli ori assicurati. Ma mi piacerebbe un sacco entrare in quel santuario, e il suo proprietario, quel tizio, il Conesal, mi manda nel pallone. Quel figlio di puttana se ne intende persino di economia. Ha visto quegli annunci con il bambino che dice: Da grande voglio essere Lázaro Conesal? È un vincente. Io sballo per i vincenti, i perdenti mi fanno sbadigliare il buco del culo."

"Che cosa ne pensa sua madre di Lázaro Conesal e del fatto che a lei sbadigli il buco del culo?"

"Di Conesal dice bla, bla, bla, e poi ciancia della cultura del mordi e fuggi, del capitalismo selvaggio eccetera eccetera, e del buco del culo che sbadiglia a lei non dico niente, perché una volta le ho urlato che intendevo togliermi la rogna dal cazzo grattandola con il coltello e lei è schizzata a piangere."

L'immagine di un cazzo pieno di rogna grattata con un coltello lo perseguitò mentre constatava di malavoglia che i bambini crescono contro le fotografie del ricordo, persino contro le fotografie riscontrabili negli album. Si trattenne davanti ai negozi di coloniali trasformati in vetrine di cibi della Spagna interna, salami piccanti, sanguinacci, carne di maiale salata e una dichiarazione dei principi leguminosi: lenticchie francesi e di Salamanca, fagioli viola di Barco, viola di Tolosa, dell'occhio, per il riso, cannellini, borlotti, delle Asturie, della Vergine, fagioloni della Granja, e un po' più in là ceci di Arévalo, di Pedrosilla, fagioli neri messicani, rossi di León, fagioli primizia, farina per focacce, architetture di scatole di sgombri, di trippa, di vongole e dolci fanghi disidratati conosciuti come *polvorones*, e torroni e marzapani e scatole di cibo per cani e gatti del quartiere, esclusivamente del quartiere e che erano tanto ingrati da pisciare a ogni angolo di quel negozio di alimentari di un certo signor Cabello. Lo spettacolo era una sfida allo spirito di conservazione alimentare dei viandanti intimoriti dai nemici interni ingrassati dai cibi pericolosi. Non si poteva mangiare nulla di quello che si vedeva, tranne i legumi e in quantità prudenziali, come se i legumi si potessero mangiare con prudenza. Non si può mangiare con prudenza. Non si deve mangiare con prudenza. Se non si può mangiare non si mangia e basta. Carvalho portò la sua segreta indignazione giù per calle del Pardo e con la coda dell'occhio rimase ancorato a un mobile affacciato alla vetrina di un antiquario che faceva Moore di cognome, come i mediani del Manchester United e uno scultore di buchi. Il mobile che attirava l'attenzione di Carvalho era un vetusto tavolo rotondo a due livelli, con il centro occupato da raffinate brocche di cristallo della Granja per il vino e a livello inferiore l'intero piano circolare bucato da cerchi da cui pendevano i calici. Capì immediatamente che era il mobile della sua vita e conservò tale credenza fino a quando una signora disegnata per vendere antichità in piena gioventù gli disse che quel *wine-table* inglese del XVIII secolo costava un milione e seicentomila pesetas.

"Calici inclusi?", domandò Carvalho senza riuscire a trattenersi in tempo e meritandosi un sorriso ironico da parte della signora, improvvisamente consapevole del fatto che quel tavolo non aveva ancora un compratore. Carvalho si sentì ridicolo e appena in strada perse il sorriso di sufficienza astuta con cui aveva accolto il prezzo del tavolo della sua vita. Ti sei montato la testa con quel volo in jet privato, si disse mentre si voltava verso il *wine-table* della vetrina e gli diceva: Forse un giorno tornerò a prenderti e verserò nelle tue brocche due bottiglie di Rioja del mio stesso anno di nascita che ho tenuto da parte. Me le berrò alla mia salute il giorno stesso della mia morte. Riprese la strada in discesa verso plaza de las Cortes e verso l'albergo, ma ancora gli restavano tre quarti d'ora prima dell'incontro con Conesal, e attraversò una manifestazione arenata di studenti di Medicina che protestavano per la disoccupazione futura in presenza di guardie minaccianti e di gruppi residui di signori deputati che non erano ancora entrati nel palazzo del Parlamento, sia perché volevano considerare quanto è ingrata la gioventù con le loro misure legislative, sia perché pieni di nostalgia per i tempi in cui loro manifestavano contro la dittatura, constatando tuttavia come ora, nella comunione dei santi parlamentari democratici, non meritassero tanta incomprensione da parte di una gioventù che non si era guadagnata la democrazia con il sudore della propria fronte. L'industria del mangiare e del bere al servizio dei signori parlamentari si estendeva per le stradine intorno al Congresso, ed era rifornita a quell'ora da frittate troppo stantie e da panini di lonza di maiale che dimostravano quanto fosse diventato insipido il maiale dopo l'arrivo della democrazia. Forse il palato dei signori deputati non era troppo esigente e gli industriali del cibo lo sapevano, conoscitori di quanto la politica sia un piacere tanto autosufficiente da abbisognare raramente di altri.

"Carvalho?"

La bocca gli sapeva di cattiva frittata con patate reificata, senza l'anima succosa dell'uovo ammorbidito. Gli sapeva anche di vino di Rioja trasportato in oleodotto e in tali condizioni associava male le voci e le facce con la necessità di ricordare. Ci mise tre minuti e dovette individuare delle tracce per capire che dietro questo corpo inerme e coronato da una testa quasi pelata e canuta si trovava Leveder, il precario del PCE che non perdeva il senso dell'umorismo in piena tragedia dell'assassinio del suo segretario generale... Leveder, quell'"intellettuale organico di una direzione disfattista..." come lo definivano i comunisti del PCE, i comunisti più radicali.

"Lei ricorda ancora quella storia dell'intellettuale organico di una direzione disfattista? Bella memoria, la sua. Ma forse lei non sa che chi mi accusava di questo si è ammanicato con il partito socialista e adesso ha ammassato una fortuna che non vale meno di un miliardo. Di pesetas."

"Lei è sempre nel PCE?"

"No. Anch'io ero passato al Partito Socialista, alla cosiddetta Casa Comune, ma non sono stato fortunato come gli anticomunisti dell'estrema sinistra. A noi hanno dato meno corda. In fondo in fondo tutta la sinistra spagnola era anticomunista tranne quella del PCE. Eppure, anche il PCE era pieno di anticomunisti, io per primo. Si è mai domandato perché nel PCE militavano tanti anticomunisti? Non le pare un mistero metafisico il fatto che a quanto pare nemmeno nei vecchi paesi socialisti ci fossero dei comunisti quando hanno buttato giù il Muro di Berlino? Una banda di avventurieri. E poi, nel cosiddetto mondo libero, Carvalho, tutto era pieno di quei delinquentelli, pure loro avventurieri, dell'estrema sinistra. Persino quelli che in apparenza erano più comunisti del PCE a loro volta erano anticomunisti. Senta. Non le pare addirittura obsoleto parlare di comunismo e di anticomunismo? Lei crede che qualcuno sprecherebbe il proprio tempo in questa conversazione?"

"Posso farle una domanda politica?"

"Tu quoque, Carvalho?"

"Lei che ne pensa di Lázaro Conesal?"

"Io, qualsiasi cosa pensi il partito."

"Che cosa pensa del partito?"

"Puzza di morto."

"Il partito o Lázaro Conesal?"

"Entrambi. Ed è probabile che si uccidano a vicenda. Non possono convivere in uno stesso sistema di potere, soprattutto da quando il partito ha cominciato a redimersi dei propri peccati di corruzione. Lei mi sorprende. Che cosa ha a che vedere con Conesal? Sta indagando sul suo assassinio o cerca di impedirlo? Lei uccide quello che tocca. A me quello che fa schifo è la faccenda del GAL,* il fatto di essere complice di un governo che ha tollerato prigioni segrete socialdemocratiche, la pratica della tortura. Ma devo votare disciplinatamente. Il fine giustifica i mezzi, Carvalho? Il mio fine è continuare ad avere qualcosa a che fare con la politica. Possiamo vederci in un altro momento? Sto facendo tardi per la riunione della Commissione di Giustizia. Sono deputato."

"È difficile che ci si veda di nuovo. Torno domani a Barcellona."

Per esprimere la più abbattuta impotenza Leveder si trasformò in una croce di sant'Andrea umana e se ne stava già andando quando venne trattenuto dalla domanda di Carvalho.

---

* Sigla del Grupo Antiterrorista de Liberación (Gruppo Antiterrorista di Liberazione). Formazione paramilitare nata negli anni ottanta e a lungo attiva nella "guerra sporca" governativa contro l'ETA.

"Per quanto venderebbe quello che ha?"

"Non mi faccia piangere. E lei?"

"La farei piangere."

Lui inseguiva i fantasmi del 1980 e i fantasmi del 1980 inseguivano lui. Ricordava Leveder irritato fin quasi alla violenza dopo che il purissimo Cerdán aveva approfittato della presentazione di un libro per minimizzare il segretario generale del PCE assassinato poco prima: "Devo dirti che la tua omelia di stasera mi è sembrata una merda, una porcata. È stata un'omelia da avvoltoio, ti sei accanito sulla carogna umana di Garrido e sulla carogna politica in generale. Cin cin". Leveder, il conclamato leader della "frazione frivola", l'anarco-marxista messosi a fare il comunista per ragioni di efficienza storica. Carvalho uscì al Paseo del Prado dal lato del Palazzo di Villahermosa occupato dalla collezione Von Thyssen e continuò a risalire il marciapiede cercando di raggiungere in pochi passi il remoto orizzonte della Castellana trasformata in Manhattan. Quanto alle distanze, Madrid lo tradiva. Il suo senso dell'orientamento era rimasto intrappolato a Barcellona, e di conseguenza via via che i minuti diminuivano e l'orizzonte di Manhattan continuava a essere lì dov'era, esitò tra chiamare un taxi o telefonare al giovane Conesal perché mandasse la Jaguar di papà a prenderlo. Entrò in un caffè per telefonare e non si accorse che si trattava del Gijón* fino a quando non vi si trovò dentro.

"Il signor Álvaro Conesal?"

"Chi lo vuole?"

"Pepe Carvalho, il detective privato."

"Può dirmi il motivo della sua chiamata?"

"Devo incontrare il signor Conesal alle undici e non vedo modo di poter arrivare in orario. Mi potete venire a prendere con una macchina?"

"Non trova un taxi?"

"Don Álvaro Conesal mi ha offerto la Jaguar per i miei spostamenti a Madrid."

"Il signor Conesal possiede tre Jaguar. Quale delle tre?"

"Mi mandi la più bella. Credo che fosse verde."

"Lei si trova..."

"Sto telefonando dal Café Gijón."

"E per venire dal Gijón a qui lei pretende che le mandiamo la Jaguar Daimler...?"

* Storico caffè di incontri e cenacoli letterari, dove ancora si assegna annualmente il premio letterario Café Gijón.

"Signora. Non si scaldi. Si metta in contatto con don Álvaro e gli dica semplicemente che Carvalho aspetta la Jaguar al Café Gijón."

A quell'ora del mattino il locale ospitava solo consumatori di caffè macchiato più qualche frittella flaccida che aveva perso la sua consistenza iniziale, ma in omaggio all'immaginario delle frittelle Carvalho ne ordinò una e la masticò sperando che si convertisse in un succedaneo della *madeleine* di Marcel Proust, in grado di ricordargli tempi e frittelle migliori. Si era seduto a un tavolino isolato quasi unito a un altro dove discutevano due uomini sulla quarantina. Uno di loro portava una camicia bianca sporca, come sporchi erano i capelli canuti spettinati sul pallido viso con due occhiaie che sembravano cercare l'altra faccia della terra. Pronunciava a getti frasi che erano versi ostruiti da una bocca piena di pietre che lo ferivano. L'altro mostrava una cura della persona e un'eleganza ben progettate da violinista italiano celibe e un po' latin lover, anche se le sue mani troppo mobili occultavano una qualche tensione mentre ascoltava la lettura del *cahier de doléances* del suo compagno straccione.

"Credevo che la letteratura mi avrebbe consentito di toccare la tristezza vischiosa del mondo, il disincantato bordo di un assurdo pantano, tenendo tra le mani un animale immondo, selvaggio come il nero buco di quel corpo che mi fa sognare."

Non era ubriaco, ma non era nemmeno nella logica del Gijón né nel disagio del suo compagno che gli rispondeva con frasi non concertabili.

"Io entro in un armadio e consulto tutto, mentre fuori mi aspettano le nonne più tenaci. L'altro giorno ho detto a un tassista patriota: Colombo non era spagnolo. Colombo era di Genova."

"Tutti gli accademici hanno l'anima piena di formiche rosse, tranne Pedro Gimferrer che nell'anima non ha nemmeno formiche."

"Dall'armadio io vedevo quella donna che si depilava. Soltanto una gamba. Lo sa che mi infastidisce tutto quello che è asimmetrico."

"Bisogna raggiungere la disperazione più intransigente. Pedro Gimferrer porta una parrucca da paggio del potere culturale. Io vorrei essere un pellerossa."

"L'altra gamba non se la depilerà fino a quando non mi sarò suicidato."

"Ho letto molto e non ricordo niente."

"Ma mi preoccupa il fatto che a furia di stare nell'armadio sono diventato due persone e una di esse non sopporta l'altra. Di terribile c'è che non so se io non sopporto l'altra o se è l'altra a non sopportare me."

"Che errore essere me stesso sotto la luna!"

"Il suo amico non prende niente?"

L'uomo dell'armadio alzò gli occhi verso l'intransigente cameriere che sembrava serbare antichi rancori nei riguardi dell'uomo sporco e spettinato. Cercò di essere convincente con il sistema di lanciare una mano in volo, o perché pretendeva che il cameriere volasse, o per indicare che il suo compagno di tavolo stava volando. Ma l'uomo che si considerava un errore sotto la luna aveva perso l'ambiguità dello sguardo e ora lo concentrava sul cameriere, ora sul compagno amante degli armadi. Sembrava soddisfatto dalla tensione e ordinò con durezza estrema:

"Tre litri di Coca-Cola!".

"Chi aspetta una Jaguar?"

Tutte le facce si voltarono verso il lustrascarpe che offriva una Jaguar dalla porta e Carvalho lasciò le monete della sua consumazione sul piatto per chinarsi poi verso l'uomo dell'armadio.

"Andiamo? Ci sono venuti a prendere."

Un allarme selvaggio si era impadronito degli occhi e dell'atteggiamento dell'uomo con le occhiaie cadenti.

"Non te ne andrai senza darmi un po' di grana?"

Perché l'altro si era alzato precipitosamente contagiato dall'urgenza di Carvalho.

"Certo che no."

Sul tavolo rimase uno striminzito biglietto da duemila pesetas e la mano dentata dell'uomo angosciato sotto la luna se ne impossessò mostrando le unghie lunghe, nere e rigate a lutto. Adesso i suoi occhi reclamavano Carvalho.

"E tu?"

"Io ho già fatto la mia buona azione della giornata."

Carvalho avanzò verso la porta e sentì dietro di sé la precipitosa fuga dell'uomo incasinato con una donna asimmetricamente pelosa. Appena superata la soglia del Gijón, si affiancò al detective.

"Io non la conosco per niente, vero?"

"Per niente. Ho pensato che dovevo salvarla da quella tortura."

"È un gran poeta, ma si trova tra le rovine della sua intelligenza convenzionale. L'altra intelligenza è intatta, ma non è co-municabile. La mia intelligenza è convenzionale e anche se faccio quello che posso, non comunichiamo. Il suo sistema logico mi manda in tilt e non posso fare altro che contrastarlo con altre assurdità non da meno. È come un dialogo tra strumenti di jazz."

"Se vuole fuggire più lontano, salga. Posso lasciarla in qualsiasi posto."

L'autista vestito da ammiraglio della marina svizzera stava offrendo loro la portiera aperta della Jaguar e appena Carvalho vi fu entrato con una naturalità acquisita di recente, l'altro lo fece un po' alla volta come una Cenerentola malsicura intenta a entrare nella carrozza del principe. E una volta dentro il suo sguardo continuò a passare dalle rifiniture della macchina all'evidenza di un Carvalho che non era il principe, anche se si stava servendo un abbondante whisky dallo sfarzoso mobile bar e lo sollecitava ad accettarne uno. Non si fece pregare l'ospite di Carvalho e gli venne in mente un brindisi spontaneo mentre i loro bicchieri semipieni si incontravano nella religiosa penombra della Jaguar Daimler.

"Alla nostra gioventù in cui, pieni di inquietudine, abbiamo avuto fede e voglia di vincere."

Carvalho assecondò il brindisi, e bevve un breve ma intenso sorso di quel malto riserva.

"Lei ha appena recitato un brano di una canzone da pub inglese cantata da Mary Hopkins."

"Che sensibilità, questi proprietari di Jaguar!"

"La Jaguar non è mia. Lei e io siamo ospiti di un ricchissimo furbacchione che si chiama Lázaro Conesal. Un ricco come ce ne sono pochi, di quelli che mettono in mostra i loro aerei privati e le loro Jaguar. Chi era il suo compagno di baldoria letteraria?"

"Il nome non le direbbe niente. Ha il cervello spappolato e gli diventa un muscolo poderoso solo quando scrive poesie, sempre più liquefatte. Passa metà della sua vita in cliniche psichiatriche e l'altra facendo sfoggio della sua condizione di artista dalla sensibilità maledetta, come atto di accusa verso tutti noi che siamo integrati perché dobbiamo pagare l'affitto e comprare compact disc ai nostri figli."

"Anche lei è uno scrittore?"

"Leggo fino a notte fonda e d'inverno lavoro all'Iberia."

Carvalho aveva assunto un atteggiamento sognante e a un tratto recitò bruscamente qualcosa che sembrava un verso.

"Sempre si aspetta un'estate migliore e propizia per fare quello che mai si fece."*

Il suo compagno trattenne un segnale di allarme spontaneo e recuperò la struttura letteraria difensiva.

"Esco dall'armadio soltanto per domandare quante cose si ignorano ancora."

Carvalho approvò chiudendo gli occhi fulmineo.

"Lei ha i riflessi belli e pronti. Non tema. Supererà tutti gli incontri con quel poeta liquefatto. Temo che avrò una giornata ferocemente letteraria. Madrid è una città molto letteraria, a quanto vedo. Questa sera devo assistere all'assegnazione del Premio Venice-Fondazione Lázaro Conesal, di Letteratura naturalmente. Dev'essere un ottimo premio perché consiste in cento milioni di pesetas."

"Senza errore, se è il più ricco è il migliore. Conesal è l'emblema dei nuovi ricchi del nuovo regime democratico. Il self-made-man con le migliori conoscenze da ungere, che sorprende i pescecani imitando il linguaggio dei delfini e che sorprende i delfini mordendoli come un pescecane."

"Chi potrebbe ucciderlo?"

"Tutti i cadaveri che lui ha insufficientemente ucciso. Ha inoltre minacciato di mettere in piazza tutti i suoi legami con il potere se la Banca di Spagna e il fisco cacciano il naso nei suoi affari e nelle sue tasse."

"Come è venuto a sapere tutto questo?"

"Ascolto i commentatori radiofonici, lei no?"

"Adesso mi accorgo di non averla nemmeno, la radio."

L'auto si era fermata ai piedi della Torre Conesal. Il prisma più emergente tra tutte le costruzioni cristallografiche del Kripton della Mancia, con i cristalli oscurati quasi a rispettare la cultura iberica dell'occultamento di ciò che è già di per sé oscuro. Il palazzo aveva una certa tetraggine di lusso, e Carvalho saltò sul marciapiede seguito dal compagno di viaggio, intento a congedare con lo sguardo la lussuosa Jaguar. Poi si rivolse all'autista.

"Mi lascia toccare l'animaletto?"

Il suo dito indicava il giaguaro dorato che se ne stava in agguato sulla punta del muso.

"Sa, è d'oro vero..."

"So toccare l'oro senza macchiarlo."

"Tocchi, tocchi," lo incitò Carvalho senza rispettare la pre-

* Autocitazione dello stesso Manuel Vázquez Montalbán.

venzione dell'autista, e così fece lo scrittore armadiofilo fino a raggiungere la smorfia del godimento e la sufficiente liberazione dello spirito per poter porgere la mano a Carvalho in segno di commiato.

"Me ne torno nel mio armadio, e se qualche volta ha bisogno di un favore in una qualche congestione aerea, chieda di Juan José Millás e le farò avere il posto del secondo pilota."

Tutta la contentezza dello scrittore era la scontentezza dell'autista sotto il suo berretto da ammiraglio, dedito a lustrare il giaguaro d'oro con il rovescio della manica, o forse stava togliendo le macchie lasciate dal tocco dell'intruso e intanto borbottava un convenzionale "dopo i rimproveri sarò io a prenderli", mentre Carvalho si introduceva nel palazzo in cerca degli ascensori più vertiginosi. La prima osservazione a conferma dell'impressione mattutina fu che negli ascensori non c'era mobile-bar e che forse erano privi della volontà di ostentazione propria di tutto ciò che circondava i Conesal, come se l'ascensore non fosse un luogo adatto alla teatralizzazione dell'abbondanza. Forse perché era troppo veloce e non concedeva il tempo di bersi un whisky o di notare i particolari per quanto sfarzosi, e questo anche se salivi, come Carvalho, per venti e passa piani. Altra cosa era la reception interminabile tutta piena di hostess sconvolgenti appena uscite da un'Università di Hostess finanziata dalla McDonald's, a giudicare dalle virtù proteiniche delle ragazze, fatte con la più compatta polpa trita, puro controllo muscolare, volumi elastici che strappavano allo spazio la sua stessa essenza con delicatezza persuasiva. Gli occhi di Carvalho, tuttavia, vennero distolti da un rumore visivo: una delle hostess più dorate piangeva sommessamente accanto alla porta di un ascensore mentre subiva la sgridata contenuta di una donna angolosa che non andava d'accordo con tanto splendore nell'erba artificiale. Ma non poté interessarsi troppo alla faccenda. Carvalho fu accompagnato in un salotto dove la moquette tappezzava addirittura le grandi finestre aperte, tant'è che la Madrid-Manhattan sembrava un arazzo postmoderno, con i suoi audaci spigoli velati da un filtro azzurrino, quasi dello stesso azzurro della moquette, simile a una realtà urbana immersa in un acquario. Lì sì che c'era un mobile-bar, un mobile-bar che era più che altro un bar, e dietro al banco stava un barman professionista la cui fisionomia gli risultava familiare, forse perché era travestito da barman in un film anni quaranta. Era un calvo con toupet da chitarrista messicano in film americani da quattro soldi, con le orecchie cadenti, gli occhi opachi, ma suscitava fiducia, come quella razza di barman che ti permettono di raccontar loro la vita purché ti scoli quattro cocktail che gli consentano di fare bella figura: il Dry Martini, il Singapore Sling, il Gimlet e il Manhattan, i cocktail più letterari. Alle undici di mattina prendere un Dry Martini è come appiopparsi una martellata nel cervello, prescrivibile alle otto di sera, ma non a un'ora in cui il cervello è ancora in fase adolescenziale e non ha potuto verificare se tutto procede come sempre. Patteggiò con il cameriere un Singapore Sling e una complicità sulle origini mitiche del beveraggio, ma anche se l'uomo non aveva letto Somerset Maugham né era mai stato a Singapore né pertanto al Raffles, albergo di origine del cocktail, e non aveva mai visto Saint Jacks al cinema, era assai ben disposto ad arricchire il suo livello culturale.

"Singapore Sling: 4/5 di gin, 1/5 di brandy, 1/2 limone. Adoro essere istruito dai clienti. Non basta essere un buon tecnico in cocktail, e io lo sono, anche se non dovrei essere io a dirlo. Ma conoscere l'origine del piacere accresce la capacità di goderlo."

Il barman non era poeta, ma laureato in Letteratura Spagnola e specializzato nei misteri del *Lazarillo de Tormes* ancora da disvelare, nonostante l'impegno esplicato in tale compito da cinquemila specialisti che citò a un Carvalho inerme e impietoso, dei quali il detective riuscì a ricordare cognomi facili da tenere in mente come Rico e Gullón.

"Lei come si chiama?"

"Semplicemente José."

"Mi suona. Lei non è l'autista che mi ha portato dall'aeroporto? E quello che mi è appena venuto a prendere al Café Gijón?"

"Lo stesso. A don Lázaro piace tanto vedermi cambiare ruolo. Sono un compaesano di don Lázaro e mi onora della sua fiducia. Io volevo fare l'ispanista o l'attore teatrale. Lei mi vede qui, eppure sono io a comprare tutto quello che serve a don Lázaro immediatamente all'interno di questo palazzo o al Venice, dal dentifricio fino alle solite cose di farmacia o alle bevande che vengono servite. Di fatto mi ingaggiò la signora Conesal, doña Milagros Jiménez Fresno, che è la madrina di mia sorella più piccola, María, che lavora qui pure lei come hostess. Mia madre era stata a servizio nella tenuta estiva dei Jiménez Fresno e conosceva doña Milagros fin dall'adolescenza."

"E che cosa fa un ispanista come lei dietro al banco di questo acquario?"

"Mia sorella è laureata in Biologia e lavora qui come hostess."

"È bionda?"

"Come tutte. Qui ci sono solo hostess bionde. Mia sorella è bionda. Le ho già detto che si chiama María e che lavora qui come hostess."

"Tinta? Le donne con i capelli tinti sono come i cocktail. Un modo per creare un'altra natura. Quali sono i cocktail che a lei sembrano essenziali?"

"Senza intenzione di sovvertire la sua gerarchia di valori, per me i cocktail basici e classici sono: Alexander, Alaska, Bloody Mary, American, Bronx, Claridge, Daiquiri, Manhattan, Dry Martini e Old Fashioned. Ha mai notato la poetica dei loro nomi?"

"Per me non c'è poetica al di fuori di quella del palato. I cocktail non meritano nemmeno di essere annusati. Pochissimi, come il Dry Martini, hanno un odore misterioso, meticcio, di gin vellutato dal fantasma freddo del vermouth scomparso. Io ho una barwoman bianca a Barcellona che si chiama Dolores e che mi fa un Dry Martini con il Nouilly Prat, non col Martini. È un'altra cosa."

"Più aspra, immagino."

"Più aspra, e più mascherata. I cocktail sono maschere. Lei ha un suo preferito?"

"Sono astemio. Per forza. I medici."

Una delle porte di comunicazione con l'alterità si aprì bruscamente e nella cornice si collocò il profilo di una donna dall'eccellente schiena, con le curve al loro posto, i polpacci palpabili e una schiena da vespa e diritta, ma con la voce stridula soprattutto per quanto diceva e per come lo diceva verso la stanza che stava lasciando.

"Álvaro, sei un grandissimo figlio di puttana!"

Semplicemente José scomparve all'interno del cucinino annesso al bar e Carvalho non poté fare a meno di contemplare la schiena della donna e aspettare gli avvenimenti che non tardarono a verificarsi. Álvaro Conesal uscì dall'ufficio, si precipitò sulla signora, le prese un braccio e la reintrodusse tirandoglielo bruscamente, per chiudere subito dopo la porta con la stessa aggressività con cui sigillò il suo diritto all'intimità di fronte allo sguardo allarmato e un po' ironico di Carvalho che l'uomo sfidò per qualche secondo. Solo con il suo Singapore Sling, Carvalho recuperò il barman Semplicemente José appena tornato dalla sua breve fuga silenziosa e abile nel cancellare le tracce di quel che aveva preparato e servito.

"È abituale?"

"A cosa si riferisce, signore?"

"Credo di avere osservato che il principe erede di quest'impero sia stato gravemente insultato in nostra presenza."

"Non ho colto esattamente le parole."

"È stato qualificato come figlio di puttana."

Il barman sospirò per liberarsi dalla tensione e indicò un angolo della stanza con una mano mentre adoperava un dito dell'altra per invitare Carvalho alla prudenza o al silenzio. Poi scrisse su uno dei cartoncini rotondi adoperati per poggiarvi i bicchieri: Ci sono microfoni dappertutto. Carvalho cercò di leggere negli occhi gialli del barman astemio il perché di tanta fiducia. Vide in essi la nostalgia complice di un bevitore castrato dai medici. Gli tolse il pennarello di mano e scrisse sul cartoncino sotto il messaggio del barman: Come si chiama la signora insultante? Il barman era disposto a proseguire con la corrispondenza: Beba Leclercq, maritata con la Pomares & Ferguson. Carvalho colse il suo turno: Affari? Sesso? Il Semplicemente José non si arrese: Affari e sesso. Era il momento giusto per domandare: È l'amante di Álvaro Conesal? E di rispondere: Del padre.

"E come ha fatto a passare dall'ispanismo ai cocktail?"

"Formazione professionale intensiva. Non trovavo lavoro come professore, nemmeno come maestro d'asilo, d'asilo, io che avevo ottenuto un centodieci e lode all'esame di Laurea con una commissione presieduta dall'accademico don Francisco Rico. Era una tesi esaustiva sul riordinamento degli studi sul *Lazarillo*, molto celebrata dagli specialisti più eminenti, da Víctor García de la Concha fino a don Claudio Guillén, mio professore di Letteratura Comparata. Niente del *Lazarillo* mi era estraneo, del *Lazarillo* considerato come l'opera chiave nell'invenzione del romanzo, così come lo avevano letto e divulgato Francisco Rico e Miguel Requena. A tale proposito, Plinio dice che non c'è libro, per quanto scadente, che non racchiuda qualcosa di buono, e ancor più tenuto conto dei gusti che non sono tutti uguali. Vediamo inoltre cose tenute in poco conto da alcuni che per altri sono in sovrammodo importanti."

Carvalho non sapeva in che acque stesse navigando il barman, ma capì che era in preda a qualche mattana letteraria.

"Che gliene pare? Posso passare senza transizione dalla

parlata comune alla sintassi del *Lazarillo*. Supplico Vossignoria di voler ricevere l'umil servizio dalla mano..."

"Lei mi saprebbe preparare una caipirinha?"

"Cachaça, lime, zucchero, ghiaccio. La cachaça è della famiglia delle acquaviti che si combinano col limone."

"La cachaça è qualcosa di più di un'acquavite. È l'anima di un popolo meticcio. Lei, che professionalmente è un meticcio, lo è anche geneticamente?"

"La mia nascita fu invero nel fiume Tormes, per la qual causa ne presi il soprannome e fu in codesto modo: mio padre, Iddio lo perdoni, aveva l'incarico di provvedere alla macinatura in un mulino..."

Mentre recitava frammenti del *Lazarillo* preparava la caipirinha. Fu allora che venne sorpreso dallo spalancarsi della porta e dall'emergere di Álvaro Conesal. Indossava pantaloni di pelle e un gilet di cachemire su una camicia a scacchi da asso dei rodei. Segnalò con il dito la caipirinha ordinandone un'altra per sé e aspettò di degustarla prima di entrare in contatto verbale con un Carvalho dai gomiti appoggiati al banco di legno di teak che teneva tra le mani un calice come se stesse per consacrarlo, mentre lo sguardo percorreva le etichette delle bottiglie alle spalle dell'ispanista. Álvaro beveva e meditava, e finalmente invitò Carvalho a seguirlo con un gesto incontrobattibile, da autentico master della gestualità, mentre se ne tornava nel suo ufficio con la caipirinha tra le mani. L'ufficio e il detective erano vecchie conoscenze, ma così, di tardo mattino, lo sorprendeva meno tutto il sorprendente, tranne l'entrata in conversazione di Álvaro.

"Cose come quella che lei ha visto sono quanto dobbiamo evitare stasera. Una donna indispettita. Un tizio della concorrenza che affronta mio padre in pubblico. L'immagine di mio padre sta attraversando un brutto momento. Si specula sulla possibilità di un diretto intervento del Governo nei suoi affari o nei cartelli industriali legati alla finanza. Siamo in un fine epoca tumultuoso, e il potere morirà uccidendo. Uno scandalo qualsiasi scatenerebbe la muta di quei cani dei media nemici di mio padre, e quelli che lui si è comprato o ammanicato non osano più dare la faccia per lui. Non possiamo nemmeno fidarci della polizia. Questo Governo non ha scrupoli."

"La donna che ho visto è da temere?"

"Lei forse no. Suo marito sì. È un pezzo di carne battezzata e cresimata nelle chiese dell'Opus Dei, un vinattiere di buona famiglia andalusa dell'Opus Dei, del settore più ricco ma anche più tonto dell'Opus Dei. Può essere facilmente manipolato. Mio padre non è in ottimi rapporti con l'Opus Dei e quella gente è tornata a essere pericolosa. Mio padre dice che dopo vent'anni di pausa storica seguiti alla morte di Franco, il loro gran ruffiano, tornano alla carica."

"Forse sarebbe conveniente che lei mi facesse un inventario dei pericoli potenziali. Bisogna controllare gli invitati."

"Sappiamo chi abbiamo invitato e perché, ma c'è una ventina di personaggi che a priori possono creare dei problemi. Legga questo."

Gli allungò una rivista di economia aperta. Il titolo era promettente e campeggiava su un'enorme fotografia del busto di Lázaro Conesal visto di lato, con lo sguardo inquisitivo che puntava su una qualche zona del mondo posta al di fuori della rivista: "Alì Babà e i quaranta ladroni". "Lázaro Conesal si difende dalla sua caverna." "Nella storia della Banca Conesal abbiamo visto riflesse le principali debolezze del sistema capitalista spagnolo, un aspetto più importante degli stessi ottocento miliardi di pesetas necessari, secondo gli esperti, a risanare le ferite finanziarie inferte da Conesal e dai suoi complici principali Regueiro Souza e Iñaki Hormazábal, sempre più distaccati dal loro capitano, ma come lui implicati nella vicenda. Hormazábal ha già preso le distanze dal suo socio in una manovra per sganciarsi dalle diverse società in cui hanno interessi comuni. A quanto pare la Banca di Spagna sta per uscire dal suo atteggiamento menefreghista nei confronti degli affari di Conesal, un uomo troppo temuto dal governo socialista proprio per tutto quel che sa delle finanze interne del PSOE.* A questo punto, Conesal sta cercando di fare un accordo con la Banca di Spagna per patteggiare la sua perdita di memoria e la non divulgazione di un libro bianco sui suoi rapporti con il potere. Nonostante la prepotenza dell'atteggiamento del finanziere, da tempo si parla di buchi neri nella sua gestione economica, truccati con l'abilità sempre dimostrata da Conesal nel trasformare i buchi in montagne e le sconfitte in successi. La Banca di Spagna stima che il deficit di provvigioni per la cartella di crediti della Banca Conesal abbia raggiunto la somma di 300 miliardi di pesetas..." A

---

* Sigla del Partito Socialista Obrero Español (Partito Socialista Operaio Spagnolo) allora guidato da Felipe González, contemporaneamente Capo del Governo.

Carvalho irritavano quelle cifre eccessive e restituì la rivista all'erede.

"Vedo che le cose vanno malissimo."

"Ha notato chi firma l'articolo?"

"No. Ma il suo nome non mi avrebbe detto comunque niente. Non leggo solitamente riviste tanto piene di denaro."

"È Bárcenas, la gola profonda dei Valls Taberner, e se proprio si insiste, di tutte le grandi banche, guidate e telecomandate dal governatore della Banca di Spagna."

Diceva cose indignanti ma non sembrava indignato, e non manifestò entusiasmo nemmeno nel giudicare il padre.

"Non accettano il nuovo. Mio padre è il nuovo. Loro sono l'oligarchia di sempre."

"Le assicuro che il mio massimale al momento di concepire una qualsiasi quantità di denaro è di centomila pesetas. Di centomila in centomila."

"Il denaro non esiste," masticò Álvaro, e si chiuse in se stesso per tornare poco dopo a Carvalho come per considerare ancora una volta se non avesse sbagliato persona.

"Mio padre le vuole parlare, ma prima deve concedere un'intervista a due studentesse di Economia che cercano di prenderlo in castagna. Devono avere un professore socialista che gli ha detto: State dietro a Conesal, è lui il responsabile della cultura del colpaccio, del capitalismo speculativo. Di quale ristorante vuole il menù?", domandò, mentre scorreva le pagine di una guida per gourmet rilegata in una pelle non meno cara del legno del piano del tavolo, della moquette, dei vetri isolanti, della pulizia dei denti esibita dal sorriso dell'erede. "Possiamo farci portare il pranzo dal miglior ristorante di Madrid."

"Non potremmo invece andarci? Adoro conoscere nuovi maître."

"Mio padre va al ristorante solo per patteggiare con ministri esteri. Al di sotto dei ministri esteri, con nessun altro. Dice che non sanno mangiare o che hanno dimenticato di che si tratta perché si sentono minacciati dal colesterolo e possono venire impressionati dal rituale della ristorazione a Madrid."

"Nemmeno Parigi è niente male."

Un po' scettico il giovane borbottò "Robuchon e simili", ma il suo forte era sfogliare la guida gastronomica e leggere proposte: "*Jockey*, scampi al caviale, per esempio, e una brioche con midollo e *foie* da restare senza fiato. *Zalacaín*, che ne pensa di coscette d'anatra stufate con verdurine? *Club 31*, le consiglio un'insalata tiepida di patate con fegato d'anatra. *El Amparo*, coda di bue stufata al vino bianco. *El Bodegón*, un piatto di lumache sgusciate con salsa di crescione. *Principe de Viana*, coscia d'anatra con lenticchie. *Arce*, triglie con agli teneri e *vinaigrette* di pomodoro. *Cabo Mayer*, insalata di pasta e gamberi rossi. *El cenador del Prado*, coscia d'anatra *en confit*...".

"Troppa anatra. Il curatore di questa guida è un fanatico dell'anatra."

"Non le piace l'anatra?"

"Ne vado matto, e ho avuto occasione di mangiare un *canneton* alla *Tour d'Argent*, nel ristorante da cui la ricetta prende nome."

"Se preferisce chiediamo uno spezzatino di cervo da *Horcher*."

"Sarà di cervo con la cravatta, perché da Horcher non lasciano entrare né uscire alcun essere vivo o morto senza la cravatta. Lascio il menù alla sua libera scelta."

"Non tanto libera. Deve essere approvata da mio padre."

Una chiamata del telefono interno annunciò l'arrivo di qualcuno che Álvaro Conesal identificò come le due intervistatrici. Álvaro si era messo a ridere.

"Queste due ragazze non sanno dove si sono cacciate. Mio padre chiede sempre i dossier di tutti quelli che lo vengono a intervistare, anche se si tratta di novelline come queste, studentesse di Economia che vogliono denunciare i maneggi del Grande Pescecane."

"Che cosa dicono i dossier?"

"Due ragazze di famiglie alquanto diverse, ma entrambe piuttosto buone. Militano in tutte le ONG esistenti, vale a dire, nelle Organizzazioni Non Governative. Sono i rossi del presente a non avere un futuro. Mi permette?"

Álvaro lasciò solo Carvalho nell'ufficio e uscì nell'anticamera azzurra dove il detective aveva fatto amicizia con il barman. Carvalho si avvicinò alla fessura lasciata dalla porta socchiusa e vide due ragazze, una bruna e l'altra bionda, dolci come gazzelle, ma tese come pantere pronte a saltare al collo del finanziere più mitizzato di Spagna. Avevano facce da bambine troppo sessuate per la loro età o forse avevano semplicemente le facce troppo da bambine per le vibrazioni sessuali che trasmettevano, soprattutto la bionda. Fingevano un'allegria rilassata in attesa che la finzione diventasse la posa necessaria per affrontare l'intervistato. Ma quando si aprì una porta sin allora quasi inavvertita dalla quale penetrò il cinquantenne abbronzato, con i capelli biondi al limite dell'argento e al culmine di un'architettura di bronzo (la pelle) e d'oro (il Rolex), le due ragazze avvicinarono i loro corpi per proteggersi ed emisero voci strozzate quando Lázaro si impadronì successivamente delle mani di entrambe e le baciò come se non le vedesse bene. Le ragazze fecero precipitare la situazione tirando fuori notes, registratori, biro, dossier, fretta, e Carvalho credette fosse giunta l'ora di lasciar soli il Pescecane e quei due merluzzetti che si stavano già mordendo nervosamente la coda. Ma Álvaro lo trattenne con un gesto imperioso, tra i migliori gesti del miglior maestro di gesti, raccomandandogli:

"Niente ritirate. Mio padre ci vuole dedicare lo spettacolo".

Altamirano adottò modi da automobilista scocciato in un imbottigliamento, depose il tovagliolo sul tavolo per alzarsi in piedi e informarsi in modo esauriente su cosa fosse accaduto per suscitare un'agitazione simile e parole simili a colpi di pistola che saltavano di tavolo in tavolo e riuscivano a distogliere i commensali dalla loro annoiata attesa. Ma Marga fu più rapida di lui e mise in moto le sue corte estremità a velocità tale da sembrare più un rettile che una donna cubica in cerca della verità.

"C'è un morto."

"Un cosa?"

"Un morto."

"Lo temevo. Non c'è settimana senza necrologio. Sicuro che qualcuno è morto perché gli scriva il necrologio."

Ma al di sopra della tentazione del cinismo, Oriol Sagalés provava quella di conoscere la causa ultima di quanto stava accadendo, in coincidenza con i desideri e i movimenti della signora Puig, la quale, con una mano sulle labbra, a passi corti si allontanava dal tavolo verso gli invitati ormai sfacciatamente accalcati, senza far caso al marito che se ne stava immobile, arenato, consapevole del fatto che nelle situazioni critiche i capitani di navi e di industria, persino di un'industria di sanitari, avvezzi a mille rischi, non devono mai abbandonare il metro quadrato sul quale affermano la propria identità. Laura Sagalés rimase accanto a lui, le mani strette intorno al bicchiere di whisky, come se temesse l'azione di qualche taccheggiatore, e guardò sorniona con la coda dell'occhio il marito che andava via, in coppia con il miglior venditore di libri dell'emisfero occidentale spagnolo.

"Ho sentito delle parole che non mi piacciono," commentò il venditore a labbra strette e con lo sguardo fisso all'orizzonte.

"Non perda la calma, Watson. La cosa più probabile è che sia accaduto qualcosa di grave al nostro ospite."

Il venditore si fermò stupito e interrogò con lo sguardo Sagalés che gli fece l'onore di prendersi una pausa di brillantezza e sarcasmo per dargli una lezione di induzione logica.

"Elementare, caro Watson. Il più pallido tra tutti i protagonisti della gazzarra davanti alla porta di comunicazione con il resto del Venice è nientemeno che Alvarito Conesal, Conesal figlio, il noto mecenate della *postmovida* madrilena, e quella donna che avanza tragicamente verso il figlio, scossa dai singhiozżi e con presunti problemi respiratori causati da un'angoscia interiore e non dal busto che evidentemente cerca di incanalarla verso il bene comune nel rapporto tra il suo corpo e lo spazio esterno, è la signora Conesal."

Il venditore scuoteva la testa convinto e ammirato, mentre assisteva allo spettacolo delle guardie del corpo, improvvisamente consce della loro funzione, che stavano costruendo cerchi di protezione intorno al presidente della Comunità Autonoma di Madrid e alla signora ministro della Cultura con sorriso a mezz'asta. Il cerchio della polizia ormai scarsamente segreta, sebbene non differenziatamente pubblica o privata, lasciava agire le telecamere che con i loro riflettori trasformavano la sequenza in una battaglia epica, tra le autorità assediate e una luce lattiginosa, che li teneva indietro simili a bestie nocive, ma si negava invece a un picchetto di invitati all'assalto che preferiva essere informato dal potere politico e culturale piuttosto che da quello familiare rappresentato dal figlio e dalla moglie del presunto compianto. I presentatori radiofonici si erano raggruppati a seconda delle trasmittenti per cui lavoravano e cominciavano il preriscaldamento del programma del mattino seguente. Tra il turbolento gruppo che assediava le autorità, Ariel Remesal e Fernández Tutor esprimevano la loro indignazione per la mancanza di considerazione usata dalle guardie del corpo.

"Leguina! Leguina!", gridava Fernández Tutor saltellando.

"Carmen! Carmen!"

Era il richiamo scelto da Ariel Remesal per rendere visibile il suo viso in mezzo a due grossi poliziotti, senza che né Leguina né la signora ministro sapessero o volessero vedere, occupati com'erano a scambiarsi spiegazioni e consegne.

"È stata l'ETA?"

"Non mi hanno detto se hanno trovato pallottole di nove millimetri Parabellum," obiettò Leguina, e nell'ascoltare se stesso capì che nonostante la sua svogliatezza come semplice presidente in attivo e la voglia invece di tornarsene a casa per scrivere un romanzo su quel che stava succedendo, era del tutto inopportuno non informarsi sull'accaduto. Che non lo sapesse un ministro della Cultura poteva anche andare, ma che non lo sapesse il presidente della Comunità Autonoma di Madrid era notizia da prima pagina sul quotidiano "Mundo" del giorno dopo e un nuovo successo del suo direttore, l'odiato Pedro J. Ramírez. Fatto sta che Leguina buttò il tovagliolo, si mise in piedi e ordinò: "Fate passare".

Era una voce decisa, ma i poliziotti si aspettavano forse le voci più familiari dei loro capi naturali e non ubbidirono all'imperativo del signor presidente della Comunità Autonoma di Madrid, per cui Joaquín Leguina dovette optare per una soluzione energica esternata nel mettere la mano sulla spalla di uno dei poliziotti che lo accerchiavano, premere forte le dita su quell'angolo muscolosissimo del corpo umano e accoltellargli l'orecchio con un:

"Fate passare!".

La signora ministro aveva capito le intenzioni del socio di potere, per cui si infilò nella sua scia e assecondò la sua richiesta con una voce grave e liquorosa da aspirante cantante di boleri.

"Aprite un corridoio protettivo. Dobbiamo arrivare dov'è successo il fatto."

Il "corridoio protettivo" piacque dovutamente ai centurioni che, come mossi da una molla e dimostrando la loro tendenza a costituirsi in soggetto collettivo, cambiarono la figura del cerchio in quella di un corridoio in carne e ossa aperto alla possibilità dell'avanzata di Leguina che aggrottava con difficoltà le sopracciglia sui suoi distanti occhi chiari e si tirava con le dita i polsini della camicia, mentre accanto a lui la signora ministro era riuscita ad acquisire la compostezza di una rappresentante del Governo, l'unica rappresentante del Governo presente in sala, nonostante le molte reticenze da sempre destate dalla possibilità che la cultura equivalga a responsabilità o faccia parte di alcun Governo. Non solo le autorità avanzavano lungo lo spazio aperto mediante il corridoio mobile delle loro guardie, ma erano diventate protagoniste del *travelling* all'indietro degli esperti cameramen della Televisione Spagnola che si ritiravano di spalle, e nel seguito si erano inseriti Ariel Remesal e Fernández Tutor, ma era l'editore a dover cambiare andatura di continuo, non per non restare indietro ma per potersi avvicinare all'orecchio ora di Leguina ora della signora Alborch per far loro presente:

"Sapete di poter contare su di me!".

Non solo né il presidente né il ministro sembravano contare su Fernández Tutor, ma evidentemente lo consideravano un intruso sulla loro strada verso la responsabilità situazionale e, perché no?, storica. Di conseguenza Leguina si fermò a un tratto, affrontò il notevole vincitore di cinquanta premi periferici e l'editore di libri rari, conosciuto anche come "Il Bibliofilo della Transizione", e sputò loro in faccia:

"Non è il momento. Ciascuno deve stare al proprio posto".

Riteneva di essere al proprio posto Alma Pondal, la miglior romanziera casalinga, e non solo lei ma anche suo marito, per cui trattenne con uno sguardo lo spontaneo impulso dell'uomo di andare dove andavano tutti gli altri, e fece una voce mielosa da casalinga disposta a ricevere quella notte il bagno di seme che avrebbe ulteriormente contribuito a cementare la sua fama di scrittrice e madre prolifica, capace di scrivere sei romanzi negli ultimi dieci anni e di fare in contemporanea quattro figli, apparentemente dello stesso sesso.

"A te e a me, che ce ne viene? Cominciavo ad aver bisogno di un momento di attività. Quanti chiacchieroni, Dio mio, ci sono nel mondo letterario."

"Eri proprio nel giusto, Mercedes..."

"Ti ho ripetuto mille volte di non chiamarmi Mercedes in pubblico."

"Scusa, Alma. Insisto che eri proprio nel giusto quando hai dichiarato all'*Adelantado* di Segovia che gli incontri di scrittori dovrebbero essere vietati dalla Costituzione."

"Ricordi l'articolo di risposta di Riquelme, il cognato della farmacista? Si è sentito scrittore e offeso."

"Quello lì, scrittore?"

"Visto che ha scritto la *Chiosa del maiale iberico sulla strada di San Giacomo*..."

"Ma la nostra intimità non esclude che dobbiamo sapere cosa sta succedendo."

"Qualche bicchiere di troppo. Qualche schiaffo di troppo."

"Eppure mi è sembrato di sentire la parola morto."

Mona d'Ormesson passava in quel momento davanti al tavolo dove resisteva la coppia abbandonata e feconda e appena udì la parola morto esclamò:

"*Stat sua cuique dies*".

E nel constatare la sorpresa che si allargava nelle ampie facce dell'unita coppia, tradusse:

"C'è un'ora segnata per ciascuno".

"Ma oggi, precisamente oggi?"

"Mi puzza che tutto questo è stato preparato da Lázaro Conesal per organizzare un antipremio."

Altamirano ritenne possibile il sospetto di Marga.

"Non credo che Lázaro faccia parte della cultura dell'happening. Quando l'happening era di moda, Lázaro Conesal non perse il suo tempo e ottenne le prime licenze di importazione dei prodotti sovietici. Quando Franco era ancora vivo!"

Marga Segurola e Altamirano avevano optato per passeggiare nella sala da pranzo piena di tavoli spopolati con la stessa lentezza che si sfodera nella strada principale di un paese dove non succede mai niente, e il premio Nobel della Letteratura gradì quella capacità di contrappunto dell'ossessiva coppia da lui tanto disprezzata perché composta da due corpi che non apprezzavano la sua condizione di Nobel. Percorse con mano lenta l'orografia del suo basso ventre e alzò gli occhi a esprimere un giudizio negativo nei confronti di tutto quel muoversi e gesticolare della gente.

"Si nota che questo premio è una cafonata, perché guardate un po' che confusione è saltata fuori e probabilmente soltanto perché è stato scoperto un rapporto sessuale da toilette tra un vicecanonico di una qualsiasi cattedrale e una sinologa, eccessi che sono soliti accadere in questo tipo di incontri, dove le passioni prima diventano letteratura, poi vengono avvinazzate e infine terminano nel cesso in un groviglio di appendici che richiederebbe la tecnica dei migliori contorsionisti."

Il manager editoriale Terminator Belmazán rideva alla barzelletta dell'arciconsacrato, sapendo che nonostante il soggetto avesse più di trentacinque anni, persino più di settanta, i premi Nobel non hanno età e sono al di sopra di ogni sospetto di arteriosclerosi.

"Lei parla come scrive, che meraviglia."

"Belmazán, mi hanno detto che lei si dedica a sbattere gli scrittori nei ricoveri, me ne rallegro. Così ci liberiamo di tanti froci mentecatti."

L'accademica consorte gesticolò come se arrossisse, anche

se alla sua età è impossibile che il volto manifesti il rossore, e Mudarra si impettì davanti a ciò che considerava una volgarità di fronte a una signora.

"Moderati, Nobel, moderati."

"Chiami smoderatezza ciò che è soltanto capacità di osservare e dedurre quanto sono erotizzanti queste celebrazioni dalla cintola in giù? Mudarra, abbandona la tua ricerca di diminutivi femminili del diciassettesimo secolo o di qualsiasi altro secolo e contempla questa valle di figure umane sedute con le pudenda occulte, sommerse sotto la bonaccia delle tovaglie di lino con le cifre L. C. che suppongo corrispondano a Lázaro Conesal, un furfante che da un momento all'altro darà il premio a un altro furfante, appena si sarà calmato il trambusto sollevato dal vice-canonico e dalla sinologa."

"Nobel, hai la certezza che si tratti di questo? E se tanto ti scoccia quest'evento, perché ci sei venuto? Non dirmi che ti sei presentato al premio..."

"E tu?"

Fu tale lo sconcerto suscitato in Mudarra che dovette mascherarlo da offesa ritirata davanti a una simile impertinenza, mentre sua moglie cercava di contenere con una manina languida le da lei temute ire incontenibili di quell'uomo sempre pronto agli scatti di umore e agli affronti. Ma il premio Nobel non era in preda allo sconcerto perché parapettato dietro un binocolo dell'esatta misura per concentrare il furore del suo sguardo, e proclamò:

"Sono venuto perché Conesal mi ha pagato il cachet che richiedo per assistere ai premi letterari importanti. Ho anche un cachet per inaugurare stazioni d'autobus tra le montagne o assistere al battesimo di un qualsiasi figlio di coglione con soldi e con presunta cultura. Io sono come un calciatore di alto bordo, Mudarra, in quanto pretendo soldi per prendere a calci lessico e semantica, nonché per il diritto di immagine".

Sánchez Bolín assisteva svogliato al torneo tra i due accademici e non si lasciò convocare dallo sguardo inerme di Mudarra, in cerca di un testimone dell'affronto o di un complice in delicatezze dello spirito. Non parteggiava per lui nemmeno Terminator Belmazán, con il quale stava litigando per via di un contratto scrupoloso in cui il manager voleva includere il numero di pagine da scrivere e il peso del libro risultante. E per non prendersi la responsabilità di nessuna delle situazioni possibili, si mise in marcia al di sopra delle difficoltà dovute alla rotazione dell'osso della sua anca destra, cripta di un'artrosi irreversibile dove le ossa pugnavano per autodistruggersi con le loro protuberanze iperboliche e dentute. Ma mentre intraprendeva la rotta comune dei fuggitivi dall'incertezza, osservò che Alba era rimasto solo al tavolo, meditabondo, ambiguamente meditabondo, perché sembrava pensare tanto all'eclissi della ragione in versione Max Horkheimer quanto all'insostenibile leggerezza delle duchesse dell'attuale generazione. Ma, nel constatare che Sánchez Bolín gli si stava avvicinando, scelse il contenuto della Scuola di Francoforte per esternare la manifestazione del suo distacco da quanto stava accadendo.

"Sánchez Bolín, tu che sei marxista."

"Postmarxista, padre Aguirre, postmarxista."

"Tu quoque, Sánchez Bolín? Anche tu abbandoni la nave dei folli più tragici di questo secolo?"

"Mi limito a essere rigoroso con il linguaggio. Siamo tutti postmarxisti."

"Stavo pensando a quale pulsione può aver portato il preclaro Horkheimer, padre spirituale di tanti rivoluzionari, ad ammettere alla fine dei suoi anni che era meglio vivere nella Germania capitalista piuttosto che in quella comunista. L'avevo conosciuto non ricordo quando, in un vago momento degli anni sessanta, e mi sorprese, sorprese me, che allora ero ancora un gesuita, dicendomi: Lo Spirito può salvarsi soltanto tra le crepe della democrazia, e soltanto lì potranno trovare rifugio fantasia e religione. Nota bene, postmarxista, nota bene, il grande teorico e critico riconosceva come uniche consolazioni dello spirito la fantasia e la religione, terrorizzato davanti a quello che lui chiamava la tendenza irreversibile del progresso tecnico nella creazione di un mondo la cui struttura razionale poteva raggiungersi solo pagando con la scomparsa della libertà dell'individuo e dell'elemento spirituale."

"Scusa, Aguirre, ma questa non è la mia serata per le Scuole di Francoforte."

"Alba, per favore, caro."

"Ma se ti ho conosciuto quando eri un gesuitone rosso... Io vivo nel territorio della mia memoria, Aguirre. Non farmene uscire."

"Sia. Visto che si tratta di te, sia. Ma devi sapere che a più di uno ho tolto il saluto e persino lo sguardo solo perché si era sbagliato, involontariamente, insisto, involontariamente, chiamandomi Aguirre, un nome che è il mio passato, invece di duca di Alba, che è Il Passato."

"Vista la tua condizione aristocratica, puoi dirmi che cosa è accaduto."

"Voci di morte mi giungono."*

"Non sfottermi, Aguirre. Un morto?"

"Tu non scrivi romanzi gialli?"

"Qualcosa di simile."

"Allora sei inseguito dai delitti e tutti ti domanderanno, signor Sánchez Bolín, lei che scrive romanzi gialli, ci dica, chi è l'assassino?"

"Nei romanzi gialli, Aguirre, l'assassino è sempre l'autore."

Mona d'Ormesson aveva tanta voglia di sapere che cosa si stessero dicendo il duca e Sánchez Bolín quanta di scoprire la causa del subbuglio davanti alla porta. I due uomini le erano più vicini e si lasciò soggiogare dall'affermazione di Sánchez Bolín.

"L'autore è sempre un assassino?"

"Non ho detto questo."

"Per estensione," insistette Mona e Sánchez Bolín alzò le spalle.

"Se lo dice lei..."

"Che pensi di questa faccenda, duca?"

"Pensare, mia cara? Nulla. Honecker, da non confondere con Horkheimer, in *Das Denken* dice che pensare è un'attività interiore rivolta verso gli oggetti nel tentativo di coglierli. Honecker non dice alcunché sugli autori di romanzi polizieschi, e non pretendere da me una concezione classica del pensiero nella neutralità ontologica. Non credo nelle neutralità ontologiche."

Alba negò decisamente con la testa.

"Deve essere capitato qualcosa di brutto al nostro ospite. Lo deduco dal fatto che sua moglie è uscita dal recinto tutta rattrappita e con il braccio in apparenza protettivo del figlio sulle sue spalle. Tu che sei scrittore, Sánchez, e di conseguenza ti diletti di carogne, che impressione ti suscita questo gesto protettivo di passare un braccio sulle spalle delle persone che soffrono?"

"Deplorevole. Io non me lo lascerei fare."

"È un gesto protettivo e annientante, perché ti obbliga a sopportare il peso di chi ti protegge e ti inchioda corpo e anima a terra."

Sánchez Bolín si mise dietro Mona d'Ormesson e da lì fece gesti al duca per spiegargli quanto fosse insopportabile quella

* Citazione da Federico García Lorca.

signora, ma tirò troppo in lungo il muto discorso, tant'è che Mona si voltò di scatto in cerca del sorprendentemente scomparso e lo colse che faceva gesti di sfinimento tra sbuffi silenziosi.

"Ma che cosa le succede?"

Lo scrittore non aveva una risposta pronta e decise di seguire la corrente pretestando un urgente bisogno di andare a vedere che cosa stava succedendo, in un momento in cui il gruppo cominciava a scomporsi dietro le tassative indicazioni della signora ministro, che aveva preso il comando della piazza miracolosamente imbiancata dai riflettori televisivi e, montata su una sedia dal design minacciante, sulla più smontabile metafisica dirigeva le operazioni di ritorno alla normalità con i suoi gesti di donna bruna vestita di rosso carminio che trasformava il paralizzato Leguina in un politico albino con complesso di inferiorità policroma.

"Tornate ai vostri tavoli! Ben presto accontenteremo la vostra curiosità ma, per favore, nessuno esca dalla sala."

Né la signora ministro né Leguina poterono impedire che Sagazarraz montasse su un'altra sedia esattamente uguale a quella che reggeva la donna e si mettesse a emularla dando prova di grande spirito di collaborazione.

"Tornate ai vostri lidi! Lasciate che le barche seguano le scie che son loro più note e ritornino ai porti di origine con la docilità di una piuma abbandonata al flusso delle onde!"

Davanti a un collaboratore così poco attendibile, la signora ministro saltò giù dalla sedia e allungò le braccia avvolte in scialli di garza indiana per accentuare l'ordine di ritirata e fu ubbidita da tutti tranne che da Sagazarraz che cominciava a cantare l'aria del tenore nell'operetta *Marina*:

> *Coste, quelle del Levante,*
> *spiagge, quelle di Lloret.*
> *Beati gli occhi*
> *che vi possono riveder.*

Di fronte alle prospettive canore offerte dall'armatore la ritirata si accelerò e Sánchez Bolín si imbatté in Regueiro Souza e Hormazábal che discutevano mentre venivano avanti, mantenendo una curiosa distanza dissuasiva, come se temessero di essere troppo vicini tra di loro, troppo vicini per la violenza contenuta. Passarono accanto allo scrittore mentre Regueiro Souza gridava:

"Ti dico di darmi il telefono!".

Hormazábal non rispose e fu Mona d'Ormesson, bloccata dalla ritirata dei curiosi, a prenderlo per un braccio e, fermandolo, a fermare anche Regueiro.

"Di che telefono si tratta?"

"Poteva avere con sé il cellulare."

"Io non sono uno di quei cafoni che se ne vanno in giro dappertutto con il cellulare nella patta. Il cellulare me lo porta l'autista."

"Allora, arrangiati. Io sono un cafone e il mio non te lo presto."

Si credette in obbligo di spiegare a Mona:

"Ci hanno proibito di comunicare con l'esterno, e adesso vuole che io gli lasci il cellulare per mettersi in contatto con il capo del Governo o con il Re".

"O con il Papa, se fosse necessario!", gridava ora richiamando il pubblico un Regueiro Souza con tutte le vene del viso e del collo dilatate. "Non sopporto che si venga trattati come dei bambini. Nell'era della mondovisione e delle autostrade dell'informazione, non ci viene detto che cosa sta succedendo e non ci si consente di comunicare con l'esterno. Voglio chiamare il presidente per dirgli un paio di cose, un paio di cose ben dette..."

Adesso il capannello si era formato intorno a Regueiro.

"...due cose ben dette. Se questa è la modernità che ci avevi promesso, presidente, te la puoi mettere in culo."

Non vi furono proteste articolate, ma qualche fischio di mariti offesi perché le loro mogli erano costrette a sentire espressioni tanto volgari, irritati più che offesi quando Regueiro, sopraffatto dalla dismisura delle parole e della propria bocca, ribadì il concetto e lo elevò al principio metafisico di stato.

"E se il presidente non mi fa caso, sarà il Re in persona a sentirmi dire di mettersi la modernità in culo, se la modernità è questa."

E abbracciando con un gesto l'immensità della sala e della situazione, rimase in piedi sulle sue gambe come unico nesso che lo legava al mondo, per cui lo schiaffo che gli propinò Sito Pomares & Ferguson lo buttò a terra tanto improvvisamente da farlo restare con le quattro zampe all'aria mentre la schiena e il sedere andavano incontro a un pavimento laminato dove erano disegnati i tappi metallici delle bottigliette di bibite di tutte le epoche dall'origine stessa di quei tappi e delle bibite industriali. Da lì sopportò, perplesso, l'arringa di Pomares & Ferguson.

"Le tue volgarità offendono le signore, ma soprattutto offendono Sua Maestà il Re e per estensione Sua Maestà la Regina. Non lo posso consentire."

Agile e rabbioso, il rottamatore si alzò e stava per lanciarsi sul vinattiere che aveva assunto posizioni da torero karateka, quando Hormazábal lo prese per un braccio e gli mise in mano il cellulare.

"Tieni, e chiama il Papa."

"Con il nome del Papa non si scherza in mia presenza."

Si piantò fiero Pomares & Ferguson davanti ai due e fu sua moglie Beba Leclercq a farlo desistere con una frase tagliente di promemoria.

"Sito, non fare il cazzone."

Il rubicondo Pomares si ammansì e separò Hormazábal da Regueiro Souza che recuperava a ogni istante la statura.

"Tornatene a castrare piattole a Jerez, bamboccio!"

Troppe grida ormai perché un placato Pomares & Ferguson tornasse a sfidarlo, e Regueiro depositò le natiche sulla sedia primigenia respirando come uno yogi che tenti di autocontrollarsi. Marga Segurola e Altamirano erano tornati, pure loro, al porto d'origine: la donna con una smorfia di profondo schifo sul volto, senza capire perché Altamirano si strofinasse le mani sotto il tavolo in preda a un inspiegabile entusiasmo e con la voglia di spiegarlo per poco che lei glielo chiedesse.

"Come mai così contento?"

"Il buon selvaggio, Marga, diventa il cattivo selvaggio non appena la situazione lo opprime e lo deidentifica. Contempla lo spettacolo creato da Regueiro, un uomo di mondo, con più soldi di quanti io potrei spendere in mille vite, trasformato in bifolco grottesco e vociferante perché non gli si è rispettato il rango di amico personale del capo del Governo. Guarda. Insiste a telefonare. Patetico."

Regueiro stava facendo uso del cellulare di Hormazábal, ma chi stava all'altro capo della linea non collaborava troppo perché lo costringeva a congestionarsi e a picchiettare con le dita sulla tovaglia come se volesse maciullare lo spartito della propria indignazione. Regueiro sillabava il suo cognome. Re...gue...i...ro... So...u...za... una e più volte, ma non otteneva la risposta pretesa per cui, dopo aver imprecato con le labbra, tagliò la comunicazione e restituì il cellulare al suo proprietario alzandosi e avanzando a tutto gas in direzione dei tavoli dove i giornalisti commentavano la situazione e il brutto tiro di cui erano vittime.

"Voglio farvi una dichiarazione urgente."

La maggior parte dei critici letterari erano giovani e timidi e l'immagine di Regueiro risultava loro familiare ma non riuscivano a determinare l'importanza che lui credeva di avere. Regueiro intuì la sua falsa posizione di potente finanziere sconosciuto e non volle perdere altro tempo.

"Sono Celso Regueiro Souza, come già sapete, jet set e tutto il resto. Non che io voglia attribuirmi medaglie, ma quelli di voi che conoscono il mestiere sanno che mi è sufficiente schioccare le dita perché il potere mi apra le sue porte. Dopo avervi spiegato senza falsa modestia questa ovvietà, posso comunicarvi che questa sera è stato compiuto un grave attentato contro la democrazia e la modernità."

Alcuni giovani informatori occasionali, in regime di contratto lavorativo precario, senza aspettare di essersi consultati con i critici letterari di maggior prestigio inviati all'evento dai loro media, e nemmeno con i direttori presenti in sala, ebbero una premonizione di Pulitzer e si misero meccanicamente a prendere appunti, e altrettanto meccanicamente il discorso di Regueiro somigliò vieppiù a una lettera dettata a una qualsiasi delle sue sessantaquattro segretarie.

"Trascuro il fatto che per misure di sicurezza non ci venga spiegato esattamente che cosa è accaduto, virgola, ma è inaccettabile che persone adulte, virgola, altamente qualificate nella vita spagnola, virgola, in ogni sua dimensione, virgola, ci si veda relegate alla condizione di prigionieri per la mancanza di iniziativa delle nostre autorità, virgola, che hanno optato per la più rozza e primitiva delle misure, due punti, la quarantena. Punto. La rilevanza dei qui presenti richiederebbe una immediata spiegazione e..."

Un curioso si era avvicinato al gruppo dove i giornalisti si dividevano tra la sorpresa e l'ubbidienza, e il dittatore Regueiro, disposto ad accettare il maggior numero di prigionieri, fece un gesto ordinando all'ultimo arrivato di sedersi e aggiungersi ai copisti.

"Si sieda e scriva."

Ma l'uomo che contemplava Regueiro come se si trattasse di un incidente del dopo tavola o del dopo serata non gli ubbidì. "Se lei non è un giornalista, faccia il favore di ritirarsi. Sto rilasciando delle dichiarazioni urgenti."

"Perfetto. Adoro ascoltare dichiarazioni urgenti e non dover aspettare il giornale del mattino."

L'individuo non era vestito all'altezza dei presenti, ma il suo completo comprato ai saldi dei grandi magazzini del Corte Inglés non arrivava nemmeno a offendere lo sguardo. A un tratto, a Regueiro parve di ricordare chi fosse, come attraverso un fugace flash-back, di averlo incontrato in una situazione precedente che aveva qualcosa a che fare con Lázaro Conesal, o forse lo aveva soltanto appena visto in mezzo al gruppo che circondava la signora ministro e Leguina.

"Lei è un poliziotto? È venuto a impedire che continui questa celebrazione?"

"No. Sono un detective privato. Mi chiamo Pepe Carvalho e vado a spasso in questa sala a cogliere stati d'animo, o di disanimo, a seconda dei punti di vista."

"Per favore," tagliò corto Regueiro, voltando le spalle al detective. E stava già per riprendere la sua perorazione quando avvertì che in molti tavoli erano spuntati i cellulari e le chiamate all'esterno. Notandolo, non seppe superare lo sconcerto e i giovani giornalisti aspettarono inutilmente che continuasse con le sue dichiarazioni *urbi et orbe*. Pochi metri più in là, Sagalés fingeva di incontrare per caso un Carvalho in ritirata.

"Ha notato la quantità di cellulari che è saltata fuori? Non dovreste sequestrarli?"

Carvalho studiò il viso da neonato invecchiato che aveva davanti. Delle due una, o parlava beffardamente o si trattava di una complicità collaborazionista impropria alla sua età, a meno che non fosse un finanziere decaduto o uno scrittore fallito.

"Lei scrive o ruba?"

"Scrivo."

"Senza troppo successo, a quanto vedo."

"Che idea ha del successo?"

"Averne avuto abbastanza nella vita da non badare a quello che fanno gli altri con i loro cellulari. Io non sono un piedipiatti."

"Ma a quanto ho sentito nella toilette, se ne intende parecchio di whisky."

"È il posto più indicato per parlare di whisky, e persino per berlo. Il whisky va tutto in piscia, e subito."

"Lei è un detective privato!"

"Da cosa lo deduce?"

"Dal modo di parlare. Lei parla come Chandler."

"Nemmeno Marlowe parlava come Chandler. Nella vita reale noi detective privati parliamo come venditori di bestiame. Lei ha visto troppi film."

Il vuoto lasciato da Carvalho fu occupato da Andrés Manzaneque, il quale aveva assistito all'ultima parte della conversazione ed era in cerca della battuta per l'attenzione di Sagalés, ma gli eventi lo avevano lasciato nella siccità mentale più assoluta, se non in uno stato di predesertificazione, e anche se vagamente ricordava alcuni versi di Oscar Wilde sull'atto di uccidere, che certamente avrebbero lasciato Sagalés a bocca aperta, non riusciva a ricordarli con esattezza e temeva di esporsi a una sconfitta indesiderata, quando in realtà voleva solo prendere le distanze, e con questa intenzione tornò al proprio tavolo dove a poco a poco stavano tornando gli occupanti incitati da Puig s.p.a., pronto a seguire alla lettera le consegne delle autorità.

"Per uscire quanto prima da questa penosa situazione, è molto meglio che ciascuno torni al proprio tavolo."

"Io non l'ho nemmeno lasciato," obiettò Laura, installata in un luogo del mondo confinante con due bottiglie di whisky, una vuota e l'altra da svuotare. "Vi ho tenuto il posto, non fosse mai che ve l'occupasse l'assassino."

"Di che assassino parla, signora?"

La parte femminile dei Sanitari Puig s.p.a. si era portata una mano sul seno sinistro in cerca del punto più vicino al cuore.

"Credo che Lázaro Conesal sia stato ucciso."

Persino Sagalés si sorprese e commise l'errore di guardare sua moglie e scoprirla inquisitoria e in attesa.

"Stai dando i numeri, Laura?"

"Non guardarmi così, somigli a Gregory Peck quando non sa che faccia fare. Non sto dando i numeri, caro. Me l'ha detto un cameriere."

"Te l'ha detto un cameriere? Così, come se niente fosse?"

"Durante la serata siamo entrati un po' in confidenza e ho colto l'occasione per domandargli: Fermín, che succede? È sorta una felice coincidenza o un'affettuosa complicità, perché ho supposto che si chiamasse Fermín e lui mi ha risposto come se fosse la cosa più naturale del mondo. Il signor Lázaro Conesal è stato assassinato. Mi ha servito un altro whisky e se n'è andato, evidentemente molto preso dal lavoro."

"Forse era proprio lui l'assassino," insinuò Manzaneque che aveva seguito Sagalés e ritrovato l'immaginazione. L'ex giovane promessa del romanzo spagnolo percorse con lo sguardo i diversi tavoli ed ebbe l'impressione che lo sapessero dappertutto.

Laura aveva dato inizio a un duello di sguardi con il marito.

Nessuno dei due era disposto ad abbassare gli occhi e Laura sputò:

"Sei un cretino".

Sagalés girò intorno al tavolo, si piazzò davanti alla moglie e le mollò uno schiaffo secco, violento, che lei incassò con un sorriso mentre commentava:

"Continui a essere un cretino".

"Hanno assassinato Lázaro Conesal," li informò in segreto e con la bocca storta il miglior venditore di dizionari dell'emisfero occidentale spagnolo, estraneo al dramma matrimoniale, di ritorno da fonti in genere ben informate.

Terminator Belmazán spiegava in quel momento che il miglior aiutante di un riciclatore di case editrici era il computer in cui si registrano i tabulati delle vendite degli autori.

"Ogni scrittore è le sue vendite. Non siamo solo in un'economia di mercato, ma anche in una cultura di mercato e in una biologia di mercato. Perché sta accadendo quello che accade? Perché Conesal, che è un grande affarista, si è cacciato nell'industria libraria con troppa poesia."

Tutti i tavoli accoglievano il loro ultimo arrivato con la stessa notizia, come una nuvola fattasi sempre più grossa sulle teste di tutti i presenti nella sala. Dalla loro posizione, Leguina e Alborch vedevano come la nuvola si espandesse golosa nell'ampio locale.

"Che facciamo, ministro?"

"Sei tu che comandi. Sei ancora il presidente della Comunità Autonoma."

"Il prefetto di polizia sta arrivando, ma la situazione evolve troppo in fretta. Bisognerebbe dire qualcosa all'altoparlante."

"Senza consultare la famiglia?"

"Dov'è la famiglia? Questa faccenda ha smesso di essere privata per diventare pubblica. Questa notizia va espropriata."

"Sotto la tua responsabilità."

Leguina assentì molto serio e si incamminò verso la pedana dove i microfoni aspettavano inutilmente la decisione della giuria del premio Lázaro Conesal. Non poté fare nemmeno dieci metri perché venne intercettato da una frotta di invitati ribelli che si erano di nuovo staccati dalle loro sedie per avvicinarsi al potere. Ariel Remesal e Fernández Tutor gli domandavano se Lázaro Conesal fosse stato avvelenato mentre gli camminavano a fianco, come se la più scelta cultura della Spagna gli facesse da guardia del corpo nell'attimo della rivelazione.

"Siamo dalla tua, Joaquín."

Finalmente Joaquín Leguina, con parole gentili ma gesti taglienti, riuscì a salire sulla pedana, strappò il microfono dall'asta, se lo avvicinò deciso alle labbra e disse signore e signori, ma riuscì a sentire soltanto lui. Il microfono evidentemente era staccato e per quanto Fernández Tutor picchiettasse sulla compatta reticella con un ditino prima e poi con le nocche, per passare senza tanti riguardi a prendere a pugni la ghianda sorda, il microfono rimase chiuso in se stesso e Leguina considerò per un momento la possibilità di rivolgersi al pubblico alzando la voce, lui che aveva una cassa toracica privilegiata. Si riempì d'aria i polmoni, si avvicinò al bordo della pedana e gridò: "Signore e Signori!".

"Non si sente!", gli gridò dalla sedia la miglior romanziera casalinga, avallata dal marito, il miglior ingegnere di ponti e strade della sua generazione. Sagazarraz salì su una sedia e cercò di improvvisare un discorso nella sua zona di influenza.

"Imprigionato e disarmato l'esercito rosso, sono stati raggiunti gli ultimi obiettivi militari. La guerra è finita."[*]

"Che dice questo cretino?", esclamò il premio Nobel stufo di far salire e scendere il proprio addome, a seconda della tentazione di vivere quanto stava accadendo in piedi o seduto.

Anche l'accademico Mudarra, al suo fianco, opinava che Sagazarraz era un cretino, mentre la moglie Dulcinea gli tirava la manica dello smoking per evitare che cadesse in giudizi tanto rischiosi e Mona d'Ormesson applaudiva e gridava acutamente:

"Che carino! Che carino!".

"Che sta dicendo?", domandava Beba Leclercq agli altri commensali. Inutilmente si rivolgeva al marito, sprofondato nella sua doppia condizione di Pomares & Ferguson, ma non così inutilmente nei riguardi di Regueiro, che aveva l'adeguata risposta intossicante.

"Credo che ci sia la minaccia di una bomba dell'ETA, ma non è il caso di diffondere la notizia. Può essere un falso allarme. Bisogna evitare il panico."

"Per amor di Dio, il panico no," rifiutò Hormazábal mentre gli allungava il cellulare per farlo ascoltare.

"Te lo giuro. Lo hanno appena detto su Tele 5, in uno di quei notiziari flash che passano di tanto in tanto. Lázaro Conesal è stato assassinato."

---

[*] Comunicato storico della fine della guerra spagnola letto alla radio dal generale Franco nell'aprile del 1939.

Una voce femminile credeva di comunicare la notizia a Hormazábal, ma era Regueiro Souza ad ascoltarla dopo aver seguito una via crucis di tavolo in tavolo strappando cellulari dalle mani dei loro proprietari per ascoltare brevemente quel che dicevano e, pur avendo ottenuto più di una reazione offesa, era riuscito a raggiungere il proprio tavolo illeso e in tempo per strappare l'apparecchio all'assassino della Compagnia Telefonica. Proseguì la conversazione a proprio rischio e pericolo.

"Si ha qualche idea sulle circostanze del delitto...?"

"Con chi parlo?"

"Con me."

"Ma lei non è il signor Hormazábal."

"Sono Celso Regueiro Souza."

"Per favore, può dire al signor Hormazábal di mettersi all'apparecchio?"

L'assassino della Compagnia Telefonica si portava il dito alla tempia e comunicava all'altro lato del tavolo che Regueiro Souza era impazzito, ma il tavolo stava seguendo la notizia dell'arrivo del prefetto di polizia, confermata dall'irruzione in sala da pranzo di Álvaro Conesal, il quale dopo aver scambiato brevi frasi con le autorità provocò la brusca uscita dal locale di Leguina preceduto dal ministro verso una direzione sconosciuta. Non era altro che la sala riunioni delle guardie di sicurezza, attigua a quella di controllo telematico dell'albergo, e lì il prefetto ascoltò le spiegazioni di Álvaro Conesal, del presidente della Comunità Autonoma, del ministro e del capo del personale, seguiti dal silenzioso guardone che diceva di chiamarsi Carvalho e da un giovane ispettore, incolore, inodore e insipido, Ramiro, cognome, sì, cognome, non il nome, il mio nome è Antonio, Ramiro sembra un nome ma è un cognome, Antonio Ramiro, proprio così, Antonio Ramiro, prendevano nota i giornalisti che erano riusciti a fermare il gruppo davanti alle porte della sala riunioni.

"Forse sarebbe conveniente che la signora ministro restasse qui. Un uomo morto non è..."

Non fece in tempo il prefetto di polizia a collocare il predicato negativo nella frase che il ministro gli mostrò la dentatura e, anche se sembrava un sorriso, il prefetto capì che non era un sorriso amichevole. Pertanto la comitiva capeggiata da Álvaro e dal prefetto e formata da ministro, Leguina, Carvalho, Antonio Ramiro e il capo del personale presentatosi come Jaime Fernández si inoltrò di nuovo nella hall selvatica e salì su uno degli ascensori dove il lift dedicò loro una gestualità abitudinaria in contrappunto alla gravità dei passeggeri. Man mano che l'ascensore saliva la selva diventava una sabbia di bonsai, un ninnolo dell'immaginazione, e le luci indirette donavano alle poche persone che attraversavano la hall l'aspetto di figuranti sparsi in un film di fantascienza nato dalle elucubrazioni di un programmatore. Álvaro aprì la marcia e spinse con decisione la porta che si apriva sulla suite di cui suo padre disponeva permanentemente nell'albergo. Mentre procedeva a passo leggero Carvalho calcolò con un'occhiata quanto fosse caro tutto ciò che arredava l'atrio e il living sala da pranzo, e stava ancora meditando sull'impossibilità di stabilire una cifra credibile quando la comitiva si imbatté nell'evidenza della stanza da letto. Lázaro Conesal era un fantoccio umano vestito con un pigiama di seta, e aveva la schiena inarcata, come se cercasse di staccarsi dal letto, e la capoccia e i talloni che lottavano ai due estremi. Le fattezze erano scure e i muscoli della bocca componevano un sorriso spaventoso, spaventoso a tal punto che gli occhi fuori dalle orbite esprimevano paura nei confronti di quel sorriso. Aveva la mandibola rattrappita, come se la morte lo avesse sorpreso in piena crisi di ira e, per contrasto, quasi non fosse consapevole della posa orribile del morto, la moglie gli accarezzava un piede nudo, seduta sulla sponda del letto.

"Nessuno tocchi niente. Lei ha toccato qualcosa?"

L'uomo che aveva la testa ricucita da trapianti di capelli cercò di giustificarsi.

"Come medico dell'albergo, quando sono stato chiamato ho cercato di capire che cosa fosse accaduto e ho toccato un po' il cadavere, ma quasi subito mi sono reso conto di che si trattava."

"Chi ha scoperto il cadavere?"

"Si potrebbe dire che sono stato io, beh, non sono arrivato da solo, perché a quanto pare quando il signor Conesal ha cominciato a sentirsi male ha preso il telefono e ha risposto quel barman nero che si chiama José Semplice."

"Semplicemente José," corresse Carvalho irritando il prefetto di polizia.

"Come si fa a chiamarsi Semplicemente José? Continui a spiegarci, dottore."

"Il nero mi ha chiamato e siamo saliti insieme il più in fretta possibile e ci siamo trovati davanti a questo spettacolo. Poi abbiamo avvertito don Álvaro che si trovava in sala da pranzo. Quando siamo arrivati noi, il signor Conesal era già morto."

"Può specificarne la causa?", intervenne Ramiro.

Il medico aspettava la domanda con un sorriso tentacolare.

"Posso anticipare il responso del medico legale con un margine di errore scarsissimo. Sul comodino potete vedere una boccetta di capsule di Prozac, ma quest'uomo è stato assassinato con la stricnina. È un veleno fulmineo che agisce sul midollo e sui nervi motori e che viene adoperato in medicina con effetti positivi. Tuttavia, quando si superano certe dosi, provoca quello che abbiamo visto."

Il medico indicò l'aspetto orribile di Conesal senza che gli sguardi dei presenti seguissero la sua indicazione.

"E sospetto che in quella boccetta di Prozac tutte le capsule siano piene di stricnina. Qualcuno che sapeva della sua dipendenza dal Prozac gli ha giocato questo tiro."

"Lei l'ha toccata?"

"Certo!"

Ramiro si sovrappose alla sua disperazione professionale e utilizzò un fazzoletto per prendere la boccetta ed esaminarla in controluce.

"In capsule così piccole, ci sta la quantità di stricnina sufficiente per ottenere un effetto tanto fulmineo?"

Il medico attese un segno di approvazione di Álvaro per emettere il suo giudizio professionale.

"Dipende da quante se ne prendono. In teoria non si possono prendere più di quattro capsule di Prozac, ma ognuno fa come meglio gli pare. È lo stimolante di moda contro le depressioni."

"Suo padre era depresso?"

"Era un ciclotimico. Passava dalla depressione all'euforia."

"Aveva mai preso antidepressivi più energici?"

"Se si riferisce a droghe stimolanti, alla cocaina, sì. Ma si spaventò vedendone gli effetti fatali su alcune persone a lui vicine e soleva ricorrere a stimolanti, diciamo così, sani."

Ramiro lasciò la boccetta sul comodino.

"Ebbene, non si tocchi più niente," avvertì l'ispettore Ramiro. Ma la vedova continuò a passare i polpastrelli sul piede del defunto e il prefetto di polizia impose un rispettoso silenzio al suo subordinato. Ramiro non fu molto soddisfatto della muta censura e continuò a considerare la vedova e il medico come pericolosi intrusi che avevano già distrutto prove e che nessuno sarebbe riuscito a far rigare dritto. Álvaro venne in suo aiuto, prese la madre sotto le ascelle, la costrinse ad alzarsi e la portò quasi di peso sulla chaise-longue su cui Lázaro Conesal era stato sdraiato per qualche tempo, tant'è che era rimasto un bicchiere semivuoto sul tavolino accanto, insieme a una cartella, e le pantofole del finanziere erano perfettamente allineate sotto il tavolino. Carvalho osservò l'alone di umidità visibile sulla patta del pigiama e credette di sentire odore di sperma, come tutti gli altri, ma nessuno lo disse a voce alta perché forse lo sperma odora come la stricnina e solo il poliziotto prese l'iniziativa di dire qualcosa per annunciare l'arrivo immediato del medico legale e della squadra tecnica che avrebbe rilevato le impronte ed eseguito i calcoli precisi. Il quasi trasparente Ramiro lesse quel che c'era scritto sulla cartella posta accanto al bicchiere, senza dare apparentemente troppa importanza alla sua scoperta. Estrasse un fazzoletto dalla tasca e aprì la copertina per leggere la prima pagina. Quando ebbe sollevato la copertina, Carvalho poté leggere il titolo: *Rapporto confidenziale gruppo editoriale Helios*. Leguina aveva altre preoccupazioni.

"Abbiamo cinquecento invitati di sotto, rinchiusi nella sala, che non possono uscire né sapere con certezza che cosa sia successo, anche se tutte le radio stanno già dando la notizia e quelli muniti di cellulare sono in grado di sapere tutto quanto."

La signora ministro spartiva le sue pene con la recente vedova e chiese a Leguina di lasciarla proseguire nel suo impegno consolatorio. Ramiro sembrava non volere e non avere tempo da perdere.

"Che faceva suo padre in questa stanza, in pigiama, la sera dell'assegnazione di un premio tanto importante?"

Álvaro alzò le spalle, ma immediatamente capì che era un atteggiamento insostenibile e riportò le spalle al punto di partenza.

"Bene. Sta di fatto che il premio lo assegnava esclusivamente mio padre. Soltanto lui sapeva il nome del vincitore."

"E la giuria?"

"Tutto era stato patteggiato. Mio padre aveva chiesto a una serie di professionisti di prestarsi a essere membri della giuria, ed è questo che venne comunicato al ministero della Cultura quando chiese i permessi per il premio. Quasi nessuno sa chi facesse parte della giuria."

"Ma la giuria è riunita da qualche parte."

Álvaro ebbe un attimo di perplessità e mormorò un "è vero!" mentre si alzava e si dava un colpo con la mano sulla testa.

"La giuria deve essere ancora riunita in attesa del verdetto. È in una stanza segreta."

Iniziò allora una marcia più precipitosa di quella precedente che lasciò nella camera funebre soltanto il medico, il cadavere e la vedova assorta, trasformata in un pastiche di trucco e rimmel. L'andatura del giovane costringeva il ministro a camminare tacchettando e gli altri a imitare la marcia atletica. Leguina gli fece una domanda che solo Carvalho percepì, come percepì anche la risposta:

"Quella donna era distrutta, no?".

"Distrutta, sì, ma quando mi sono avvicinato a lei per consolarla mi ha detto che suo marito era un figlio di puttana."

Álvaro prese una chiave dalla tasca della giacca e l'introdusse con decisione nella serratura di una porta tanto insignificante da non far presagire nulla.

"È potuta accadere una disgrazia," annunciò il prefetto prima che la porta fosse aperta e davanti ai visitatori apparisse il quadro di sei uomini adulti che guardavano un film spagnolo degli anni cinquanta in cui l'inquilino del quinto piano di un palazzo si finge culattone per ottenere un lavoro. Si incrociarono le sorprese di quelli che stavano lì seduti, la maggior parte senza le scarpe e con molti bicchieri intorno, e quella dei nuovi arrivati. Sul tavolo non c'era né un libro, né niente che somigliasse a un originale di qualcosa in grado di diventare un libro. Colui che sembrava essere a capo della giuria domandò ad Álvaro:

"Chi ha vinto?".

"Non avete saputo niente?"

"Di cosa? Tuo padre ha ordinato di far chiudere la porta dall'esterno. Dov'è tuo padre?"

Álvaro stava per rispondere, ma si intromise l'ispettore Ramiro dopo aver scambiato uno sguardo di intesa con il prefetto di polizia.

"Il signor Lázaro Conesal non è mai entrato qui per scambiare qualche informazione con voi? Lei è il professor Bastenier, se non erro."

Coloro che non avevano ancora scoperto che quell'uomo in calzini, con la cintura slacciata, la cravatta floscia e le guance arrossate per via della sua quota di bottiglie di Bollinger che traboccavano dai secchielli sparsi sul tavolo e sul pavimento della stanza era nientemeno che Ricardo Bastenier, il più notevole specialista di Letteratura Comparata, cervello recuperato dopo essere stato spinto sull'orlo della consunzione da diverse università nordamericane, mormorarono piano il suo nome e adottarono l'atteggiamento reverenziale che è normale davanti al rimpatrio di una mente spagnola. Bastenier, lusingato per il fatto di essere stato riconosciuto da un personaggio tanto anonimo, recuperò parte della sua spina dorsale.

"Don Lázaro è passato a trovarci e ha insistito sulla necessità di questa nostra clausura, e siamo rimasti inutilmente in attesa di una sua nuova apparizione. A proposito, non vi ho presentato i miei eminenti colleghi."

E indicò i suoi compagni di stanza come se li invitasse a rispondere agli applausi del pubblico.

"Il professore Yves Tyras, dell'Università di Magonza, specialista della generazione del 1902; Cayetano Sirvent Mira, direttore del Centro di Studi di Linguistica Strutturale; Leonardo Inchausti, rettore dell'Università a distanza; Floreal Requesens, responsabile dell'Atlante linguistico comparato della Real Academia de la Lengua; Juan Sánchez Martialay, responsabile dei corsi letterari estivi dell'Università Menéndez y Pelayo. Io completo il sestetto composto dalla giuria di base e Lázaro Conesal si riserva il diritto di spareggio."

C'erano tanta cultura e tante università riunite in quel sinedrio di uomini scalzi animati da una delle migliori marche di champagne, che gli intrusi, nonostante le loro gerarchie, sembrarono in soggezione e in ritirata fino a quando la signora ministro della Cultura prese l'iniziativa di salutare tutti quei sapientoni baciandoli sulle guance, accendendole, mentre lei svolazzava in mezzo a loro come una farfalla di straripante policromia.

"Noi ci conosciamo già, ministro," osservò soddisfatto quello che era stato presentato come il responsabile dei corsi letterari estivi dell'Università Menéndez y Pelayo.

"Abbiamo parlato insieme di Blasco Ibáñez e del riso 'in crosta' di Elche o di Elx, come lei lo chiama nella lingua locale."

Ad accentuare la propria rigidità e a dare una totale impressione di disgusto era il presidente della giuria, che cercava di mettersi le scarpe e di recuperare l'aspetto degno pretendibile dal presidente della giuria del premio letterario più ricco del mondo. Alternava quei gesti a sguardi di avvertimento al giovane Conesal, come se cercasse di trasmettergli un messaggio che finalmente riuscì a comunicargli parlandogli a quattr'occhi.

"Che brutta figura. Lo sapevo che non avrebbe funzionato. Che cosa si può pensare di una giuria di un premio, se nemmeno io che la presiedo so il nome del vincitore. Dove si è cacciato suo padre?"

Álvaro non rispose. Andò dal prefetto e chiese il permesso

di comunicare la notizia alla giuria. Consultato, l'ispettore Ramiro si oppose oscillando il capo e dicendosi contrario in quanto si sarebbe perso il fattore sorpresa. Di che fattore sorpresa sta parlando?, gli rispose il suo superiore, mostrandogli la scena della giuria sopraffatta dal Bollinger e da una digestione da serpente boa. Álvaro ottenne il permesso e si rivolse ai presenti:

"Signori, devo comunicarvi una brutta notizia".

"Il premio non va assegnato", sputò Requesens, il responsabile dell'Atlante linguistico. "Lo temevo. Deserto."

"Di che deserto parla?", domandò sospettoso l'ispettore Ramiro.

"Del premio. Non va assegnato. È stato tutto un trucco pubblicitario, lo temevo. Le clausole sono state redatte in modo così sibillino che il premio può anche non essere assegnato e adesso, noi membri della giuria, restiamo tutti in un mare di merda. La colpa è tua, Bastenier, che ci hai venduto la bicicletta."

"Non parlare per frasi fatte, Requesens."

"Lo faccio perché mi girano le palle! Mi hai proprio stufato con le tue maniere da cervello recuperato e non c'è concorso in cui tu non te la prenda con i miei assistenti o con la gente che ha discusso la tesi con me o sotto la mia particolare percezione della letteratura. Adesso mi cacci in questa degradante avventura, per quattro piastre di merda..."

"Non dire sciocchezze, Requesens," lo rimproverò severamente Ricardo Bastenier senza consentirgli di ribattere, e subito dopo invitò Álvaro Conesal a proseguire con le informazioni.

"Mio padre è stato assassinato."

I sei giurati acquisirono un improvviso aspetto di vedovanza inerme e di volontà inquisitoria retorica.

"Come è stato?"

"Ma ne siete sicuri?"

"Non sarà un blocco della digestione?"

"Incredibile!"

Ramiro intervenne deciso.

"Vi sollecito a non lasciare questa stanza in attesa dell'inevitabile interrogatorio. Vi prego di scusarci per i disagi."

Uscirono di nuovo raggruppati, ma Leguina li fermò in mezzo al corridoio.

"Mi pare che stiamo rasentando il ridicolo. Smettiamola di muoverci sempre in gruppo, sembriamo un'équipe medica in ospedale, il primario davanti e gli allievi dietro a prendere appunti."

"Mi ricorda anche certe inaugurazioni, ma manca la Regina, o il Re," aggiunse il ministro.

"Mi permetto di proporre un piano operativo," si permise di dire Ramiro e tutti stettero ad ascoltarlo. "Centralizziamo i comandi nella sala del personale e della telematica in modo che le autorità possano andare in sala da pranzo a tranquillizzare i presenti, e intanto stabiliamo un piano per l'interrogatorio delle persone prescelte tra gli invitati."

"Interrogatorio è una parola molto pesante."

"Conversazioni atte a favorire l'indagine," corresse Leguina e aggiunse: "È così che intendo annunciarlo alla sala. Teneteci sempre informati, la signora ministro e me".

Le supreme autorità se ne andarono seguite dalle loro scorte e Carvalho rimase in attesa delle istruzioni di Álvaro. Poiché queste non arrivavano si piazzò davanti al gruppo composto dal prefetto, dall'ispettore Ramiro, dal capo del personale e da Álvaro Conesal.

"A quale gruppo mi aggiungo?"

Tranne Conesal e il capo del personale, tutti gli altri si accorsero improvvisamente della presenza di Carvalho.

"E questo qui, chi è?"

"Il detective privato Pepe Carvalho. Era stato ingaggiato in via del tutto speciale da mio padre per un compito preciso da svolgere nel corso di questa cena. È indispensabile che faccia parte della squadra investigativa perché in possesso di informazioni che potrebbero risultare interessanti."

"Suo padre era al corrente delle limitazioni poste nelle indagini ai detective privati?"

Álvaro fece spallucce e rispose a Ramiro:

"Domandateglielo voi".

"Non abbiamo niente in contrario a collaborare con un detective privato," sentenziò il capo della polizia. "Ma dovremmo assegnargli una funzione."

"Di questo non se ne parla neanche. Ho la licenza di circolare dove ritengo conveniente e per il momento me ne vado in sala da pranzo a vedere che cosa sta succedendo."

"Vengo anch'io. Poi ci incontreremo nella sala del personale e della telematica."

"Ramiro, sala del personale e della telematica è un nome più lungo di un giorno senza la tivù. Chiamiamola semplicemente sala del personale, abbiamo davanti una notte da campionato."

"Sissignore."

Carvalho e Ramiro scesero insieme in ascensore scrutandosi con la coda dell'occhio. Carvalho pensava che Ramiro fosse un prodotto d'accademia, forse un master in criminologia di qualche università estera ma non troppo lontana e Ramiro sospettava che Carvalho fosse un annusapatte frescaccione, ma qualche merito doveva pur avere se era stato ingaggiato da Lázaro Conesal, un uomo che comprava il meglio del peggio. L'ascensore in cui scendevano il presidente della Comunità Autonoma, il ministro e il loro seguito li precedeva di dieci piani, ma fu facile mettersi in coda agli altri mentre entravano nella sala chiusa dove i fumi del tabacco, le indignazioni e i rumori alcolizzati creavano un'atmosfera snervante che Leguina respirò di gusto, come se il politico romanziere entrasse nell'ambito della finzione narrativa. Non mancarono domande al suo passaggio, persino tentativi di trattenerlo per la manica della giacca, ma lui proseguì imperterrito fino alla pedana, dove questa volta il microfono funzionò, per dare un minimo di informazione.

"Signore e signori, devo comunicarvi che la situazione è sotto controllo e speriamo che i disagi che siete costretti a subire siano minimi per tutti voi. Lázaro Conesal, il nostro ospite, è stato assassinato, a quanto pare, ed è indispensabile che restiamo tutti ai nostri posti, sia dal punto di vista psicologico ed etico sia da quello fisico. Vale a dire, per favore, non muovetevi dai vostri tavoli né cercate di lasciare la sala fino a quando la polizia non avrà svolto le conversazioni indispensabili a favorire l'indagine. Per completare le informazioni che abbiamo dalle liste degli invitati, vi preghiamo di scrivere il vostro nome, indirizzo, numero di carta di identità, numeri telefonici e luoghi dove potrete essere facilmente rintracciati nei prossimi giorni e settimane."

"La vita imita la letteratura, cara Marga. E nota come dopo tutto quello che abbiamo detto sul romanzo giallo, ci ritroviamo a vivere un romanzo giallo."

"Sinceramente, preferisco viverlo leggendolo. E fare congetture a partire da questa proposta senza precedenti. Per esempio. Lázaro Conesal è stato assassinato perché aveva minacciato di diffondere un dossier che comprometteva i massimi rappresentanti della nazione. Sappiamo già come Conesal utilizzasse i suoi dossier. Lo hanno ucciso. Chi lo ha ucciso?"

"I massimi rappresentanti della nazione."

"Elementare. E questo che chiede il lettore passivo e dozzinale che aspetta di veder ripetuta la formula nota, la ricetta del genere. Ma qui funziona l'unica valvola di sfogo della servitù retorica della letteratura di genere. Il suo unico alibi se vuole avvicinarsi, anche solo avvicinarsi, al letterario."

"Il let-te-ra-rio. Perché stai a sillabarlo?"

"Per sottolineare l'importanza del concetto. Se il lettore si aspetta il codice prestabilito, bisogna evitarlo e allora il romanzo giallo di genere, per esempio, deve smettere di essere un romanzo giallo. Uno strumento per ottenerlo consiste nel far sì che l'assassino non sia né colui che ci si aspetta né colui che non ci si aspetta, perché è fin troppo frequente che l'assassino sia colui che meno ci si aspetta."

"Allora, chi dev'essere l'assassino?"

"Nessuno. Il romanzo giallo perfetto è quello in cui non c'è un assassinio e pertanto non c'è un assassino."

"Non saprei. È un'ipotesi da laboratorio. Ma è una formula che mi tenta, sento qualcosa che mi dice: ecco la strada, è qui e non nella strumentalizzazione del genere per trasformare il romanzo in mezzo di conoscenza sociale o psicologica, alla maniera di Sánchez Bolín o di Patricia Highsmith, per esempio."

"Io Patricia la detesto. Mi spiace che sia morta e tutto il resto, ma dobbiamo ammettere che si era limitata a scrivere approcci balbettanti, e a volte bavosi, alla letteratura psichiatrica."

"Seguendo il tuo schema, Lázaro Conesal non è stato assassinato perché non è stato commesso nessun assassinio."

"Probabilmente."

"Allora, sapremo mai chi ha vinto il premio?"

"No. Questo no. Questo sarebbe rendere dozzinale la situazione. Assottigliarla fino al nulla, al di là addirittura della trasparenza."

Sagalés e sua moglie erano rimasti soli al tavolo. Gli altri se n'erano andati con i pretesti più svariati. Non si guardavano e bevevano in religioso silenzio fino a quando lo scrittore più che dire sputò:

"Non controlli quello che dici. Per te è diventato ormai uno sport dire in pubblico la prima cosa che ti passa per la testa, in presenza di chicchessia. Il tuo show fa proprio schifo: la distaccata moglie del distaccato scrittore. Tutto ha un limite".

"Tu non appartieni nemmeno a te stesso."

"E con ciò?"

"Eppure mi hai mandata, eccome, a parlare con Lázaro. Sapevi bene quel che volevi e non ti importava quel che c'era stato o poteva esserci tra di noi."

Sagalés guardava con preoccupazione tutt'intorno per vedere se qualcuno ascoltava la loro conversazione. C'era Manzaneque, in piedi, a cinque metri, apparentemente distratto, con un orecchio teso alla conversazione della coppia e un altro alle chiacchiere della signora Puig che enumerava le bellezze di Cuenca e della sua meravigliosa gastronomia tra cui spiccava il *mortaduelo*.

"Il *morteruelo*,* signora. Mia nonna preparava certi *morteruelos* memorabili."

"*Mortaduelo* o *morteruelo*, fa lo stesso. È buonissimo."

Il signor Puig era riuscito a chiamare in disparte Hormazábal e parlavano tenebrosamente sul futuro della serata ormai andata a farsi benedire e sul futuro economico della Spagna. Urgeva togliere quanto prima la fiducia al Governo socialista che dipendeva dai voti parlamentari dei nazionalisti catalani. Il signor Puig aveva ripetutamente ribadito al presidente Pujol: Non vale la pena di spalleggiare un governo moribondo, *president*.** Ma il presidente Pujol era un capoccione e diffidava di quei ragazzi del Partito Popolare appartenenti a una destra che mai, ma proprio mai, aveva riconosciuto la pluralità della Spagna e le ragioni del fattore differenziale della Catalogna. Il miglior venditore di libri dell'emisfero occidentale spagnolo cercava un cameriere che gli procurasse un po' di Agua del Carmen*** e una zolletta di zucchero.

"Mia moglie è andata alla toilette colta da un malore."

Sagalés gli disse che un certo pescatore di calamari, del tavolo numero quattro, aveva un cordiale in tasca, e il venditore andò a cercarlo, ma trovandosi davanti a Sagazarraz, questi non gli parve un pescatore di calamari e volle verificare.

"Lei si dedica a qualcosa che ha a che vedere con i calamari?"

"Mi si nota?"

"Mi hanno detto che lei ha un cordiale. Mia moglie si è sentita male per via di tutto quello che sta succedendo."

"Il cordiale è suo."

Offrì generosamente la fiaschetta di whisky che in un primo momento venne rifiutata.

"La bottiglia è d'argento."

---

*Piatto tipico di complessa elaborazione a base di fegato di maiale e pollo, spezie, pangrattato e aglio, mescolati e impastati insieme.
**In catalano, presidente.
***Cardiotonico di antica tradizione venduto in farmacia, un tempo elaborato dai monaci.

"Ma non il contenuto."

E per dimostrarlo bevve a lungo, fino all'ultimo sorso, ma non si turbò per il repentino finale e riempì di nuovo la fiaschetta da una bottiglia di Cutty Sark che il cameriere, dopo essersi intascato la mancia, gli aveva lasciato sul tavolo.

"Ma questo è whisky."

"Non è miracoloso come quello dei monaci, ma il Cutty Sark è raccomandato dai migliori monasteri della Scozia. Dica alla sua signora di brindare alla morte di Conesal. Per tutti arriva l'ora."

Il venditore partì con il suo cordiale e Sagazarraz attaccò il viso a quello di una Beba Leclercq piangente e con le occhiaie simili a tasche liberate da un peso eccessivo, mentre suo marito sembrava volerla aggredire.

"Nemmeno stasera riesci a provare un po' di vergogna e un po' di rispetto nei miei confronti?"

Pomares & Ferguson parlava alla moglie da una distanza di due metri e manteneva l'atteggiamento di un torero in piena sfida al toro sull'arena. Il duca di Alba studiava da lontano la posa del possidente andaluso e rifletteva sulla gestualità umana soverchiato da una malinconia da ciclotimico di cui era vittima ogni notte alle due in punto. Vi si annegò sperando che la cosa servisse a isolarlo dagli intrusi disposti a chiedergli una frase brillante con cui riassumere la situazione.

"Se avete visto *L'angelo sterminatore* di Buñuel, avete già il referente migliore."

Oppure:

"Al di là della letteratura è possibile soltanto esperire gli argomenti".

Oppure:

"Non fare il rompiscatole e lasciami solo con la mia perplessità".

La prima frase l'aveva detta a una coppia catalana il cui cognome gli ricordava certe scatole di conserva, la seconda a Mona d'Ormesson, la cui noiosità aumentava col passar delle ore, e la terza a Mudarra Daoíz, che attribuiva l'accaduto a uno strano complotto politico.

"Non dimenticare, duca, che Conesal era il finanziere più contrario al patto tra catalani e socialisti. Rappresentava un capitale spagnolo e moderno, di fronte a quello periferico ed esterofilo dei catalani."

Alba ora rivolgeva lo sguardo al tavolo dove languiva l'adirata conversazione tra Sagalés e la moglie. Adesso era Laura a parlare con veemenza, mentre la più vecchia delle giovani promesse della letteratura spagnola distraeva lo sguardo lungo la stanca sala in cui i dipinti volutamente puerili invecchiavano di minuto in minuto fino a costituire un correlativo oggettivo tracciato da bambini pazzi e suicidi. L'immagine dei bambini pazzi e suicidi occupò i neuroni di Sagalés mentre sua moglie parlava:

"...e i bambini pazzi e suicidi cominciarono a pitturare sui muri le sagome dei cadaveri delle loro madri e volute di brioche o di merda che emanavano profumo di anice o puzzo di feci sanguinolente con melena, mentre il coreografo indicava la strada verso l'abisso consigliando loro di procedere in punta di piedi per non svegliare gli dèi della compassione...

Ho sempre vissuto nella tua ombra. Ricordi quando mi leccavi la fica e mi dicevi ironicamente: Mi mangio i tuoi averi? Non hai fatto altro. Dietro il sogno della tua carriera da premio Nobel senza lettori se ne sono andati tutti i miei averi e la mia giovinezza, figlio di puttana, giovane promessa del cacchio, io non sono né giovane, né una promessa, né niente, ma quell'ubriacona che ride alle battute di un genio insufficiente.

...ma i bambini avevano istinto di sopravvivenza e cercavano di aggrapparsi ai dipinti degli alberi per ritardare la caduta nell'abisso, con la scusa della bizzarria dei colori, alberi verdi, azzurri, gialli, rosa, fucsia e serpenti di ovatta con occhi di vetro opaco...

La vita intera a tormentarmi, sadico, per via della mia storia con Lázaro e hai continuato a tormentarmi, sadico, fino a quando sono andata a chiedergli...".

"Ma vuoi tacere? Vuoi crepare? Vuoi schiattare?"

Spinse il tavolo-uovo fritto contro il ventre di sua moglie e utilizzò la distanza guadagnata per mettersi in piedi e andare verso Manzaneque di cui si impossessò passandogli un braccio sulle spalle.

"Anche se non pare, mio caro poeta, principe di Cuenca, io i giovani li leggo, per quanto mi piaccia giocherellare con la loro immacolata innocenza. Che te ne pare di quello che ci sta capitando? Sarà eccellente materiale letterario fra trent'anni. Tu vivrai per scriverne in merito."

"Le memorie non sono il mio forte."

"Perché hai ancora desideri. Poi vivrai anni di tensione dialettica tra la memoria e il desiderio e infine non ti resterà che la memoria. Sarà il momento di scrivere un romanzo su quello che sta accadendo, qui e ora."

"Può darsi. Ma più che l'argomento, a me interessano le strategie."

"Vediamo. Vediamo."

"Le strategie narrative, o ancor meglio l'originalità della strategia narrativa, perché tutto è già stato detto mentre invece c'è molto da fare nel campo della strategia narrativa. Mi segui?"

"Ti seguo, maestro."

"Non prendermi in giro."

Sagalés non seppe reagire in tempo. Manzaneque gli aveva appoggiato la testa sul petto e sfregava la tempia sinistra sulla cravatta di pura seta che si muoveva come l'ago di una bussola seguendo le intenzioni del miglior romanziere gay di Cuenca.

"È intollerabile che ti lasci trattare così da tua moglie."

"Fa parte dell'equilibrio matrimoniale. Oggi lei insulta me, e domani io insulto lei. L'inevitabile guerra dei sessi che conduce, come tutte le guerre, sull'orlo dell'abisso ed è allora che si rende necessario il negoziato."

Ritirò il braccio da Manzaneque e con una spallata lo costrinse a staccare la testa dal suo petto. Malinconico ma emozionato, il giovane mormorò in modo che soltanto Sagalés fosse in grado di udirlo:

"Le donne sono tutte delle scoreggione in ciabatte".

Avevano il duca di Alba davanti a loro e Manzaneque fece fatica a ricomporsi, ma non Sagalés che inarcò il suo sopracciglio migliore per esclamare:

"Il duca di Alba, suppongo...".

Il duca inarcò il primo sopracciglio che trovò disponibile a tale scopo e finse di non riconoscerlo:

"Ho il piacere?".

Andrés Manzaneque fece irruzione nel dialogo:

"Ma certo che lo conosce, è Sagalés, l'autore di *Lucernaio a Lucerna*, uno dei romanzi più promettenti del decennio".

"Del presente decennio? Credo di ricordare persino di averlo letto. Il romanzo naturalmente non si svolge a Lucerna."

"Da cosa lo deduce?"

Era Sagalés a esserne amaramente interessato.

"Perché quando si cerca un gioco di parole tra Lucerna e lucernaio generalmente nel romanzo non succede niente da nessuna parte. Credo di ricordare che si tratta di un romanzo che parte dalla contemplazione di un piede illuminato dalla luce che proviene da un lucernaio di una città probabilmente turca. Burma, credo."

"Esatto."

"E quel piede illuminato dalla luce del lucernaio costringe il protagonista a giocare con il senso delle parole immaginando di potersi trovare a Lucerna."

"Esatto."

"Ma essere a Lucerna o non esserci, è il meno. È di questo che tratta. Scritto molto bene. Definitivamente sì, l'ho letto."

L'amarezza di Sagalés era diventata sollievo e gratitudine.

"Non sono in debito perché io ho letto tutto quello che lei ha pubblicato. Mi divertono molto le sue sempre più rare collaborazioni a 'El País'."

"Dev'essere l'unico che si diverte a leggerle. Ne parleremo ancora, Sagalés e..."

"Io sono Andrés Manzaneque, uno scrittore di Cuenca."

"Fortunata circostanza."

Jesús Aguirre proseguì la sua marcia ducale, ma schivò in tempo il tavolo dove Ariel Remesal e Fernández Tutor sembravano parlare di cucina editoriale e letteraria.

"Hai visto il ragazzino di Cuenca? Si è già incollato a uno scrittore di successo e al duca. All'origine di ogni scrittore c'è una fase da larva, parassitaria, all'ombra degli scrittori di successo di cui sente il fascino e la prepotenza biologica che poi diventano odio genetico. La letteratura. La Letteratura. Quello che è accaduto stasera può diventare una catastrofe. La morte di Conesal mi lascia col culo all'aria."

Ariel Remesal favorì con l'aleggiare delle palpebre la confidenza che il bibliofilo aveva bisogno di emettere.

"Avevamo dato inizio a un ambizioso progetto, raccogliere mille prime edizioni di opere significative che Lázaro intendeva esporre all'inaugurazione della sua fondazione a Salamanca. Ho passato due anni impegnato nel progetto e ormai ero a metà del lavoro."

"La famiglia lo porterà avanti."

"Non ho uno straccio di contratto e non mi fido di Alvarito. Dietro la sua apparente sottomissione al padre c'è un Edipo con una grande affinità con la madre, che considera come una vittima del despotismo del padre. Inoltre, Lázaro era molto generoso. Provava un piacere straordinario vantandosi dei suoi gusti raffinati davanti alla banda di parvenu del nuovo capitale. Con queste garanzie, potevo ottenere il meglio del meglio. Ogni rilegatura costa un occhio della testa, e non è rimasto quasi più nessuno pronto ad ammattire per queste cose. Sto quasi per gettare la spugna. Non c'è nulla che valga la pena. Che iella."

Il bibliofilo scoppiò a singhiozzare. Ariel Remesal provò vergogna della situazione.

"Calmati, dài, non tutto è perso."

"Decisamente, questo è un paese pieno di becchini. Vedi un po' come piange sconsolato quel tizio lì, il bibliofilo, ma sono convinta che quando il defunto era vivo ne diceva peste e corna. In Spagna chi muore diventa improvvisamente buono."

"È l'argomento di quel tuo bellissimo romanzo *A volte, di mattina*. Tra i tuoi romanzi è quello che mi piace di più."

La miglior romanziera casalinga non accolse del tutto soddisfatta il complimento del marito.

"Non capisco il perché di questa preferenza."

"So che non ti piace che si preferisca una delle tue opere a un'altra."

"È come se parlando dei nostri figli, io ti dicessi che Dolly mi sembra la più riuscita di tutti, il che vorrebbe dire che Alberto o Chon sono riusciti male, o meno bene."

"Una cosa sono i figli e un'altra i romanzi."

"Eppure a me dispiace quando preferisci un romanzo agli altri. Io li ho scritti tutti con lo stesso rigore, con lo stesso affetto, con tutta l'anima."

"Lo so, Alma, cuore mio, lo so. Tu scrivi tutto con tutta l'anima. Ma io posso avere qualche preferenza."

"Anima? Cuore? Che cosa è questo? Un bolero? Non fare giochi di parole! Questo è machismo, sessismo, e non tornare a dirmi che una delle mie opere è superiore alle altre. È come se io andassi a esaminare uno a uno i ponti che hai costruito tu e dicessi, guarda questo ponte mi sta bene ma gli altri così così."

"Ma amore, un ponte è un'opera materiale, la cui qualità maggiore o minore è oggettivabile, si tratta di cose. Invece le opere d'arte, e i tuoi romanzi lo sono, consentono una valutazione soggettiva. Che vuoi che ti dica, a me *A volte, di mattina* fa impazzire, e invece con *Mattoni e pietra* faccio fatica, ammetto di fare fatica perché mi sembra una situazione inverosimile."

"Che cos'ha di inverosimile la situazione di *Mattoni e pietra*?"

"Io non ho mai visto tre vedove alla veglia funebre del marito di una di loro raccontare le proprie vite condizionate dall'uomo che stanno vegliando."

"Questo perché tu hai meno immaginazione di un somaro e per di più non sei mai stato una vedova."

"Non arrabbiarti."

"È arrivato il momento che un premio Nobel della Letteratura si apra la strada," esclamò a un tratto il premio Nobel della Letteratura, con il mento e la pappagorgia in resta. Mise in piedi la sua magra e alta statura zavorrata dal ventre eccessivo e si incamminò verso il posto occupato dalle autorità. Dietro di lui si collocò Mudarra Daoíz che continuava a stuzzicarlo.

"Siamo stati invitati come accademici e veniamo trattati come presunti assassini!"

L'avanzare del premio Nobel verso la signora ministro e il presidente della Comunità Autonoma di Madrid creò una certa aspettativa, e anche Hormazábal si mise in moto verso l'epicentro dell'incontro dove già stava cominciando la breve ma tagliente perorazione del Nobel.

"Signora ministro, signor Leguina. Io me ne vado."

"Capisco la sua irritazione. Potendo, anch'io me ne andrei. I premi letterari sono stupidi e se per di più sono falliti riescono a essere tanto stupidi quanto la politica."

"Non le chiedo di capire la mia irritazione né nient'altro. Diletto Leguina, mi limito a comunicarle che me ne vado."

Girò sui tacchi e camminò verso la porta. Mudarra Daoíz corse al tavolo dove lo aspettava la moglie e la spinse a prendere la borsetta e seguirlo.

"Andiamo via. Se un accademico va via, noialtri non dobbiamo rimanere."

Sánchez Bolín negoziava con un cameriere uno spuntino notturno per intrattenere le ore e il corpo e non diede retta alla richiesta di solidarietà di Mudarra.

"Ci segue?"

"Io non sono un accademico."

"Ma è una persona per bene e noi persone per bene non meritiamo di essere trattati come assassini."

"Ho appena chiesto qualche affettato, pane, pomodoro, sale e olio e non voglio offendere il cameriere."

"Quanto agli affettati, capisco. Ma a cosa le servono il pane, il pomodoro, l'olio, il sale... Intende mettersi a cucinare?"

"Ho chiesto al cameriere se mi sapeva preparare del pane e pomodoro alla catalana, e le voglio ricordare che quando il geniale Borges, durante il suo ultimo soggiorno a Barcellona, venne a sapere che si trattava del piatto nazionale catalano, commentò: Che miseria!"

"Se devo scegliere tra Borges e il pane e pomodoro, io scelgo Borges, ovviamente. Ogni cosa al suo momento, Mudarra."

"Voi viaggiate col campanile sulle spalle. Persino lei che, ne ho la certezza, non è catalano né di lingua né di origine. Ma non c'è niente di peggio del meticcio riconoscente. Andiamo, Dulcinea."

"Ti hanno detto che ci lasciano uscire?"

"Se il Nobel esce, esco anch'io."

"Tu stattene bello seduto e vediamo quel che succede."

Il Nobel era arrivato alla porta e vedendo venirgli incontro alcuni poliziotti in abiti civili, mostrò loro il risvolto della giacca dove luccicava un distintivo e gli fecero strada, anche se alla fine poté più il dubbio di quello che avevano visto che l'impressione di potere suscitata dal fuggiasco, e gli intimarono l'alt.

"Un momento, signore, per favore. Nessuno può uscire dalla sala senza il permesso delle autorità."

"È all'autorità che mi riferisco. Io sono un'autorità. Io sono accademico della Lingua e premio Nobel della Letteratura."

"Così mi era sembrato, ma abbiamo ordini severi."

"Severi?"

"Rigorosamente severi."

"Allora, dinnanzi al senso del severo mi arrendo e non voglio essere fattore di indisciplina."

Tornò sui propri passi degnamente e al suo tavolo dove, per pura curiosità, lo aspettavano Mudarra, Dulcinea e Mona d'Ormesson.

"Mi hanno pregato di rimanere. Così domani nessuno potrà dire che il premio Nobel della Letteratura è fuggito dalla scena del delitto e l'immaginazione mi dice che posso trarre buon profitto da questa circostanza che mette insieme una simile raccolta di pusillanimi costretti a vegliare un cadavere invisibile."

Mona d'Ormesson portava notizie fresche. Carmen, cioè il ministro, le aveva confidato da donna a donna che la situazione era insostenibile e che presto si sarebbe fatta una lista dei presenti che dovevano restare per essere interrogati e di quelli che potevano tornare alle loro case.

"Per cui adesso, anche se mi buttano fuori, io rimango," affermò il premio Nobel.

"Ma quanto è narcisista quest'uomo, Dio mio. Io rimango perché sono curiosissima e adoro spettegolare. Sarò l'ultima ad andarmene."

Il cameriere aveva portato lo spuntino a Sánchez Bolín e i compagni di tavolo concentrarono l'attenzione sul rito dell'elaborazione del pane e pomodoro. Lo scrittore tagliò i pomodori a metà, ne strofinò ciascuna sulle fette di pane sino a inzupparle di polpa, sugo e semi. Seguiva una tecnica speciale consistente nello spezzare la polpa del pomodoro sui bordi della crosta della fetta, così era più facile da distribuire sulla superficie e quando riuscì a uniformare la piattaforma di un colore rosato la salò e vi aggiunse un filo d'olio per il lungo e per il largo del territorio propizio, poi premette con due dita i bordi della fetta affinché l'olio imbevesse ben bene il tutto.

"È buona questa roba?", domandò la moglie dell'accademico.

"È curiosa, semplicemente, Dulcinea. Curiosa e patriottica per i catalani. Ma lei che è un meticcio, caro Sánchez Bolín, nonché un autore che il più delle volte apprezzo, com'è possibile che si sollazzi con questo emblema patriottardo?"

"Mudarra, lei ha davanti a sé un prodigio di koyné culturale che materializza l'incontro tra la cultura europea del frumento, quella americana del pomodoro, la mediterranea dell'olio di oliva, e il sale, quel sale della terra che consacrò la cultura cristiana. E sta di fatto che questo prodigio alimentare è venuto in mente ai catalani poco più di due secoli fa, ma sono così consapevoli della loro creazione da averne fatto un segno di identità equivalente alla lingua o al latte materno."

"Che banalità."

"A tal punto assistiamo a un prodigio culturale, che noi meticci, i cosiddetti *charnegos*, gli immigranti catalanizzati, adottiamo il pane e pomodoro come un'ambrosia che ci consente l'integrazione."

"Io vado matta per il pane e pomodoro!", proclamò Mona d'Ormesson con tanta convinzione che furono in diversi ad avvicinarsi al tavolo dove Sánchez Bolín continuava a strofinare di pomodoro le fette di pane e si stabilì una progressiva domanda di degustazione, così insistente che Mona dovette mettersi a fare l'aiutante di cucina di Sánchez Bolín, e i camerieri dovettero compiere diversi viaggi per rifornire di provviste quella miracolosa moltiplicazione dei pani e dei pomodori che suscitava prima la formazione di una cerchia di invitati famelici e poi un turno di distribuzione della manna che Mona regolava gridando a squarciagola. Fu tale il tumulto intorno ai cuochi improvvisati che dalle alture delle autorità si sospettò un diverso impegno e fu inviato Carvalho a valutare quel che stava succedendo. Il detective tornò mordicchiando goloso una fetta di pane e pomodoro offertagli da Sánchez Bolín.

"Stanno preparando pane e pomodoro."

"Adoro il pane e pomodoro!", non riuscì a trattenere la signora ministro e qualcuno si offrì di andare a prendere la sua parte.

"Un pezzettino di niente! Ne vuoi, Joaquín? Pensa un po' quanto sono disgraziati i valenzani anticatalanisti che in alcuni ristoranti e bar di Valenza lo chiamano 'Pane e pomodoro alla Valenzana'. Un pezzettino, Joaquín?"

Leguina era distratto e venne in suo aiuto il prefetto di polizia, come se richiesto del parere di coloro che erano di guardia nella sala del personale. Lo accompagnava il medico dell'albergo con una faccia di soddisfazione impropria per una situazione simile.

"Le prime osservazioni indicano che è stato ucciso dalla stricnina, come aveva anticipato il dottore, e non vi sono altri segni di violenza al di fuori della posizione del cadavere, dovuta all'azione del veleno. Non c'è alcun segno di lotta."

"Nemmeno di lotta amorosa?"

L'intervento di Carvalho turbò il già di per sé turbato volto del prefetto di polizia e aumentò l'entusiasmo del medico.

"A che proposito questo commento?"

"Sul pigiama del cadavere, a prima vista, si notava una evidente macchia di sperma, e precisamente nella zona della patta."

Non piacque al prefetto che la rivelazione fosse stata fatta in presenza del ministro, ma accanto a lui il medico si mise ad applaudire così sonoramente che diverse teste si girarono verso di loro.

"Complimenti. Lei è un bravo osservatore. Aveva sulla patta del pigiama uno spruzzo immenso, una miscela di sperma e di flusso vaginale. Il signor Conesal questa sera aveva intinto il biscotto."

Carvalho osservò la reazione di Álvaro. Mentre sul viso degli altri era apparsa una smorfia di rifiuto o di ripugnanza, il suo sembrava un cubetto di ghiaccio. Il prefetto, invece, era il disagio allo stato puro.

"Un particolare che noi conosciamo ma che non bisogna divulgare. Il problema consiste nel fare una lista di quelli che devono essere interrogati, senza tuttavia lasciar andare gli altri perché ci possono essere interconnessioni, e capire i legami esistenti tra tutte queste persone dopo che se ne saranno andate sarà ben difficile."

Álvaro si era piazzato dietro il prefetto e inviò a Carvalho con lo sguardo una silenziosa preghiera di intervento. Il detective si tolse dalla tasca due fogli di carta piegati a metà, li aprì ed esaminò, valutandola, la lista scritta con una grafia risultante da una formazione scolastica ancora attenta alla bella scrittura.

"Una logica elementare, per quanto concerne coloro che sono qui dentro, ci dice che possono essere implicati nell'assassinio solo coloro che hanno lasciato la sala abbastanza a lungo per compierlo."

"Non ha potuto ucciderlo qualcuno venuto da fuori?"

"Evidente. Ma il vostro problema consiste nel fare una selezione della gente che era presente. Per questo non la fanno uscire. Implicati anche loro nell'incontro, fuori c'erano i membri della giuria inutile in una stanza chiusa dall'esterno dallo stesso Conesal e l'intero genere umano oggi presente a Madrid."

"Chi ha tenuto il conto di quanti sono usciti dalla sala?"

Carvalho alzò il dito e poi lo rivolse alla lista di nomi scritta sui due fogli di carta spiegati. Il prefetto scoppiò a ridere.

"Sembra ignorare che siamo in tempi moderni e che c'è un circuito televisivo che deve aver registrato tutti gli spostamenti nell'albergo. Basterà guardare i filmati per scoprire chi è entrato nella suite di Conesal."

Álvaro intervenne senza mettere emozione nelle parole.

"Quando mio padre era nella sua suite ordinava di spegnere il circuito. Non voleva che si controllassero entrate e uscite."

Il prefetto vedeva davanti a sé una montagna, perché finse sudori e mani per asciugarli.

"Allora, partiamo da zero?"

"Partiamo da questa lista."

Quasi senza chiedergli permesso, il prefetto prese i fogli dalla mano di Carvalho e lesse a voce alta quanto vi era scritto:

La cicciona e il ciccione che parlano come un libro stampato,
il patito dei gabinetti,
il fabbricante di gabinetti,
la moglie del fabbricante di gabinetti,
l'ubriaca malinconica,
il venditore di dizionari,
il figlio di suo padre,
Fernández e Fernández,
l'adolescente sensibile,
la scrittrice con le varici,
il marito varicoso,

il patito del whisky,
la sagrestana,
Sánchez Bolín,
*Daoíz e Velarde,**
il dirigente di acciaio inossidabile,
lo sbruffone armato,
la dama spiritello,
il marito è l'ultimo a saperlo.

Solo Álvaro Conesal guardava Carvalho con rispetto. Gli altri temevano di essere vittime di uno scherzo.

"Ma che senso ha questo geroglifico? Io riconosco soltanto il signor Sánchez Bolín, tutto il resto è metafora e a quest'ora di notte me ne sbatto delle metafore."

"Non dimenticate che io ignoro il nome della maggior parte della gente che c'è qui, tranne quello del signor Sánchez Bolín, quello dell'accademico e quelli delle autorità. Ma posso osare indicarvi uno dopo l'altro i personaggi che corrispondono a questi nomi."

"Non ce n'è bisogno." Era Álvaro a intervenire e davanti alla sorpresa generale, commentò: "Per me queste metafore non hanno segreti. Tanto per cominciare, 'il figlio di suo padre' sono io".

"Qualcuno qui si chiama Carvalho?"

Due guardie di sicurezza dell'albergo guardarono il detective con diffidenza appena si presentò.

"Abbiamo fermato un tizio con l'aspetto di malvivente o di *skinhead* che dice di conoscerla."

"Precisi. Un malvivente è un malvivente e uno *skinhead* è uno *skinhead*."

"Va vestito come un poco di buono e non so cosa va dicendo su Dio che ci becchi confessati. È con una signora che assicura di essere sua madre, ma li abbiamo trattenuti perché quel tizio non ci piace proprio per niente."

"Dio ci becchi confessati."

Ad Álvaro non piaceva quest'aspetto della faccenda, e Carvalho seguì le due guardie fino a un magazzino di bevande posto sul retrobottega del bar. Lì c'erano il figlio di Carmela ammanettato e Carmela per metà piagnucolosa e per metà vociferante contro la guardia di sicurezza che li sorvegliava.

*Nomi di due eroi, tra i protagonisti del sollevamento popolare del 2 maggio 1808 a Madrid contro l'occupazione napoleonica.

"Ma esiste forse un travestimento legalizzato? Perché mai mio figlio vi sembra un individuo sospetto e non arrestano invece lei, con quella faccia da mafioso che si ritrova?"

"Taci, mamma, che arriva il tuo socio."

La madre vide Carvalho che si avvicinava e l'uomo e la donna si studiarono attraverso un parapetto di quindici anni. Carvalho ricordò la consegna dei comunisti andati a riceverlo all'aeroporto di Barajas: Lei entri in quella caffetteria e vedrà una ragazza seduta che legge *Diario 16*. Si presenti e lei l'accompagnerà. La giovane stava alternando piccoli bocconi di frittella a piccoli sorsi di caffè macchiato. Aveva le gambe belle anche se un po' magre e la frangetta le faceva cominciare il viso con due occhi splendidi, pieni di occhiaie, patetici come la sua magrezza alla Audrey Hepburn sottolineata dall'abbigliamento nero e lilla. Le gambe ora erano ancora belle ma più carnose, avvolte in un paio di calze nere trasparenti, la fronte era senza frangetta, troppo alta, non imponeva più la presenza di due occhi che continuavano a essere belli anche se un po' appesantiti dalle occhiaie violacee e gonfie, ma che forse proprio perché sue o per la circostanza continuavano a sembrare patetiche.

"Sono miei amici," li identificò Carvalho.

Il *vigilante* permanente sganciò le manette del ragazzo e scappò dall'attendibile ramanzina di Carvalho, come scapparono altre due guardie per lasciarli soli. Carvalho e Carmela cercavano di retrocedere nel tunnel del tempo, ma ciascuno aveva il proprio e non si incontravano. Carvalho aspettava la mano di lei, ma la donna si alzò sulle scarpe con un tacco di media altezza e lo baciò sulle guance. Il ragazzo non diede loro tempo per salutarsi convenzionalmente.

"Ho convinto mia madre a venire al Venice, per vedere di incontrarla. Siamo entrati nella foresta e sono venuti fuori gli zulù e ci hanno catturati. Ma questo, che è? È vero che hanno fatto secco quel riccone, quello sfondato di un Conesal? Mi volevano incastrare e meno male che ero con mia madre che sembra una tizia a posto, altrimenti me la mettevano proprio in culo."

Entrarono nella hall e *Dio ci becchi confessati* fischiò:

"Cazzomerda uau, la fine del mondo! Che sballo, questo posto. Quando racconterò ai soci che quasi ho visto fare a fette quel tipo tutto slappato coi capelli straunti e che mi hanno preso i piedipiatti come se io fossi l'accoltellatore, scioglieranno il pacco nei pantaloni".

Carvalho guardò Carmela in cerca di aiuto.

"Dice che quando racconterà ai suoi amici che ha quasi visto ammazzare Lázaro Conesal e che la polizia ha pensato che poteva essere lui l'assassino, si cagheranno nei pantaloni."

"Più o meno, tizia. Commerciami un guischi, su, perché qui non si può trombare una bomba in presenza di tanta pula, né impizzarsi e per di più ho una scimmia da schifo. Ma il posto è proprio da film, supergalattico, un giorno ci porto la mia porca." Carmela chiuse gli occhi rassegnata e proseguì con la traduzione simultanea.

"La tizia sono io."

"Fin qui c'ero arrivato. Capisco anche che vuole un whisky."

"Avere la scimmia è essere in astinenza. Trombare una bomba è farsi uno spinello, e impizzarsi farsi di cocaina. La merda della droga. Come bollire o schiumare, vuol dire fumare della roba. La porca è la sua ragazza, una vera delizia, e un giorno la porterà qui perché veda tutto questo. Sai, la missione della mia vita sembra essere tradurti le cose dell'argot.* Ricordi quei tipi splendidi che traducevano *Le tesi di aprile di Lenin* nel linguaggio *cheli*?"

"Erano altri tempi. Forse anche il mese di aprile era diverso."

Il rockettaro continuava il suo discorso:

"Un po' flippo sì che lo sono. E questo spazio mi ispira. È siderale, cazzo, queste palme vampirizzate, tutto mi ispira un sacco. Io sono un musicista, anche se non ho una fottuta idea del solfeggio. Ma ho immaginazione musicale. Tre accordi, un ritmo, ci caccio la batteria e il basso e, cin-pa-ta-cin, la cosa funziona, socio, e uno diventa un brucespingher".

Il barman nero del cocktail bar era più nero, annerito dal sonno, di quell'altro che se la godeva con la testa tra le braccia e con i gomiti appoggiati al banco. Si rassegnò a servire un beverone di vino con la birra a quel punk, probabilmente un razzista di merda, uno che ce l'ha con i neri.

"È proprio schizzato che un kakao ti serva da bere. A me i kakao piacciono oceanicamente. Occhio. Io, di razzista non ho proprio niente. Io mi spacco il muso per difendere i negretti, e persino i marocchi."

Anche se gli sguardi di Carmela e Carvalho si cercavano, il ragazzo non lasciava loro spazio né tempo e Álvaro arrivò con il

---

*Argot dell'emarginazione madrilena negli anni settanta e in quelli della *movida*, rapidamente adottato da buona parte delle sinistre e dai cosiddetti progressisti.

desiderio incontestabile di avere la presenza di Carvalho agli interrogatori di Ramiro.

"Ho patteggiato con il prefetto. Le consente di assistere agli interrogatori. Gli ho dato la lista di equivalenze per aiutarlo a capire le sue metafore, e i nomi veri. Le chiedo una cosa soltanto. Di fare il possibile perché io sia l'ultimo a rilasciare una dichiarazione."

Álvaro partì e Carvalho non sapeva come dire a Carmela che ancora c'era spazio nella notte per recuperare il tempo perso. Ma ancora una volta *Dio ci becchi confessati* aveva capito tutto:

"Tranquillo, amico. Io ne calo altri due, mi faccio un giretto in quest'antro e me ne vado per i cazzi miei. Mia madre ti aspetterà. Ha una notte da tango, socio".

Carmela chiuse gli occhi annuendo. Aveva una notte da tango.

Álvaro annunciava lo spettacolo con le labbra sussurranti accanto a un orecchio di Carvalho. Mio padre adora concedere interviste in pubblico. Lo fa sentire ancora più importante. Le due ragazze superavano il nervosismo gorgogliando sull'imprevedibilità della tecnologia e mettendo alla prova una e mille volte un registratore portatile appena acquistato. Lázaro Conesal non faceva il minimo sforzo per aiutarle e si limitava a sistemarsi la cravatta, verificare la reale presenza dei suoi gemelli araldici, guardare ora il registratore ora la bionda, fattezza dopo fattezza, come un vecchio *vopo* della Germania Democratica, particolare dopo particolare di una perfetta anatomia adolescente, riassunta a guisa di emblema da una grossa treccia bionda stretta sulla schiena come una riserva dorata da dea ariana allevata a La Moraleja. La bionda era consapevole delle sue attrattive, la bruna della propria carenza delle medesime, e la compensava iniziando l'intervista e tenendo banco per tutto il tempo.

"Signor Conesal, il Governo dice che l'economia va bene. A lei che gliene pare?"

"Non ricordo per quale rivista lavorate."

"Non è una rivista, è una specie di monografia sugli atteggiamenti del potere finanziario in Spagna, da pubblicare su Quaderni F e S."

"F e S? Fenergán e Sindacato? Farinacei e Solstizio?"

"Fede e Secolarità, della casa editrice Sal Terrae."

Conesal studiò la bionda come se la esaminasse e insieme la giudicasse.

"Sal Terrae. Il sale della terra. Siete suore? Lei è forse suora?"

119

La bionda allora lo affrontò.

"Quanto lei frate."

Ma non era quello il suo ruolo e decise di sostituire la bruna nel ruolo della sagace e implacabile intervistatrice.

"Può sembrare una contraddizione che voi diciate che l'economia va bene e andrà sempre meglio quando ci sono invece più disoccupati permanenti e più disagio sociale conseguente."

"Se l'economia va bene, a chi importa che la gente vada male?"

Le ragazze non erano preparate a una simile aggressione etica e Lázaro Conesal si impietosì di loro.

"Nessun guaio dura in eterno. Pensate che la burocrazia sovietica era arrivata, anch'essa, a porre l'economia al di sopra della persona. Bisognava raggiungere gli obiettivi dei piani quinquennali indipendentemente dal benessere economico apportato alle persone. Si ubbidiva a una logica burocratica e se si era deciso di fabbricare trenta miliardi di bottoni automatici, si fabbricavano e basta. E la cosa più o meno funzionò fino a quando la borghesia creata dallo stesso sistema e i profeti dei diritti umani cominciarono a seminare zizzania e a dire che le persone erano al di sopra dell'economia. La finalità capitalista è molto simile, ma non è orientata a far sì che ai burocrati i conti quadrino ma che quadrino a noi che controlliamo il sistema. A noi, cittadini emergenti."

"Ma l'Europa si agita. La disoccupazione può spingere alla protesta sociale e a nuove ribellioni primitive," obiettò la bionda tornasole mentre accavallava le gambe foderate da un paio di calze nere.

"L'Europa si agita, lei dice. Di quale Europa parla come presunto soggetto collettivo agitato? Per il momento tutto questo è soltanto carne da cannone per i media, materiali di rifiuto per i media. Con il tempo l'incubo predatorio capitalista termina. Gli operai europei si arrenderanno e di nuovo sarà più conveniente produrre in Europa che in Corea. Noi investitori ci sposteremo nel mondo come apolidi o come giocatori di roulette, a puntare i nostri soldi sui numeri più fortunati."

La bruna issò la bandiera generazionale.

"Vivremo inseriti nell'incertezza perenne? Ci chiamano Generazione X, e a quanto pare siamo condannati a patire questa incertezza, a essere una perenne incognita da risolvere. Che cosa ci possiamo aspettare?"

"L'alfabeto non termina con voi. Sarà peggio per le generazioni Y e Z. Quanto all'incertezza, io la penso come Galbraith, le ideologie si sono talmente mescolate l'una con l'altra che ci troviamo a vivere nell'era dell'incertezza, in contrasto con le grandi certezze del pensiero economico del diciannovesimo secolo. In fondo anch'io sono tra coloro che hanno una visione pessimista e malinconica dell'economia sulla scia di Carlyle: gli economisti non sono che rispettosi professori della scienza lugubre. Quel che conta è salvarsi individualmente, essere il meno cadavere possibile in un mercato di presunti cadaveri."

Le due ragazze si unirono nello stesso dubbio aggressivo.

"E questo è inamovibile, non si possono cambiare le tendenze della realtà?"

"Gli strumenti di trasformazione della realtà sono i terremoti, l'iniziativa privata, le istituzioni internazionali, lo Stato, il Cinema e la Letteratura. L'iniziativa privata spagnola nel terreno dell'economia, la politica e la società civile sono tre vie miserabili, inoperanti e cretine. Forse per questo mi dedico sempre più alla letteratura e non perché trasforma la realtà, ma perché la sostituisce con un'altra, ecco perché finanzio il premio Lázaro Conesal. Ricordate l'inno alla Libertà di Schiller, detto anche inno alla Gioia, musicato da Beethoven. Se non ottieni la felicità su questa Terra, cercala nelle stelle. La letteratura è l'unico strumento credibile per riordinare la realtà senza peggiorarla. Una volta stavo parlando con un governatore della Banca di Spagna, il cui nome non voglio ricordare, e lui mi spiegava la bontà del programma economico socialista. Gli dissi che poteva essere identico a un programma economico della nuova destra, e lo accettò. Allora gli domandai: in che cosa si differenzia un programma di destra da uno di sinistra? Mi rispose: Nel fatto che la sinistra è favorevole all'aborto e ai concerti di hard rock e la destra no! Ma tutto questo è finito. La destra intelligente, pur sostenendo il contrario, è favorevole all'aborto e ai concerti rock. È vero che la rivoluzione conservatrice è un'involuzione ridistributiva, ma chi non l'accetta ne verrà divorato. Bisogna sempre salire sul carro delle rivoluzioni allo scopo di sopravvivere a esse. Chissà se questa rivoluzione, che è una controrivoluzione, non sia l'ultima controrivoluzione e poi arrivi il momento per cambiare le cose. Spero di non vivere per vederlo e se vivo preferisco essere allora in grado di cambiarle da me, piuttosto che a cambiarle siano gli altri."

"Ma questo consacra la legittimità costante della disuguaglianza."

"Poiché esiste un contratto sociale esplicito, la disuguaglianza è priva di legittimità sociale, è una questione morale e pertanto stupidamente condannabile, come lo stupro, ma esiste e bisogna fare in modo che riguardi gli altri. Lo stupro esiste, quel che dovete cercare è di non essere stuprate. Sembra una barzelletta e può darsi che lo sia. La disuguaglianza ben compresa comincia da se stessi. Io preferisco essere un vincente, soprattutto in una società docile in cui il povero è sempre più convinto di esserlo perché se lo merita e che in ogni caso spetti allo Stato di risolvergli il problema."

"Non teme un'esplosione sociale contro la corruzione, contro gli scandali economici e morali derivanti dal terrorismo di Stato? Era già così quando lei era bambino? Che avrebbe voluto fare da grande?"

"Io non ho tradito nulla e nessuno. Sono un avvocato dello Stato e dottore in Diritto Amministrativo con ottimi voti che non si è cacciato mai in pasticci di sinistra ai tempi dell'università. Quelli di sinistra mi erano simpatici ma mi sembravano condannati a smettere di essere rossi e simpatici. Il sistema avrebbe finito con l'inghiottirli come noccioline. Prima c'erano comunisti di un'altra marca e design che avevano soluzioni totali e felici per tutto. Quelli che non hanno fatto i voltagabbana adesso sono diventati dei moralisti che denunciano la malvagità intrinseca del capitalismo senza offrire alcuna alternativa. Vogliono un capitalismo dal volto umano dopo aver fallito nella ricerca di un socialismo dal volto umano. Il socialismo è fallito quando ha cercato di umanizzarsi. Perché mai dovrebbe essere umano il capitalismo? Che cosa è l'umano, care le mie signorine? Il Natale e il presepe. Ma il capitalismo non ha alcun motivo per essere umano, né deve avere alcuna etica al di fuori dell'efficacia della ragione tesa all'accumulo del massimo del profitto in mani responsabili. Gli scandali e le crisi rispondono alla natura stessa del capitalismo, ne sono la regola, non l'eccezione. Galbraith lo ha detto a chiare lettere. La speculazione e la cultura del mordi e fuggi, del grosso colpo speculativo, tanto cinicamente condannate da tutti coloro che le promuovono e ne traggono beneficio, sono il cuore del sistema. Lei sa che cos'è la tulipomania? Nell'Olanda del XVII secolo i tulipani erano rari e si poteva barattare un tulipano per due bei puledri, ma quando passò la moda dei tulipani, i proprietari di tulipani si trovarono tra le mani soltanto un fiore senza alcun valore di scambio. Aveva solo valore d'uso. Meno male, perché grazie alla sua origine speculativa, oggi il tulipano fa parte della cultura e dell'economia olandesi."

"E questo egoismo personale e di classe emergente, come lei la chiama, trasformato in regola di condotta internazionale, non può forse generare una tensione irreparabile tra Nord e Sud?"

La bionda si accendeva parlando del rapporto di dominio Nord-Sud. Le si era arrossato il viso pieno di efelidi e le brillavano gli occhi illuminando la barricata contro l'orco del capitalismo selvaggio stabilitosi al ventiseiesimo piano della Torre Conesal. Alvarito si strofinava le mani e il sorriso, mentre Carvalho provava una tenerezza progressiva per quella bionda che viveva nella clandestinità, senza osare accettare e godersi la propria biondezza. Lázaro Conesal rivolse la risposta a lei, definitivamente disinteressato al registratore.

"Mi escludo da questa congiura espiatoria che vuole opporre il Sud lacerato al Nord laceratore. Non mi interessa il Sud pieno di scimmie portatrici di Aids. Come non mi interessa il piatto preferito di alcune etnie: mangiare cervello di scimmia arrosto, un barbecue di primati. Mi interessa l'Est, che offre professori di musica, domestici e laureati in Scienze Esatte, allo stesso modo in cui offre cameriere o ragazze facili per i night di Istanbul. Hanno abbandonato lo zoo comunista per entrare nella giungla capitalista. Di nuovo mi interesso esclusivamente dell'Est e dell'Ovest. Il Sud non esiste. È un immaginario o un cimitero della buona coscienza della sinistra. Abbiamo finito. Suppongo..."

La bionda spense il registratore irritata e lasciò cadere bruscamente le spalle sullo schienale della poltrona. Da lì rivolse uno sguardo furibondo e insieme nudo al pescecane delle finanze e Conesal invece le sorrise inerme mentre le prendeva una mano, gesto che sconcertò la bruna, in pieno subbuglio subalterno per raccogliere gli strumenti dell'intervista. Il finanziere guardò e riguardò la mano della ragazza.

"Giochi a paddle-tennis?"

"Come fa a saperlo?"

"Hai un campo di paddle a casa tua?"

La bionda era sconcertata e alla bruna scappavano di mano i fili del registratore e le risatine complici. Conesal smise il corteggiamento e appoggiò le spalle alla sua poltrona presidenziale. Di lì disse con un filo di voce grave:

"Mi piacerebbe parlare di nuovo di tutto quanto, ma a quattr'occhi senza dover rappresentare quella specie di animale zoologico in cui mi avete incasellato. Andiamo a trovare quel pescecane del Conesal? Come ho fatto la parte del pescecane?".

"Io direi che lo è proprio," disse la bionda tagliente, in piedi, iniziando la ritirata, ma prima di seguire l'amica prese un biglietto da visita da una borsettina troppo consunta per esserlo veramente e lo lasciò davanti agli occhi del finanziere.

"Ecco il mio indirizzo. Le farò avere la prima versione dell'intervista, nel caso voglia fare qualche commento."

"Grazie per il biglietto, ma so già dove vivi."

Rifletteva Conesal senza badare apparentemente a loro mentre le ragazze se ne andavano, ma cambiò opinione e posizione subito dopo per alzarsi e quasi precipitarsi sulle ragazze, fermare la bionda e scambiare con lei alcune frasi segrete che inizialmente la misero sulle difensive e poi la fecero ridere prima di compromettersi. Il finanziere assunse un'aria pensosa e Álvaro intervenne con il gesto e la parola, mettendosi in piedi per prendere il biglietto e dire la sua:

"Sempre dietro le donne".

"Tu mi conosci. Pura immaginazione. Inoltre, questa ragazza mi ricorda tua madre quando la conobbi alla Città Universitaria. La Pasionaria di Diritto, la chiamavano, e a me piaceva scandalizzarla con il mio sistematico pensiero di destra. Le donne. Sempre pronte a redimere qualcuno. Un uomo di sinistra. Un altro di destra. Il mondo. Mi hanno detto che Beba è stata qui."

"È stata qui e le ho riferito quello che mi avevi detto tu."

Adesso Conesal fingeva di scoprire la presenza di Carvalho nel suo ufficio e domandava al figlio sulla sostanza o accidente dell'intruso.

"Pepe Carvalho, il detective di Barcellona."

Carvalho dovette impegnarsi in un tour de force tra la mano possessiva, ampia, dura ma non calorosa del finanziere e quella propria, che uscì piuttosto bene dal tentativo di maciullamento.

"Non ho un minuto da perdere. Mi aspetta il governatore della Banca di Spagna, devo ancora considerare gli ultimi particolari del premio e poi sarà quel che sarà. Parleremo mentre pranziamo. Avete già ordinato?"

"Abbiamo. Ti interessa sapere a quale ristorante?"

"Una spremuta di pompelmo e un filetto, appena cotto.

Non posso distrarre il palato. Devo mordere molto stasera."

"Eppure a tale scopo..."

Non era sfuggita a Conesal la smorfietta di disgusto apparsa sul viso di Carvalho e passò a fingere quindi un indispensabile interesse per il suo invitato, come se si trattasse del prossimo obiettivo della sua vita.

"Intuisco che non le è piaciuto il mio menù."

"Non lo condivido."

"Lo disapprova?"

"Lei può fare come vuole, ma io al suo posto, se avessi davanti a me un incontro con il governatore della Banca di Spagna, cercherei di andarvi con una sensazione di dominio della situazione, dominio impossibile da stabilire se non si è ingerito che una spremuta di pompelmo, probabilmente in scatola, e un filetto alla piastra o alla griglia, appena cotto. In ultima istanza le consiglio che sia alla griglia e piuttosto alto. Un filetto di manzo di tre etti, per esempio."

"Lei è un esperto di igiene alimentare?"

"Soltanto di igiene mentale."

"Il succo di pompelmo sarebbe stato naturale perché il barman, tra i suoi vari compiti, ha quello di addetto alla mia salute e fa attenzione a quello che prendo. Ma, d'accordo, mi consigli un menù adatto prima di un incontro con il governatore della Banca di Spagna."

Carvalho prese tempo mentre esaminava l'espressione ironica, accondiscendente, quasi divertita del finanziere e finalmente emise un verdetto, come se fosse il cip più idoneo individuato dalla memoria del computer.

"Per cominciare, una combinazione di verdure e crostacei seri, per esempio delle ostriche. Ricordo un glorioso 'minestrone' di ostriche di Girardet che lei potrebbe riconvertire in un 'minestrone' di granchi di fiume, annaffiato da un Ribera del Duero bianco o da un Albariño o da un Penedés, perché è importante che davanti a un pranzo così finanziariamente impegnativo lei registri una varietà di gusti, nell'evidenza quasi assoluta del fatto che il signor governatore della Banca di Spagna prenderà dei fagiolini verdi bolliti conditi con l'olio e una omelette ben cotta. Per continuare, qualcosa di barocco e saporito, tipo quella brioche con midollo e *foie-gras* che ho potuto assaggiare anni fa al Jockey, accompagnata da un Rioja Alta, per esempio un 904 o un Centenario. È possibile che lei celi la tentazione di avere cattiva coscienza per aver abusato della quantità e della qualità ed è pertanto consigliabile un dessert in grado di restaurare la buona coscienza: frutti di bosco, per esempio. Senza niente. Niente vino, niente succo, niente panna. Caffè, questo sì, un sigaro cubano come si deve e un bicchierino di acquavite vecchia, dal cognac in su. Non faccia la sciocchezza di prendere un'acquavite gagliega o un liquore di lamponi. Le eccellenti acquaviti bianche sono colloquiali. Dopo un pranzo con altre coppie di coniugi o tra amici. Per negoziare con il governatore della Banca di Spagna niente di meglio che un Armagnac o un Calvados."

Conesal ripassava mentalmente il menù e non trovò nulla da obiettare se non:

"Io non fumo".

"Tanto peggio per lei e tanto meglio per il governatore della Banca di Spagna. Dopo Partagás Gran Connaisseur le vittorie sono assicurate e soprattutto ai danni di un personaggio con la faccia da astemio."

"Lei conosce il governatore?"

"Credo di averlo visto in un No-Do."*

"In quel No-Do? Il No-Do non esiste più da quando c'è la democrazia."

"Beh, in televisione, fa lo stesso."

"Non si fidi delle apparenze. I governatori della Banca di Spagna ingannano." Si rivolse al figlio che stava contemplando Carvalho con grande rispetto. "Che cosa si può fare per seguire alla lettera i consigli del tuo detective privato?"

Álvaro aveva preso nota ed emise un verdetto.

"Vediamo che cosa riescono a fare al Jockey, visto che il menù ci porta da quelle parti. Io a quest'ora non oso alterare i ritmi di altri ristoranti."

"Allora, mettiti d'accordo con il signor Carvalho e intanto io me ne vado a fare in po' di squash."

Carvalho cominciava ad avere appetito e dopo l'uscita del finanziere lo disse apertamente ad Álvaro.

"Se va a fare un po' di squash tornerà a chissà che ora e a me l'azione sveglia l'appetito."

"In questo palazzo c'è un Health Club a disposizione dei dirigenti. In tutto una ventina di persone che hanno lo loro chiave personale per accedere a palestra, piscina, sauna, sala massaggi e spogliatoi. Soltanto mio padre ha un'ora sempre li-

*Documentario cinematografico dei tempi di Franco la cui proiezione era obbligatoria prima di quella dei film in programma.

bera da dedicare a se stesso, ed è proprio questa, dall'una alle due. Normalmente la impiega per giocare a squash con qualche ospite. Oggi ha uno dei suoi soci, Iñaki Hormazábal, ma non resterà per il pranzo. Mio padre è un maniaco dei livelli dei rapporti: Hormazábal va benissimo per giocare a squash, ma non è gradito a tavola."

"Pranzeremo noi tre?"

"Mio padre avrebbe voluto anche la presenza della signora di Pomares & Ferguson, Beba Leclercq, ma non è stato possibile. Ci siamo invece liberati di Mona d'Ormesson, un'autentica rompiscatole, ma mio padre trova divertenti le donne pedanti. Beh, anche quelle che non sono pedanti. Mio padre sostiene che una donna a tavola rilassa molto più di un buon vino. Soprattutto se è la sola donna seduta a tavola e non è la propria."

"Che cosa pensa sua madre di tutto questo?"

"È da molto tempo che mia madre non pensa più niente su quanto ha a che vedere con mio padre."

"E lui ne è riconoscente?"

"Mio padre non è riconoscente di quello che gli regalano."

"Tutta questa enorme sapienza, proviene dalla famiglia o suo padre l'ha imparata dai libri?"

"Mio nonno paterno aveva una trattoria a Brihuega."

"Suo padre non ha mai scritto un manuale su come essere ricchi pur non essendolo?"

"Un giorno o l'altro lo scriverà. Mentre ordino il pranzo, le piacerebbe fare un giretto nel nostro Health Club?"

"Per il momento mi faccia scendere di nuovo alla fermata del bar. Mi aspetta un barman molto accogliente."

Ma il barman non era solo. In piedi, con la schiena appoggiata al banco, un uomo calvo, con la faccia mal sottolineata da una barba rada e trascuratamente canuta. Quella stessa barba sul viso di Lázaro Conesal sarebbe sembrata degna di una pubblicità su come prefabbricare le migliori barbe canute di questo mondo, ma sulla faccia di quell'individuo sembrava quasi una barba di seconda mano. Compensava invece l'irresolutezza del suo aspetto la decisione spasmodica con cui sorseggiava il bicchiere pieno di whisky di un bel colore. Carvalho indicò il contenuto del bicchiere del nuovo cliente.

"Lo stesso di questo signore."

"Glendeveron, cinque anni. Un whisky di quest'età è ammissibile solo per l'aperitivo. L'età migliore del Glendeveron sono i dodici anni. Un malto leggero, che odora di torba..."

Nonostante le sagge considerazioni di Semplicemente José, il bevitore calvo e canuto lo ascoltava come se fosse un modesto sipario di fondo verbale.

"Lázaro de Tormes, taci una buona volta, figliolo, che non riesco a bermi di gusto questo whisky con acqua che mi hai dato. Deve essere acqua del fiume Tormes, suppongo."

"Non ci ho messo l'acqua, signor Sagazarraz."

"Eppure mi sembra. Mi riceve questo tizio o non mi riceve?" Non aveva nemmeno notato la presenza di Álvaro.

"Saga, mio padre non può riceverti."

L'uomo inchiodò un paio di occhi romboidali e annacquati nell'accondiscendente sguardo del delfino. Stanco di sostenere lo sguardo si staccò dal banco e incollò il viso di Álvaro al proprio con il sistema di prendere il giovane per il bavero e avvicinare il busto.

"Non è ancora nato nessuno con abbastanza palle per negare un'udienza a Justo Jorge Sagazarraz."

"Saga. Non oltrepassare i limiti. Vai a smaltire la sbronza."

Il chiamato Saga avanzò verso il giovane e da una certa distanza lanciò uno schiaffo che si scontrò ormai molle contro il braccio infrapposto. L'altro braccio di Álvaro Conesal era diventato un pugno che finì sulla tempia dell'uomo, un pugno abbastanza forte da fargli perdere l'equilibrio e lasciarlo seduto per terra. Rimase lì, sul pavimento, sorpreso. Contemplò Álvaro Conesal e Carvalho dal basso in alto, alzò una mano, schioccò le dita.

"Vediamo chi mi porta quaggiù il mio whisky."

Glielo portò Carvalho e Justo Jorge Sagazarraz bevette un lungo sorso seduto sulla moquette a gambe larghe. Álvaro era seccato e fece un gesto di complicità al barman che aveva già in mano il walkie-talkie e si rivolgeva a qualche centro lontano del potere. Carvalho seguiva la precipitosa marcia del giovane quando si incrociarono davanti alla porta con due guardie di sicurezza che andavano a raccattare quanto era rimasto del presunto ubriaco.

"L'accompagno all'Health Club e da lì sistemo tutto per il nostro pranzo."

Due piani più su. Un terrazzo coperto di ghiaietta, un sentiero di pietra granitica e alla fine una siepe di alberi chiudeva lo spazio sportivo a trenta piani sul livello di Madrid.

"Chi era il bevitore di whisky?"

"Justo Jorge Sagazarraz, un armatore quasi rovinato, beh,

rovinato forse no, ma in ribasso. Mio padre aveva investito dei soldi nella sua impresa anni fa ma adesso li sta ritirando perché è prevedibile una caduta in picchiata dell'industria della pesca, e se non si pesca, a cosa servono le navi? Non è una cattiva persona, ma è ossessionato, sta tutto il giorno a piangere addosso a mio padre, appena può gli ricorda i bei tempi, quando in Germania tenevano aperti per loro i bar sino all'alba."

"Perché in Germania?"

"Mio padre aveva fatto un master di gestione industriale a Düsseldorf e quel corso lo seguiva anche Justo Jorge Sagazarraz. Allora era l'erede di un'impresa bonificata e adesso è il presidente di una società in bancarotta."

Mentre il delfino andava a ordinare il pranzo, Carvalho entrò nella sala dello squash e dietro i vetri blindati poté presenziare alla partita tra Lázaro Conesal e un uomo fibroso e pure lui calvo, apparentemente della collezione completa di calvi che attorniavano Lázaro Conesal, il quale rispondeva con un gioco muscoloso ed elegante ai feroci assalti del partner. Conesal giocava come se quella fosse l'ultima pallina della sua vita e l'uomo calvo gli rispondeva con precisione tecnica e freddezza cerebrale. Vinceva l'uomo fibroso e calvo, ma Conesal continuava ad attaccare con tutto il corpo contro la sleale pallina.

"Sono finalmente riuscito a stringere un patto con il Jockey. Ho parlato personalmente ad Alfonso e ho ottenuto di farci preparare un menù che si avvicina ai suoi canoni: consommé di pesci affumicati con ostriche alla menta, piccioni di Talavera ripieni alla Jockey e millefoglie di mango con gelato allo zenzero. Il dessert è un po' più energico, ma mi ha sconsigliato i frutti di bosco in questa stagione. Per i vini, ci consiglia un Sancerre bianco per il primo, Viña Real Oro dell'85 per il secondo e un Pedro Ximénez Viña 25 per il dessert."

Carvalho si rileccò i baffi e le cervella e stava già tornando a guardare il gioco quando notò che il viso di Álvaro si alterava davanti a qualcuno che era appena arrivato, un uomo alto, con il volto teso che si sarebbe detto quasi plastificato. Senza aspettare che il ragazzo si avvicinasse, aprì la porta di vetro comunicante con la sala dello squash e si impadronì della pallina che l'uomo calvo stava per rimandare. Lázaro Conesal, eccitato dal gioco, gliene disse due mentre il suo compagno dava per conclusa la partita, usciva dal campo e raccoglieva l'asciugamano abbandonato su una panca di doghe. Si incamminò verso la stanza delle docce e passando accanto ad Álvaro inarcò le sopracciglia rivolgendo la testa verso la coppia formata da Lázaro Conesal, sudato nella sua tuta da ginnastica, e quell'uomo evidentemente truccato che gli aveva attraversato la strada senza dire nulla e che ora gridava con la voce distorta dal riverbero del cubo chiuso. Álvaro rispose all'inevitabilità dell'uomo calvo con un'alzata di spalle che ormai cominciava a diventare familiare a Carvalho e che poteva esprimere tutto, persino indifferenza. Si aprì la porta del recinto e all'udito di Carvalho giunse solo una frase rivolta dall'intruso a Lázaro Conesal.

"Se credete di riuscire a mandarmi affanculo vi sbagliate di grosso."

Conesal non gli fece caso e gli voltò le spalle per uscire e seguire i passi del partner ripetendo l'inevitabilità nel passare accanto al figlio che borbottava:

"Ma che cosa ci stanno a fare i servizi di sicurezza?".

"Devi essere tu a chiarire chi vuoi fare entrare e chi no."

Conesal continuò a camminare verso la doccia e gli spogliatoi, ma lo tallonava sempre l'uomo irritato che per il momento si fermò all'altezza di Álvaro.

"Che cosa hai detto a tuo padre su chi entra e chi non entra?"

"Entrare? Inoltrare? Intromettere? Ma tu che cosa pensi, Celso, ho parlato di entrare?"

L'ultimo arrivato non sapeva se continuare a spiegarsi con Álvaro o seguire gli altri verso gli spogliatoi, e alla fine decise di fare entrambe le cose.

"Con me puoi anche risparmiarti l'ironia. Io me ne sbatto di tutti i master che hai, bamboccio di merda. Alla tua età io avevo già guadagnato alcuni milioni di pesetas, pesetas degli anni sessanta, e tu invece non ti sei manco pagato questo golf da frocio che indossi."

Uscì dietro i giocatori e Álvaro non glielo impedì. Carvalho rivolse una domanda muta per chiedergli se dovesse intervenire.

"Lasci stare. Sono tutti molto nervosi. Quello che giocava a squash con mio padre è il suo socio più importante, Iñaki Hormazábal, il cosiddetto 'calvo d'oro' o l''assassino della Compagnia Telefonica'."

"Uccide la gente nelle cabine?"

"La uccide per telefono. È specializzato nell'acquisto di holding in cattive acque che poi smantella e rivende a pezzi. Sempre per telefono."

"E quel tizio incazzato che vi ha seguito alle docce? Un *voyeur?*"

"Lo dice per il trucco? No. È Celso Regueiro Souza, un altro del gruppo anche se sta già liquidando tutte le sue azioni. Si mette il make-up sulla faccia perché gli combinarono un guaio certi mafiosi di Miami che cercavano di derubarlo. Non so che cosa gli abbiano buttato in faccia ma gli è rimasta scorticata. Era molto amico del Governo e mio padre lo prese come socio perché gli aprisse le porte dei socialisti. Adesso i socialisti hanno dei problemi, e anche mio padre, pertanto Regueiro non serve più a un cazzo di niente."

Regueiro Souza uscì dagli spogliatoi sbattendo la porta e rivolgendosi di nuovo ad Álvaro.

"Dove si è cacciato quel calvo?"

"Se n'è andato."

"Figlio di puttana."

Si fermò davanti ad Álvaro, gli sorrise, gli passò un dito sulle labbra che il giovane scostò istintivamente e partì in cerca del fuggiasco. Quando Lázaro Conesal uscì dallo spogliatoio sembrava un neonato intriso d'acqua di colonia dalla testa ai piedi. Non rispecchiava il benché minimo conflitto né recente né remoto e non domandò nemmeno di Regueiro. Era invece interessato al pranzo e si rallegrò molto venendo a sapere che Alfonso, il cuoco del Jockey, aveva risolto la sfida immaginativa proposta da Carvalho. Adoperarono di nuovo l'ascensore per tornare alla zona del bar e della sala da pranzo dove c'era ancora Sagazarraz, il che provocò un gesto di fastidio nel finanziere. Ma il visitatore era così sbronzo che non notò nemmeno il passaggio di Lázaro Conesal, soltanto quello del figlio con il quale tentò inutilmente di attaccare bottone. Ormai salvo in sala da pranzo, Conesal smise di sembrare un bambino profumato per ridiventare un iroso pescecane.

"Ma vuoi dirmi quanto paghiamo al mese in sicurezza perché io debba sopportare che si intrufoli nella mia vita questo paio di decerebrati, prima Regueiro Souza e ora Sagazarraz?"

"Non mi spiego come mai Sagazarraz sia ancora qui. Ho dato ordini precisi perché quelli della sicurezza lo accompagnassero fuori con gentilezza. Tu hai detto loro che aveva l'accesso libero e quelli lì ti hanno preso alla lettera. Questo qui deve essere uscito da una porta ed entrato dall'altra."

"E io disdico il libero accesso e punto. Non voglio vederli nel raggio di cinquanta chilometri."

"Fa' come credi."

"Disapprovi?"

"Non capisco. Dipendi da Celso Regueiro perché ha ancora diritto di veto in alcune operazioni e hai bisogno della sua firma. Se vuoi che lo butti fuori, lo farò di buon grado perché è un personaggio volgare e insultante. Quanto a Sagazarraz, la faccenda è di soluzione più facile, anche se mi ha detto di avere sull'agenda il numero di telefono di tutti i giornali e riviste che potrebbero gradire le sue informazioni."

"Quello lì non sa manco dove tiene l'agenda. Passa tutta la giornata in una nube di whisky o di acquavite."

"Ma i suoi avvocati lo sanno sì dove tiene l'agenda."

Conesal respirò più oppresso da suo figlio che dai suoi persecutori e accolse con fastidio l'avvicinarsi del barman.

"Don Lázaro, avrebbe qualche minutino da dedicarmi?"

"Qualche minutino, José, qualche minutino."

Si misero in disparte e Semplicemente José qualcosa di sconveniente doveva avergli detto, perché Conesal gli voltò le spalle bruscamente sbarazzandosi di lui.

"Dica a sua sorella di parlare con mia moglie o con chi le pare. Ci mancherebbe."

Raggiunti suo figlio e Carvalho, domandò al primo:

"Quella ragazza, è ancora da queste parti?".

"Tu mi hai detto di non licenziarla ma che non fosse troppo visibile fino a che..."

"Non la licenziare, ma la voglio completamente invisibile. A casa e con lo stipendio. Per il momento. E se vuole parlare con tua madre che prendano il tè insieme, ma non qui."

Poi cercò rifugio in una ricordata complicità con quell'uomo appena arrivato il cui cognome non ricordava.

"Lei è un gourmet, vero? Il suo nome?"

"Carvalho."

"Ecco, Carvalho. Approva il menù di Alfonso Dávila?"

"Bisognerà assaggiarlo."

"Di questo si tratta."

Come per un fenomeno telepatico, apparve sulla porta la reincarnazione di Lázaro de Tormes, ma ora vestito da perfetto cameriere di ristorante a cinque forchette. I due Conesal e Carvalho si sedettero a tavola e Semplicemente José offrì loro un aperitivo che solo Carvalho accettò.

"Un vino andaluso, un *fino*. Ma mi sorprenda con la marca. Non mi costringa a quelle solite."

Il ristoratore sapeva come rispondere alla sfida e, interessato, Lázaro Conesal si inserì nel gioco.

"Se sta per sorprendere il signor Cabello, allora voglio che sorprenda anche me."

"Carvalho, papà, Carvalho."

"Lei, don Álvaro, desidera lo stesso aperitivo?"

"No, grazie."

Il finanziere si sfregava le mani soddisfatto facendo l'occhiolino a Carvalho, quasi fosse un compare venuto da lontano in grado di assicurargli la sua compagnia per tutta la vita. Giocherellò poi con il menù stampato su un cartoncino e lo porse a Carvalho come un'offerta.

"Consommé di pesci affumicati con ostriche alla menta, piccioni di Talavera ripieni alla Jockey e millefoglie di mango con gelato allo zenzero. Che ne dice?"

"Aspetto di assaggiarlo."

Il cameriere si presentò con un Moriles freddo e con piccoli assaggi di pesciolini così delicati da sembrare schiuma di mare fritta.

"Domanda da non pratico a esperto. Pesciolini fritti prima di un consommé di pesci affumicati e ostriche, non è forse una stonatura?"

"Se si trattasse di un assortimento di pesci fritti convenzionale, sì, perché assorbe tanto olio e si perderebbe il gusto. Anche se l'olio fa bene allo stomaco, purché non sia rifritto, e aiuta le digestioni susseguenti. Ma questi quasi non sono pesci. Sono così eterei che l'olio più che friggerli li profuma."

"Tutti i giorni si impara qualcosa. In casa abbiamo sempre mangiato bene, ma con quella solidità tipica delle borghesie spagnole, senza eccessiva informazione o cultura gastronomica, non solo, ma con un certo pudore, come se mangiare fosse peccato. Eccellente questo Moriles. Ricordate quello slogan radiofonico? Una scelta che scintilla, o Moriles o Montilla."

Guardò l'orologio constatando di essere inseguito dal tempo per cui agitò in aria il braccio, evidente ordine di accelerare il pasto. Non levò gli occhi da Carvalho mentre questi annusava i piatti a distanza, li assaggiava, li alternava con sorsi di vino.

"Potrebbe indovinare che cosa abbiamo mangiato? Com'è stato preparato?"

"Non del tutto, ma nel primo è facile indovinare la combinazione di gusti tra l'affumicato, le ostriche, la menta e una punta di noce moscata. È una combinazione eccellente dell'intensità quasi ossessiva dell'affumicato con la leggerezza marina delle ostriche, una combinazione analoga a quella stabilita tra la noce moscata, di un sapore tanto determinato, e la menta, di un sapore tanto aperto."

Lázaro si rivolgeva al figlio scrollando la testa affermativamente, ma Álvaro non rispondeva, sembrava addirittura non ascoltare le parole di Carvalho.

"I piccioni di Talavera ripieni alla Jockey dipendono non solo dal punto di cottura della carne, perché i piccioni diventano farinosi se troppo cotti, ma dall'equilibrio del ripieno che sembra facile da ottenere, ma non è tale. Il tartufo può donare una malizia squisita a qualsiasi ripieno, ma anche rovinarlo. Ci sono sapori che bloccano il palato piuttosto che stimolarlo. Quanto al millefoglie di mango con gelato allo zenzero che non ho ancora finito di mangiare, devo confessarle che dei dessert ammiro l'architettura, ma non mi commuovono. Può trattarsi di memoria storica. Io appartengo alla generazione del piatto unico. Tuttavia, confesso che mi pare eccellente."

"Allora l'ho presa in castagna, perché io sono un esperto di dessert, e addirittura li cucino. Diglielo tu a questo signore, Álvaro, come sono le mie torte di mele."

"Tu credi che siano ottime."

"E non lo sono?"

"Quasi mai."

"Ma sarà possibile?"

Padre e figlio avevano la faccia di chi ha ripetuto lo scherzo a sazietà, soprattutto Álvaro ne sembrava strapieno, e Carvalho non volle esagerare con il divertimento. Si limitò a sorridere forse troppo e preferì dedicarsi al bicchiere di un eccellente Pedro Ximénez Viña 25. A Conesal si erano rilassati gli sfinteri, ma non al figlio. Il ragazzo era costantemente vertebrato, discretamente teso e Carvalho ebbe la curiosità di sapere come si sarebbe comportato qualora suo padre e circondario non fossero più il punto di riferimento della sua vita. Lázaro Conesal assaggiò appena lo sherry e si lasciò cadere sullo schienale della sedia, senza dimenticare di guardare di sottecchi un orologio indubbiamente costosissimo ma dall'aspetto discreto.

"Ah, non c'è nulla come un buon pranzo in intelligente compagnia. Si lascerebbe ingaggiare solo per spiegarmi i menù che mangio? Ecco l'importanza della cultura, vale a dire, del patrimonio del sapere nella degustazione. Con una cultura gastronomica si assaporano meglio i piatti così come con una cultura plastica si assapora meglio una mostra d'arte. Bisogna riuscire a far parte di quella razza bianca che conosce tutto il necessario per assaporare quanto viene messo a sua disposizione. Ma bisogna anche sapere che quella sensazione è passeggera e che poi i neri tornano al loro colore come fanno anche i bianchi, persino in situazione meticcia. Lo sapete che cos'è un bianco che ha l'anima nera? Se si ha l'anima nera si è neri fino alle ultime conseguenze, senza palliativi né alibi. Qualche tempo fa ho letto nel 'País' un articolo di Manolo Vicent, un mio amico, compro sempre dei quadri nella galleria di sua moglie, Mapi, in cui si domandava se il presidente del Governo, Felipe González, fosse bianco o nero. Era una classificazione suggeritagli da Mario Conde, quel finanziere famoso per le sue speculazioni che poi è stato accusato di essere uno speculatore. Le parole somiglianti sono solitamente pericolosissime. Per esempio, essere opportunisti non è la stessa cosa che avere il senso dell'opportunità. Ebbene, Vicent raccontava che Mario Conde gli aveva detto: 'Io sono un nero che sa di essere nero. Mariano Rubio, allora governatore della Banca di Spagna, e Carlos Solchaga, ministro delle Finanze in quel momento, credono di essere bianchi, ma sono neri. Felipe González è un nero come me e come me non dimentica mai di essere nero'. Era una riflessione molto brillante, molto intelligente ma male assimilata da colui che l'aveva fatta, Mario Conde, perché arrivò a credere che un misto di audacia e denaro avrebbe potuto riciclarlo e dargli un posto in quell'oligarchia che si forma sulle vette dalle nevi perenni, delle successive nevi perenni che si impadroniscono delle vette del potere. L'oligarchia è piena di archeologie che rappresentano le successive ondate di nuovi ricchi, dall'epoca delle tribù e delle orde, e rimangono soltanto coloro che riescono a fondersi con le nevi precedenti. Mario Conde, per esempio, non ci riuscì. Era un nero. Come diceva l'articolista Vicent, sei bianco per davvero solo se il tuo bisavolo faceva la doccia tutti i giorni... Il suo bisavolo, faceva la doccia tutti i giorni, signor...?"

"Carvalho. No. Probabilmente il mio bisavolo non ha mai fatto la doccia. Deve essere vissuto in un villaggio della Galizia. Credo che facesse lo spaccapietre, come mio nonno paterno. Negli anni quaranta si lavavano ancora in tinozze di acqua cavata dal pozzo. Non c'era acqua corrente. Nero. Il mio bisavolo era un nero. E il suo?"

"Pure. Mio padre fu il primo della dinastia a commettere l'errore di considerarsi bianco. Io sono nero. Ma per di più un nero

135

minacciato dagli altri bianchi del posto perché sinora non sono riusciti a sottomettermi. Legga questa fotocopia, per favore."

La fotocopia, Álvaro l'aveva in mano come se già conoscesse esattamente la sequenza e il ritmo. Già il titolo risparmiò a Carvalho qualsiasi lettura: "Lázaro Conesal dietro i passi di Mario Conde? Forse il ricco più influente di Spagna dovrà conoscere il carcere di Alcalá Meco, come già accaduto all'ex presidente della Banesto". Conesal calcolava l'effetto dell'informazione su Carvalho, ma quell'uomo sembrava disposto a non esternare le sue emozioni e restituì il foglio senza alcun commento.

"Fatalmente sono costretto a informarmi di quel che succede mediante un oleodotto di fotocopie. Da secoli non metto più piede in strada come un cittadino qualunque. Non posso manco andare a prendere qualcosa in una qualsiasi bettola perché lo dovrei fare circondato dalle guardie del corpo. Posso parlarle con franchezza, signor..."

"Carvalho," suggerì Álvaro.

"Signor Carvalho, posso parlarle con franchezza perché non ci rimetto niente a farlo. Io per stasera temo una provocazione. Ho già subito ogni genere di trabocchetti sotterranei e dispongo di misure dissuasive, anche se uno di questi giorni mi arriverà l'avviso di garanzia come è già capitato a Mario Conde o Javier de la Rosa. Altri due neri. Non siamo più utili alle regole del gioco e serviamo invece come carne da catarsi, sull'altare della purificazione di un sistema trionfale che vuole espandersi a testa ben alta. È molto divertente che il capitalismo, ormai senza nemici, scopra che i suoi nemici sono i capitalisti. Qualcosa di simile è accaduto al comunismo. Bene. La mia immagine è importante. Continuo a essere uno dei punti di riferimento sociale di maggior rilievo, ma corro il rischio di cacciarmi in un terreno pericoloso: il premio letterario più ricco del mondo. Uno scivolone in questo campo può essermi fatale. Il pubblico della serata può essere diviso in tre grandi fasce: letterati, ricchi di diverse provenienze e politici, non molti, perché annusano i miei problemi e non vogliono che ricadano sulle loro spalle. Una cosa alla volta. Tra i letterati può essersi infiltrato qualche provocatore, anche se la mia consulente, Marga Segurola, la nota giornalista letteraria, mi ha fatto un elenco significativo delle diverse tribù del settore, tribù che ho controllato con Altamirano, senza dubbio il critico più prestigioso di Spagna. Io adopero una parola catalana, non è la sola, anche se io sono di Brihuega, per denominare tutti i drogati delle lettere. I catalani li chiamano *lletraferits*, proprio così, letteraferiti, io dico letteroblesi. Dispongo di una collezione completa di letteroblesi che mi hanno consigliato in questo caso e in altri precedenti. La Segurola e Altamirano come critici e ruffiani di premi, Mona d'Ormesson come ponte tra il potere istituzionale culturale e il 'bel mondo' che legge, Ariel Remesal come rappresentante della classe media letteroblesa, degli scrittori corporativizzati, eccetera eccetera, mentre Tutor è un bibliofilo che si muove nelle caverne delle sovvenzioni come Alì Babà e i quaranta ladroni. Ho invitato anche parecchi scrittori e bisogna dire che tra loro si trova il vincitore del premio: cento milioni di pesetas. Non credo di correre rischi da parte del settore politico, poco presente in sala, in tempi di transizione dal potere socialista al potere di destra, troppo occupato a studiare i modi di cadere e di salire. Non credo che si sia infiltrato qualche suicida."

"Controllato al cento per cento," confermò Álvaro.

"Ci rimangono quindi i ricchi. Abbiamo spedito cinquanta inviti ben scelti e abbiamo ricevuto solo venti conferme dal mondo del denaro, denaro-denaro, è di questo che parlo quando parlo di ricchi. Da cinque miliardi di pesetas in su per le piccole spese. Tra quei ricchi partecipanti non ce n'è uno di cui mi possa fidare, ma ancor meno di quattro che lei dovrà controllare nel corso della serata."

Anche Álvaro si era preparato per l'occasione e gli allungò una cartella contenente quattro fotografie, ciascuna con il suo compatto curriculum. Tre di quelle facce Carvalho le conosceva già e più di tutte quella dell'ubriacone presentatosi come armatore, l'armatore Sagazarraz. C'era anche lì, nella morte piatta della fotografia, il partner di squash di Lázaro Conesal, il suo socio, Hormazábal. E la terza faccia riconosciuta apparteneva all'uomo che con tanta veemenza aveva interrotto la partita di squash, Regueiro Souza. Ripassò mentalmente quanto aveva detto Conesal, quanto aveva commentato o suggerito suo figlio e qualcosa non gli quadrava.

"Non capisco come mai riduca tanto lo spettro dei possibili aggressori. Perché devono essere gli scrittori, i ricchi o i politici? Che ne penserebbe se la provocazione arrivasse dai giornalisti o dai camerieri?"

Conesal si mise a ridere senza voglia di aggredire il detective.

"I camerieri sono quelli fissi dell'albergo. Li tengo completamente sotto controllo, e i giornalisti che verranno stasera sono quelli dediti alla fioritura delle lettere e delle arti. Ci sarà anche qualche giornalista politico, soprattutto i commentatori radiofonici o qualche direttore di giornale o di radio. Ma loro sanno che ho in pugno molti dossier che possono riempire le loro prime pagine, crediti per pagare i loro stipendi, crediti facili perché possano combinare qualche affaruccio e diventare a loro volta un po' ricchi, e amicizie per metterli a posto con la previdenza o con le tasse non pagate. No. Non ci stia a pensare sopra. Quei quattro. Mi tenga d'occhio quei quattro."

A Carvalho mancava di sapere chi fosse un tizio coi capelli rossi, bello ma con i lineamenti un po' gonfi. Lo indicò ad Álvaro.

"Pomares & Ferguson, il vinattiere di Jerez."

"Il marito della bionda?"

Lázaro Conesal sbatté le palpebre seccato e richiamò con irritazione lo sguardo del figlio. Non fu uno sguardo amico, e a sua volta Álvaro fu irritato dall'irritazione del padre.

"Di norma chiedo ai miei clienti di confidarsi con me, nei limiti del possibile, certo. Mi piacerebbe anche sapere perché avete chiamato me quando avete a vostra disposizione, volendo, l'intero Mossad. Pagando, tutto è possibile."

Il finanziere con un gesto invitò il figlio a parlare.

"È stata una mia idea, signor Carvalho. Avevo notizie della sua esistenza e delle peculiarità della sua vita, della sua storia, dei suoi meriti. Lei è un uomo con studi universitari piuttosto significativi e una biblioteca all'altezza dei medesimi, ma brucia i libri. È stato comunista, ma anche agente della CIA. Non crede nel sistema ma lo serve aiutando a eliminare quelli che uccidono o che rubano."

"Un momento. Io non aiuto a eliminare nessuno. Io svolgo un servizio privato e individuo, se mi riesce, chi uccide o chi ruba, ma poi consegno le mie conclusioni al cliente, non allo Stato o a qualche istituzione repressiva."

"Bene, a ciascuno i suoi alibi etici. Io credevo e credo che in lei ci siano sfumature determinanti per porsi davanti a quanto può accadere oggi con maggiori strategie di quante non ci siano nella polizia convenzionale o nel nostro servizio di sicurezza privato. Non temiamo per la vita di mio padre. Non si tratta di questo. Per risolvere un simile problema sarebbe sufficiente proteggerlo e chiuderlo a doppia mandata in una stanza. No. Bisogna sorvegliare discretamente quel che succede in quella sala, prevedere dove può scoccare la scintilla."

"La scintilla," ripeté Lázaro Conesal senza troppo interesse. Sussultò invece nel guardare l'orologio mentre quasi nello stesso momento squillava il telefono che Álvaro alzò abitudinariamente. Tutto era pronto perché Conesal andasse a incontrare il governatore della Banca di Spagna. Prima di uscire diede un'occhiata a tutti i presenti e a tutti gli oggetti della sala, come per fare un inventario, o forse si appoggiava alle persone e agli oggetti sotto suo controllo prima di saltare nell'abisso, prima di passare per il Getsemani dell'incontro con il governatore della Banca di Spagna. Il più recente era quello strano detective privato gourmet e brucialibri portatogli dal figlio.

"Perché brucia i libri, signor Cabello?"

"Se vuole una risposta brillante, perché non mi hanno insegnato a vivere tanto bene come a lei."

Il miliardario sollevò l'indice e mormorò un quasi inudibile OK. Carvalho credette di scorgere una certa curiosità maligna nello sguardo rivolto da Álvaro al padre mentre questi lasciava la stanza, ma chiuse gli occhi appena notò che Carvalho aveva colto quell'espressione e quando li aprì era di nuovo un ospite sollecito che offrì a Carvalho un secondo bicchiere di Armagnac. Il detective non si fece pregare e assaporò la bevanda lasciandola scendere nel suo corpo con cura, come se volesse seguire mentalmente il percorso dell'alcol e orientarlo lungo una strada meno dannosa. Non si può bere con paura, si disse Carvalho e si aggiunse, non si deve vivere con paura. Álvaro Conesal accendeva un sigaro lungo e solido tratto da un Humidor, e lo stava offrendo a Carvalho.

"È tanto decisivo quest'incontro con il governatore?"

"Non sarà l'ultimo. Infatti stiamo dando inizio a un tour de force che può finire male o catastroficamente."

L'opzione non sembrava turbarlo.

"Non le importa il risultato?"

"No. Sono risultati che segneranno la vita e la storia di mio padre, non la mia. La mia vita comincia il giorno dopo la catastrofe. La mia vita comincia il giorno dopo qualsiasi cosa possa accadere a mio padre."

Non stringeva i denti ma gli occhi contro quelli di Carvalho, per non lasciargli alcuno spiraglio di dubbio. Gli stava dicendo: Sono un figlio con problemi. Mio padre deve morire perché io viva, o semplicemente, mio padre deve andare in rovina perché io viva, o mio padre si deve beccare un bel paio di schiaffi dal governatore della Banca di Spagna perché io respiri.

Carvalho gli mostrò le quattro fotografie degli estremamente pericolosi.

"Mi spieghi la teoria dei livelli. Suo padre può giocare con questo uomo a squash ed essere suo socio, ma lo teme. Perché?"

"Iñaki Hormazábal non è mai incondizionatamente fedele a nulla e a nessuno e abbiamo prova del fatto che ha passato informazioni confidenziali a gente vicina al Governo e a politici dell'opposizione che possono essere del Governo tra pochi mesi. Mio padre sinora ha vinto la battaglia dell'immagine e stasera avremo una scaramuccia decisiva."

"I conflitti con Sagazarraz me li ha già raccontati. E questo qui?"

"Questo qui sta andando a picco. Regueiro Souza. Aveva apportato al gruppo i suoi buoni rapporti con il Governo che ci avevano consentito di ottenere a prezzi di saldo certe imprese riprivatizzate, ma è stato implicato in troppi pasticci di corruzione e sta andando a picco insieme al Governo. Mio padre gioca con lui al gatto col topo. Per il momento mio padre è il gatto."

"Solo per il momento."

"Diciamo che Regueiro ha delle carte segrete che potrebbe mettere in tavola."

"E questo qui?"

Álvaro non era a suo agio davanti alla foto di quell'uomo giovane e robusto, pieno di efelidi.

"È una storia personale. Questo qui è il marito della donna che lei ha visto."

"Un marito che sospetta."

"Più che sospettare, sa per certo."

"E come lo digerisce?"

"Il problema non è tanto lui quanto lei. Beba si è innamorata e l'isteria di suo marito dipende da quella della donna. Ultimamente Beba è molto isterica. Con mio padre tutte le donne diventano isteriche. È lui a provocare quest'isteria. Il barman non le ha parlato della storia di sua sorella? Lui si autochiama Semplicemente José, e adesso vive della storia di sua sorella, Semplicemente María, un'hostess dell'impresa che a quanto pare è rimasta incinta di mio padre."

"La ragazza si chiama veramente María?"

"Proprio così. E lui si chiama José, semplicemente José."

O la conversazione lo annoiava o era per davvero l'ora di andare verso il Venice a conoscere il luogo dove qualcosa poteva accadere, come fece sapere Álvaro senza palliativi e questa volta partirono a bordo di una Lotus Ford pilotata dal giovane Conesal. Prima di arrivare al Venice, Álvaro entrò in una delle zone cittadine vicine alla Castellana e si fermò davanti a uno chalet con vocazione non del tutto definita per lo stile francese alpino per residenti a Madrid.

"Passiamo a prendere mia madre."

Quel ragazzo era tanto educato che non suonò nemmeno il clacson. Uscì dalla macchina e si servì del citofono con circuito televisivo per avvertire la madre. La donna arrivò quasi immediatamente. Ma veniva carica di rimproveri e tra madre e figlio vi fu uno scambio di frasi dure cui Álvaro cercava di porre freno indicando la presenza di un estraneo in macchina. Carvalho riconobbe in lei la donna angolosa che aveva visto parlare con la hostess bionda in lacrime davanti all'ufficio di Lázaro Conesal. Era una cinquantenne magra e senza trucco, vestita con abiti sportivi, e che sottolineava i capelli bianchi con un argento eccessivo. Non sembrava la moglie di Lázaro Conesal, nemmeno la madre di Álvaro. Era una furia e Carvalho premette il tasto per abbassare il vetro dell'auto e udire il finale della lite.

"Tuo padre è come Attila. L'erba non cresce dove passa lui."

"Non è questo il momento, mamma."

"Quando sarà il momento? Perché eviti il problema? Io non conto più. Ma quando questo succederà anche a te?"

Álvaro le indicò la macchina perché lei finalmente capisse che erano osservati. La costrinse ad avvicinarsi e Carvalho uscì dalla vettura per salutarla.

"Mia madre, Milagros Jiménez Fresno. Pepe Carvalho."

Carvalho fece per cedere il sedile anteriore alla signora, ma lei preferì sedersi dietro.

"Mi infastidiscono le cinture di sicurezza."

Sospirò sollevata appena si accomodò sul sedile posteriore e suo figlio fece partire il motore.

"Non so come faccio a sopportarle. Peggio di una donna ricca e sciocca c'è soltanto una cosa. Trenta donne ricche e sciocche."

"Eravate in trenta?"

"Trentuno, figliolo, puoi includere anche me."

"Scusa. Tu non sei sciocca ma sei ricca."

"A casa nostra l'unico ricco è tuo padre. Lo vedrò stasera?"

"Come potresti non vederlo se assisterete entrambi all'assegnazione del premio?"

"Eppure, non so se andarci. Tuo padre è sempre circondato da fascisti, sfruttatori e puttane."

Álvaro smise di guardare il percorso per rivolgere alla madre un sorridente sguardo di rimprovero.

"Ci vado se mi fai un favore."

"Detto fatto."

"L'incontro di oggi era per la faccenda del Rastrillo e ogni anno vengono gli scrittori a firmare i loro libri perché non si dica che vendiamo soltanto carabattole per beneficenza. Voglio che tu mi aiuti a compilare una lista di scrittori equilibrata. Queste ignoranti non vanno oltre il repertorio di scrittori legati al quotidiano ABC. Voi, tuo padre e te, che adesso trafficate con la Letteratura, datemi una mano. Avete tutto, no?"

"Abbiamo tutto. Un repertorio completo. Destra, sinistra, centro, alti, bassi, grassi, catalani, di León, colti, non colti."

"Bada però, io starò attenta. Non riuscirete a rifilarmi un brocco. Lei scrive, signor...?"

"Carvalho. No. Io i libri li brucio."

Si stabilì il silenzio sul sedile posteriore. Álvaro stava per scoppiare a ridere ma teneva il volante con un'eleganza da guidatore nato. Fermò la macchina davanti a ciò che sembrava essere la residenza dei Conesal nascosta da un grosso e alto muro di mattoni viola e la madre ci entrò di fretta, adducendo a pretesto tempi impossibili, sistemazioni imprecise e senza osar dire niente a quell'estraneo così imbarazzante che bruciava i libri. Uno dei molti fascisti che circondavano suo marito. Fascisti, sfruttatori e puttane. Bastarono tre isolati per arrivare davanti al Venice e la Lotus Ford fece quasi appena in tempo a mettersi in marcia. Appena Alvarito ebbe spinto il pedale si trovarono già davanti a quel tempio greco color rosa circondato da quattro torri cilindriche per altrettanti ascensori che salivano e scendevano fossero pieni o vuoti, come emboli simbolici della routine e della tenacia di un palazzo di servizi, spiegò Álvaro evidentemente soddisfatto del palazzo e della sua concettualità, parola che ripeté tre volte.

"I postconcettuali si sono ostinati a cercare un'arte fugace, l'installazione, impraticabile e condannata a sparire. L'architettura alberghiera è l'unica via di uscita perché implica l'elemento di routine della scenificazione del vivere lontano da casa. Più coincidenze per la magia della coincidenza tra la routine del servizio e l'angoscia del cliente deidentificato, impossibile. Ha osservato con quale inquietudine il cliente di un albergo attende che si controlli la sua prenotazione? Se non figura nella lista può dubitare addirittura della propria identità. È mai stato nella lista di attesa di un aeroporto? Non ha provato angoscia?"

"Molti anni fa avevo un eccellente professore di Letteratura francese chiamato Joan Petit. Un giorno mi spiegò la differenza tra l'angoscia metafisica di certi tipi che si chiamavano esistenzialisti e l'angoscia concreta dei cittadini normali. L'angoscia concreta è quella che senti quando alla tua porta bussa la polizia o l'esattore della luce e non hai la Storia chiara né i soldi per pagare."

Carvalho trascurò lo sguardo di curiosità di Álvaro perché le scale del presunto Partenone rosa li avevano portati in una hall che sembrava una foresta birmana e, in mezzo alle liane, alle palme liofilizzate, agli alberi stupidi e stupiti, spiccavano gli annunci di Armani, Gucci, Bulgari, Ferré e persino quello di una succursale di Tiffany's che Lázaro Conesal aveva finanziato solo per il proprio prestigio di collezionista dei migliori orizzonti di questo mondo. I quattro ascensori salivano e scendevano rivolti verso la Castellana, come se avessero voglia di partire per Burgos con le spalle interiorizzate in quella hall selvatica, alta quanto i trenta piani dell'albergo, e mostravano i sequestrati all'interno vigilati dall'ascensorista travestito da ascensorista del periodo tra le due guerre, non importa quali guerre, si disse Carvalho, ma non c'è nulla di tanto caratteristico quanto l'abbigliamento e il gesticolare del periodo tra due guerre. Ancora inquietato dalla scenografia seguì la sua guida fino a una stanza tanto normale da annoiarlo appena la vide. In quella stanza non era intervenuto lo sguardo ludico di alcun designer di prestigio. Forse era stata progettata da un cieco dotato di una qualche memoria visiva. La stanza aveva la vocazione a essere seria e uniformata, al punto da sembrare arredata con mobili comprati ai grandi magazzini, prova evidente di subalternità, avallata dal fatto che lì c'era il luogo di riposo della sicurezza dell'albergo, insieme a un'altra camera in cui i terminali televisivi e telefonici introducevano l'arredamento siderale e irreale della telematica. Ma nello spazio in divisa da nulla e da nessuno, si tessevano e disfacevano conversazioni tra una dozzina di uomini di età e facce simili, tanto simili tra loro che non valeva la pena di guardarli uno a uno. Gli schermi dei monitor trasmettevano informazioni su quanto accadeva in tutti i punti generali dell'albergo e si poteva selezionare un settore qualsiasi se da esso proveniva un segnale di allarme.

"Il programma consente di staccare i settori a seconda dei bisogni. Mio padre, per esempio, quando alloggia in questo albergo non vuole che il circuito controlli la zona della sua suite, perché a volte non vuole lasciare tracce di chi lo viene a trovare. Oggi, per esempio, entrerà nella sua suite e la zona intorno rimarrà scollegata."

Il viso di uno degli impiegati si infiltrò nella memoria di Carvalho e cominciò ad agitarla. È il capo della sicurezza e del personale dell'albergo, gli comunicò Álvaro. La ricerca ottenne un risultato. Tra le schede distrutte della sua mente uscì l'esperienza in penombra condivisa con quell'individuo. Il capo della sicurezza era stato uno dei più duri poliziotti politici della dittatura nella sua fase terminale, con un'età sufficiente perché di lui si ricordassero le torture pur non essendo troppe, e con un certo prestigio da poliziotto eclettico, postmoderno, uno dei primi a capire che giustizia e ingiustizia, legalità e illegalità, guerra e pace stavano passando dall'iniziativa pubblica a quella privata. Era ghiaccio quel che emettevano i suoi occhi man mano che il giovane Conesal spiegava i compiti di Carvalho, un jolly, con libertà di movimento nell'intero spazio dell'assegnazione del premio, senza autorità su nessuno a meno che, tramite lui, Álvaro Conesal, le osservazioni di Carvalho non diventassero misure da prendere. Álvaro dava queste spiegazioni con pazienza, davanti all'evidente dispiacere del capo del personale, una faccia e un atteggiamento che Carvalho voleva riconoscere senza riuscirci fino a quando Álvaro ne ebbe pronunciato il nome. Era compito, sottolineò Álvaro, del capo del personale e della sicurezza, Sánchez Ariño, tenere la polizia informata sulla libertà di movimento del detective privato. Sánchez Ariño, alias Dillinger, quel giovane poliziotto fascista dei primi tempi della Transizione alla Democrazia, capace persino allora di infiltrarsi tra elementi di estrema sinistra e poi di ridurne il fegato in poltiglia a furia di calci. Carvalho ricordò a un tratto quegli occhi sporgenti e vigili accanto al commissario Fonseca, durante le sue indagini nel caso dell'*Assassinio al Comitato Centrale*. Dillinger: un giovanottino torbido specializzato nei movimenti di infiltrazione del Kgb nell'Universo che ora chiamava da parte Álvaro Conesal per dirgli qualcosa in privato. Un angolo di un orecchio di Carvalho captò una domanda di Dillinger rivolta a Conesal Jr.

"E questo qui, in che veste viene? Di guardone?"

"Esattamente, di *voyeur*."

Ogni poliziotto che sia mai appartenuto alla Brigata Politico Sociale franchista conserva uno sguardo in grado di rintracciare i comunisti, e Carvalho si sentì esaminare come se lo fosse, e tornare trent'anni indietro quando comunista lo era e doveva sopportare sguardi come quello. Molte volte aveva pensato all'angoscia, alla frustrazione, al giramento di palle degli anticomunisti in un mondo dove quasi non restavano più comunisti e a come dovessero pertanto sfruttare quelli superstiti per conservare la propria identità. Álvaro percepì il rancore di fondo del capo del personale.

"Il signor Carvalho ha libertà di movimento per precisa volontà di mio padre."

"Come vuole lei."

Se Carvalho avesse avuto dieci anni di meno gli avrebbe mollato un calcio nella patta, ma considerò quanto avrebbe potuto durare la lotta con Dillinger e non si sentì sicuro di sé. Chiese il permesso di farsi un giretto per conto proprio secondo un piano di distribuzione delle varie zone del Venice e la prima cosa che poté constatare fu che il salone da pranzo dove si sarebbe servita la cena e sarebbe stato annunciato il nome del vincitore del premio disponeva di un grande ingresso e di un'uscita più piccola, ma anch'essa considerevole. Dall'uscita si snodava un circuito lungo il settore dedicato ai negozi minori che portava verso i due ascensori che salivano ai piani. L'ingresso comunicava con la spettacolare hall selvatica e i suoi eleganti negozi che conferivano all'ospite la sensazione di comprare da Tiffany's in piena foresta tropicale. In ogni caso la messa in scena predisponeva a vivere un'avventura infantile in mezzo a oggetti e segnali disegnati puerilmente, come se il design fosse stato commissionato a un branco di bambini malinconici smarriti nella giungla. Come si chiamerà questo stile?, si domandò Carvalho mentre tutto gli ricordava il design del cane-mascotte delle Olimpiadi di Barcellona, ma il malinconico Cobi aveva una struttura schiacciata, in fuga da se stessa. Qui, tutto quanto si faceva burla della sua stessa funzione. Per esempio, i tavoli erano come uova fritte. Di chi era stata l'idea? In principio, Carvalho la attribuì ad Álvaro, ma dopo avere ascoltato il padre pensò che poteva essere un capriccio del finanziere, desideroso di recuperare il mondo della sua infanzia. Quell'uomo interpretava di continuo un ruolo che gli era stato proficuo negli ultimi quindici anni, ai tempi dell'avventurismo modernizzante, quando bastavano il referente della parola modernità e il verbo modernizzare per aprire tutte le porte. Ma Carvalho sapeva cogliere l'usura delle pose, forse perché sempre più consapevole della propria usura, della progressiva flaccidità di una muscolatura che lo aveva fatto sentire ironicamente potente per due decenni e con quella capacità di autocomprensione coglieva il deterioramento muscolare di Lázaro Conesal, per quanto in una fase iniziale in cui non erano ancora apparsi i nuovi modelli di comportamento sostitutivi. Rimase vicino agli ascensori nel caso sentisse l'impulso di entrarci, come quando era salito sull'ascensore esterno del Fenimore a San Francisco, più di trent'anni prima, in cerca del buffet svedese all'ultimo piano.* Trent'anni erano passati da tutto e presto quaranta da quasi tutto. Mentre tornava alla centrale della sicurezza dell'albergo notò la sagoma di Dillinger davanti alla porta, sottolineata dalle luci interne. Fumava e lo osservava, con le narici possibilmente eccitate dall'odore di un antagonista. Si scostò senza troppa voglia quando Carvalho si introdusse nella stanza per vedere se ci fosse Álvaro. Non c'era, e tornava già alle sue libere perlustrazioni pur di evitare di essere bloccato dal capo del personale, quando sentì un fischio alle sue spalle. Non era nello stato d'animo per rispondere a un fischio e continuò a camminare fino a quando la chiamata tirò fuori una voce umana.

"Ehi! Lei! Non ricordo il suo nome."

Nessuno ricordava il suo nome in quel posto.

"Carvalho. Pepe Carvalho."

"Il suo nome mi ricorda qualcosa, ma non so cosa. Ci siamo mai incontrati prima?"

"Io non mi muovo quasi da Barcellona."

"Eppure io l'ho già vista."

"Ha mai fatto parte della Brigata Politico Sociale?"

Chiuse gli occhi e li aprì con gli interrogativi e la diffidenza addosso.

"Perché me lo domanda?"

"Può darsi che mi abbia avuto come cliente. Non era la mano destra di quel tizio, il commissario Fonseca?"

Dillinger si guardò tutt'intorno constatando che nessuno li poteva sentire e abbassò comunque la voce.

"E se così fosse, che cos'ha da dire? Io ero molto giovane e collaboravo con il commissario Fonseca, lui e io eravamo fedeli servitori dello Stato, con tutti i coglioni, noi e lo Stato."

"Infatti, i suoi coglioni erano molto noti."

*La solitudine del manager, della serie Pepe Carvalho, Feltrinelli, Milano 1993.

"Che cos'ha da dire sui miei coglioni?"

"Mi riferisco a quelli dello Stato."

"Adesso mi ricordo di lei, del suo tono beffardo. È venuto qui a Madrid negli anni ottanta a farsi una passeggiata, quando venne ucciso il segretario generale del PCE. Lei era l'annusapatte rosso ingaggiato dal PCE. I tempi sono cambiati, amico. Come ha digerito il crollo del comunismo?"

"Io benissimo, e lei?"

"Io sento la mancanza dei comunisti e posso dirle di essere passato ai privati perché non vale la pena di fare il poliziotto se non ci sono più comunisti."

"Si guadagna di più coi privati."

"Non c'è paragone. Io parlo per me, perché don Lázaro è molto generoso e mi offre sempre qualche particolare extra: vai a farti fare un paio di abiti, Dillinger, o vattene quindici giorni in Thailandia a farti fare i massaggi, ti vedo molto represso, Dillinger. Ma persino i colleghi che sono passati all'iniziativa privata normale guadagnano il doppio di quelli che continuano a dipendere dallo Stato. Lo Stato è un padrone sicuro ma taccagno. Un po' meglio è andata finora a quelli che lavorano contro il terrorismo, che hanno potuto toccare i fondi riservati e un po' sistemarsi. Ma adesso tutta la faccenda dei fondi riservati si è messa molto male, molto male, perché questi socialisti sono dei delinquenti e dei poco di buono e si sono riempiti le tasche con i fondi riservati. Non volevate la democrazia? Bene, ve la metteremo in culo. Ai miei tempi l'intera faccenda dei fondi riservati era sacra e segreta e inoltre lo stesso sistema repressivo li rendeva meno necessari perché tutto era sotto controllo. Ma poi con tante libertà e tante palle bisogna fare i salti mortali per chiudere e aprire bocche, per intercettare un telefono qui e un altro là. Non che io sia contro la modernità e che abbia nostalgia di quei tempi quando con quattro sberle e due calci ben centrati sulle palle lo Stato si faceva rispettare. Ma c'è comunque un limite a tanto legalismo e tanti azzeccagarbugli."

"Ogni epoca ha la sua morale."

Dillinger intuì di essersi appena fatto un amico. I rigonfi occhi gialli del poliziotto si aprirono e un sorriso totale alleggerì gli accumuli di fattezze torturate.

"Mi ha tolto le parole di bocca."

E scoppiò a ridere con una risata quasi da soprano che trasportò Carvalho lungo il tunnel del tempo, quella risata che aveva riempito di sdegno Fonseca nell'ufficio della Questura Centrale, nel 1980. Di che cosa stai ridendo, eh? Ma poi anche Fonseca era scoppiato a ridere. Perché? Era per qualcosa che aveva detto Fonseca, qualcosa di ironico. "La democrazia non deve andare a farsi fottere. Senz'altro." Di questo li aveva sentiti ridere. Tentò la sorte.

"Soprattutto che la democrazia non vada a farsi fottere."

"Puttana Eva!"

Álvaro, appena arrivato, non conosceva l'origine di una simile fratellanza. Aveva cambiato abbigliamento. Indossava una giacca scura, quasi da smoking, un paio di jeans sdruciti e un farfallino viola che gli consentiva di tenere il poderoso pomo di Adamo in posizione di riposo.

"Mio padre sta per arrivare. Vuole rinchiudersi con i libri selezionati e non avrà praticamente tempo per nessuna domanda. La sicurezza resta nelle sue mani, signor Sánchez Ariño. Tenga tuttavia presente che verranno le scorte delle personalità ufficiali. Le ripeto che il signor Carvalho ha libertà di movimento. Per evitare problemi di competenze, affido a lei il comando dell'operativo, ma insisto, qualsiasi decisione di Carvalho deve avere me come intermediario, e io a mia volta la comunicherò a lei."

"Comandi, don Álvaro."

Dillinger aveva l'anima del torturatore pubblico e dello schiavo privato. A Carvalho suscitava una vecchia e rinnovata irritazione per cui si allontanò seguito da Álvaro.

"Non le piace Sánchez Ariño?"

"L'avevo già conosciuto. Quando lo incontrai per la prima volta lo chiamavano Dillinger ed era una giovane promessa dei poliziotti torturatori del franchismo. Il suo caso era degno di nota perché era entrato nel mestiere negli ultimi anni della dittatura, senza nulla nel passato né nel futuro che lo giustificasse. Adesso vedo che ha prosperato."

"Conosce il suo mestiere."

"Continua a torturare?"

"No. Mantiene l'ordine intorno a mio padre, un uomo sottoposto a pressioni e minacce di ogni genere. È uno dei minacciati dall'ETA. Immagina che bottino significherebbe il sequestro di mio padre?"

"Di solito bevo per ricordare e mangio per dimenticare. Ho bisogno di un bicchiere."

Álvaro rivolse meccanicamente uno sguardo alla posizione teorica del fegato di Carvalho, uno sguardo che Carvalho sentì inchiodarsi come un cilicio nel suo punto più vulnerabile, ma ormai gli rimaneva soltanto la capacità di decidere quando prendere o non prendere un bicchiere e nessun master al mondo gli avrebbe potuto toccare i coglioni del fegato, che sono i coglioni più sensibili del corpo umano. Si incamminò decisamente verso il bar dell'albergo che metteva in scena la sala macchine del sottomarino giallo dei Beatles, supponendo che i sottomarini gialli abbiano una sala macchine. Aveva bevuto tanto a mezzogiorno e cose tanto buone che volle selezionare il gusto dominante nella sua bocca. Whisky. Ma era immaginativamente stanco di bere whisky e si autoingannò pensando che un lungo sorso con erbe, non importa quali, non avrebbe significato un'aggressione al suo fegato. Tutte le erbe sono medicamentose. Chiese al barman un *mojito* e solo quando gli venne servito notò che il barman era nero e cubano dal modo di adagiarsi sulle parole, ma falsamente nero e falsamente cubano. Era Semplicemente José che rideva in modo contenuto perché non gli si screpolasse il fondotinta.

"Don Lázaro si scompiscia dalle risate quando mi vede fare il barman nero dietro al banco e una paga extra non dispiace di questi tempi."

Il bicchiere ghiacciato sulla fronte lo tolse dallo stupore, ma lo fece entrare in una sensazione di farsa eccessiva per la sua voglia di farsa. A un tratto desiderò tornare a casa. Ecco Biscuter che domandava come gli andavano le cose a Madrid e si ripromise di spiegarglielo dettagliatamente appena fosse tornato a Barcellona. Veniva aggredito dalla sensazione di estraneità da animale di albergo e dalla paura di non sapersi controllare, di bere troppo e di vivere quella sensazione negli ultimi tempi tanto abituale di non ricordare intere scene della vita più recente, come se l'alcol gliele avesse portate via, sequestrate in un luogo posto nella fogna della sua coscienza. Ne avrebbe parlato al dottore. Perché ultimamente dimentico quello che faccio quando ho bevuto con una certa, necessaria ansietà? Ma adesso era il protagonista di una sequenza professionale molto ben pagata e conveniva conservare ogni briciolo di ragione, smettere di bere.

"Un altro *mojito*, per favore."

"Sissignole."

Gli rispose con perfetto accento cubano, ma al di là del presunto color nero delle fattezze, lì c'era Semplicemente José.

"Sissignole. Le piace il mio accento, signole? Don Lázaro adora che io mi travesta e gli piace tantissimo il mio numero da barman ispanista nero."

Attraverso il bicchiere che si portò agli occhi vide entrare nel bar Celso Regueiro, con il viso truccato e triste e una tensione simile a quella del mattino. Cercava qualcuno e Carvalho provò la curiosità di sapere chi. Uscì dal bar e Carvalho dietro di lui, senza abbandonare il secondo *mojito* che gli raffreddava piacevolmente la mano mentre inseguiva un Celso Regueiro ossessivo. Si inoltrò nel corridoio comunicante con le sale dei convegni ora vuote e definitivamente buie e spinse una porta, la quale aprendosi gli rimandò una boccata di luce elettrica che sembrava attendere la sua liberazione. Entrò nella stanza e lasciò la porta socchiusa, abbastanza perché Carvalho avvicinandosi potesse vedere quel che succedeva dentro. Era un piccolo ufficio nel quale poteva scorgere soltanto un divano capitonné a semicerchio dietro un frammento di tavolo e sul divano Álvaro Conesal con il culo in punta di poltrona e le gambe unite depositate sul piano del tavolo. Regueiro non diceva niente. Álvaro si alzò con lentezza, sorridendo. Regueiro girò intorno al tavolo e rimase davanti al ragazzo, allora gli cinse con un braccio la vita e lo baciò avidamente sulla bocca, mentre il corpo di Álvaro si lasciava sostenere, abbandonato, dal braccio dell'uomo. Carvalho si ritirò dal suo osservatorio e tornò sui suoi passi mentre si scolava il fondo del bicchiere. Uscendo sulla hall botanica, gli capitò di incontrare il padrone di tutto che stava entrando. Lázaro Conesal procedeva in formazione militare tra le guardie del corpo e parlava a voce bassa con un portaborse che gli camminava al fianco e lo ascoltava con serietà. Ma Conesal spartiva la sua veemente spiegazione con il viaggio dello sguardo per tutti i punti cardinali in cerca di qualcosa o di qualcuno. Mentre ascoltava la risposta dell'accompagnatore, premette un tasto di un telefonino e proseguì la sua disposizione schizofrenica per attirare l'attenzione dell'interlocutore senza smettere di essere in ansia per quello che aspettava. Finalmente Álvaro emerse da dietro Carvalho e si introdusse nello spazio delimitato dalle guardie del corpo e ascoltò la fine della conversazione di suo padre con l'altro uomo, il quale si accomiatava e usciva dall'albergo a passi corti e leggeri, impropri per il peso della borsa. Il finanziere stava ora mettendo al corrente il figlio e Álvaro sembrava concentrarsi su quello che udiva ma non faceva in alcun modo capire se la cosa lo colpisse o meno, mentre il padre faceva sforzi per autocontrollarsi ma muoveva la mascella pesantemente, come se masticasse le parole. Poi trascurò la proposta del figlio di passare per la sala del personale e gli fece capire a cenni che stava per prendere l'ascensore e salire ai piani superiori. Álvaro alzò le spalle e Lázaro Conesal andò verso l'ascensore accompagnato da due guardie del corpo. Non lasciò che lo seguissero e salì come unico passeggero in un'ascesa al cielo da dirigente temprato, in tensione, con le gambe leggermente aperte per sopportare il peso dell'albergo monumentale, progressivamente rimpicciolito man mano che saliva, ma alla fine il viaggio non parve a Carvalho una culminazione, ma quasi una minacciante perdita di dimensione sotto il peso della statura dell'albergo, e quando l'ascensore si trasformò in una scatolina improbabile posta in cima all'albergo, Lázaro Conesal non era più nessuno, non era più nulla.

"Va senza la scorta?"

"C'è un servizio di sicurezza a ogni piano. Ma è molto affaticato e molto stufo. Lo conosco. Quando è così non sopporta neanche se stesso."

Attraversarono la sala da pranzo senza fermarsi, perché tirava aria di ammutinamento e intorno a Leguina e al ministro si accalcava il gruppo più numeroso che esigeva una spiegazione.

"Come degno coronamento alle scempiaggini dell'era socialista, non ci mancava che questo sequestro di intellettuali!"

Leguina aveva perso la pazienza.

"Chi l'ha ingannata facendole credere di essere un intellettuale?"

Furono in diversi a protestare clamorosamente davanti alla faccia annoiata del presidente della Comunità Autonoma mentre la signora ministro rispondeva riprendendoli ironica, trattandoli come bambini.

"Pensate che state vivendo un'esperienza irripetibile nelle vostre vite."

Carvalho camminava dietro Ramiro, ma davanti alla porta della stanza destinata agli interrogatori l'ispettore gli tagliò la strada.

"Confido nelle sue capacità di osservazione, ma voglio far pressione sui testimoni. Daremo per scontato che i loro movimenti siano stati registrati dal circuito televisivo. Lei e io sappiamo che non è così, ma quasi nessuno è al corrente dell'imprevedibile errore commesso. Un altro dato importante è il Prozac. Solo qualche complice delle abitudini di Conesal poteva tramare la sostituzione delle capsule di Prozac con altre imbottite di stricnina. Non possiamo nemmeno porre sistematicamente la domanda perché ciascun interrogato la divulgherebbe all'uscita e gli altri entrerebbero qui prevenuti."

Carvalho si trovò d'accordo. L'ufficio del direttore dell'albergo si stava trasformando in un commissariato di lusso quando entrarono Ramiro e Carvalho e il poliziotto cominciò a battere le mani perché accelerassero le procedure per sistemare la macchina per scrivere e il registratore e perché si adeguassero le luci allo scopo.

"Non si può interrogare con luci da sala operatoria. Voglio luci da nightclub."

Per quante combinazioni provassero, non riuscivano a ottenere luci da nightclub e Ramiro era ormai di pessimo umore.

"Finiremo giocando a bocce. Questa luce al soffitto, non c'è modo di togliere la lampadina?"

Dovette venire l'esperto di manutenzione dell'albergo che dopo una serie di estirpazioni ottenne una luce ambientale basata sul chiaroscuro, a eccezione di una potente lampada incastrata all'angolo sinistro del soffitto e trasformata nell'occhio di Dio che mandava su quella stanza del Venice un raggio di grazia santificante. La lampadina si era incistata nel soffitto e non si riusciva a levarla. Davanti ai gesti di impotenza dell'elettricista, Ramiro montò su una sedia armato di martello e assestò un colpo all'occhio illuminato. Cadde per terra una galassia di vetrini.

"Presentate il conto alla Questura Centrale. E ora, avanti con questo elenco."

Ramiro stesso andò alla porta custodita da due poliziotti dove aspettava Álvaro Conesal.

"Fate arrivare in sala la domanda di una dichiarazione volontaria, intesa a chiarire la situazione e senza carattere vincolante. Se qualcuno vuole farlo in presenza del suo avvocato, siamo fottuti, ma bisogna togliere gravità alla faccenda. Prima si prestano a dichiarare e prima se ne andranno. Lei che è in grado di tradurre le metafore del suo detective, può fare da introduttore."

Si rivolse severo ai colleghi.

"E voi, fate le cose con gentilezza, quelli che stanno per entrare non sono dei delinquenti comuni. Farete bene a stare zitti."

Ramiro tornò dentro, dove Carvalho si era seduto sulla scrivania, con una gamba appoggiata per terra e l'altra penzolante. I due subalterni stavano davanti alla macchina per scrivere e al registratore con rassegnazione accentuata dal presagio di una notte interminabile. A Ramiro piaceva l'illuminazione ottenuta.

"È tutt'altra cosa."

Un poliziotto entrò nella stanza, gli consegnò una striscia di carta da fax e se ne andò di nuovo. Ramiro la lesse e se la mise in tasca.

"Ho chiesto i precedenti delle persone incluse nell'elenco dei sospetti e solo il signor Oriol Sagalés ne ha. Una sciocchezza."

Schioccò le dita verso la porta dov'era rimasto vigile uno degli ispettori il quale comunicò ad Álvaro Conesal che potevano iniziare l'appello. Il primo della lista tardava ad arrivare e Ramiro tornò impaziente alla porta dove quasi si scontrò con Lorenzo Altamirano. Fece come se non lo vedesse e ordinò ad Álvaro:

"Lei, cominci a preparare i prossimi perché non ci siano tempi morti".

Poi invitò Altamirano a entrare e sedersi. Il critico sudava e appena occupò la sedia indicatagli constatò che sulla sua fronte alta, bianca e imperlata ricadeva un modesto fiotto di luce. Tirò indietro il sedere più che poté per evitare il raggio della morte e ottenne di ritrovarselo oltre il naso, sulla patta, ma anche così il riflesso offendeva quegli occhi maltrattati da ventimila libri letti. Guardò il poliziotto in richiesta di aiuto, ma Ramiro mostrò di essergli solidale solo a parole.

"Sarà tutto molto facile, signor Altamirano."

Il ciccione che parla in versi, lesse Carvalho nelle sue note mentre riproduceva mentalmente brani della conversazione tra Altamirano e compagna, colta durante uno dei suoi rastrellamenti di suoni mentre circolava come un peripatetico sconosciuto. Fu Carvalho a domandare.

"È venuto alla cena in compagnia di Marga Segurola?"

Altamirano adottò una posa più da testimone a carico che da collaboratore della volontà di sapere di quel poliziotto.

"Non esattamente. Sta di fatto che ci siamo ritrovati allo stesso tavolo per espressa volontà degli organizzatori, anche se abbiamo mestieri simili. Io faccio il critico letterario e Marga Segurola è in realtà un'esperta di letteratura che fa da consulente a case editrici, spagnole ed estere, riviste letterarie, programmi culturali radiofonici e televisivi. È quanto di più vicino a una procacciatrice mediatica e io sono un critico letterario in senso stretto."

Ramiro volle recuperare il protagonismo.

"In senso stretto. Benissimo. Credo di aver letto qualche sua critica, molto riuscita, a dire il vero."

"Molto gentile da parte sua."

"Che cosa la legava a Lázaro Conesal e concretamente a questo incontro?"

"Io svolgevo alcuni compiti per Conesal."

Non gli era piaciuto confessarlo, come non gli piaceva confessare che non gli piaceva confessarlo.

"Si deve sapere pubblicamente?"

"Perché?"

"Non lo gradirei. Anche se non ho nulla da nascondere, nell'ambiente non sarebbe ben visto se io apparissi come una specie di mentore letterario del signor Conesal. Sono stato infatti io a raccomandargli una serie di scrittori, affinché si muovesse sul sicuro, e ad aiutarlo a mettere in piedi il complesso meccanismo di questa rappresentazione. Gli ho anche organizzato una giuria su misura per quello che voleva."

"Che cosa voleva?"

"Essere giurato unico del premio."

"Lei ha letto i romanzi presentati?"

"No. Non so nemmeno chi siano i finalisti, come non so se ha seguito le mie indicazioni nel selezionare gli scrittori da me consigliati."

"Ha tenuto un elenco di questa selezione?"

"No. Ma ricordo alcuni nomi."

"I suoi prescelti, mi dica, stasera erano in sala?"

"No. Nemmeno uno dei cinque scrittori premiabili era presente in sala. Alma Pondal, Ariel Remesal, Andrés Manzaneque, Oriol Sagalés e Sánchez Bolín non erano i miei preferiti. Appena li ho visti ho capito che erano stati scelti da Lázaro. I miei altri raccomandati erano usciti dalla lista."

"Quanti ne aveva raccomandati?"

"Undici. Raccomando sempre undici scrittori, per qualsiasi selezione."

"Perché?"

Il pallore di Altamirano venne sostituito da un'improvvisa coloritura e tardò a mettere in moto le parole.

"Per ragioni complementari e talvolta sorprendentemente complementari. Undici sono i giocatori di una squadra di calcio, non è vero?"

Ramiro si credette costretto a chiedere una consulenza ironica a Carvalho.

"Credo che sia così, no?"

Carvalho assentì in modo inappellabile.

"Bene. Ma non è l'unica ragione. L'undici è un numero pieno di significato simbolico. Secondo la simbologia il dieci è il numero della pienezza e l'undici implica eccesso, dismisura, il superamento di qualsiasi ordine, così come rappresenta il conflitto e l'apertura a un nuovo decennio. Capite? Tant'è che santᵗ'Agostino afferma che il numero undici è il blasone del peccato. Secondo una concezione teosofica l'undici è un numero inquietante perché la somma dei numeri che lo compongono, un uno e un altro uno... fa due. Il due."

"E che succede con il due?"

"È il numero nefasto della lotta e dell'opposizione. L'undici è il simbolo della lotta interiore, della dissonanza, della ribellione, dello smarrimento, della trasgressione della legge, del peccato umano, della ribellione degli angeli."

Altamirano aveva alzato sempre più il tono di voce e ora sembrava svuotato e soddisfatto di sé. Ramiro non sapeva come continuare. Carvalho pensava agli sforzi intellettualistici che alcuni devono compiere per dissimulare il fatto che gli piace il calcio, ma venne in aiuto del poliziotto.

"Aveva spiegato la sua teoria dell'undici al signor Conesal?"

"Sì, e ne era entusiasta. Mi aveva detto: Lorenzo, questa deve essere la tensione interna della letteratura. E poi aveva aggiunto: Lo sai che nelle società segrete della massoneria si piantano undici bandiere? Mi aveva spiegato che venivano piantate in due gruppi di cinque più una, rappresentazione simbolica delle due infornate di fondatori: cinque e cinque."

"E l'uno?"

"È chiarissimo. L'uno è la fusione dei due gruppi di cinque. Rispecchia l'unità, la sintesi massonica."

Carvalho sembrava molto soddisfatto di quanto aveva udito e verificò se Ramiro fosse uscito dallo sconcerto. Non ne era uscito.

"Avevate conversazioni molto profonde."

"Lázaro era un uomo di interessi culturali plurimi."

"Lei questa sera aveva cercato di parlargli."

Era la domanda che Altamirano temeva e che Ramiro aspettava per rientrare nella situazione.

"Era tanto urgente parlare con lui?"

Altamirano cercò di incrociare le gambe, ma riuscì a malapena ad accavallarle con l'aiuto delle mani, e la pressione di un arto sull'altro si trasmise al basso ventre e allo stomaco. Non respirava a suo agio e riportò le gambe al loro posto iniziale. Sudava più di prima e si passò una mano sul viso.

"C'è un circuito chiuso televisivo, no?"

"Sì," si fece avanti Carvalho.

"Bene. Allora avrete constatato che non sono riuscito a parlare con Conesal."

"Non è riuscito a parlare di che cosa?"

"Volevo raccomandargli di non fare sciocchezze. Non mi piacevano i candidati presenti in sala. Ciascuno di loro come vincitore era deludente, nemmeno l'assegnazione del premio al più consacrato di tutti, Sánchez Bolín, avrebbe soddisfatto i desideri del mecenate. Diciamo che aveva un'idea platonica del vincitore, impossibile da raggiungere."

"Chi era il suo candidato?"

"Uno scrittore latinoamericano. Non posso dirle altro."

"Aveva partecipato al concorso?"

"Non era riuscito a finire il romanzo in tempo, ma questo non era un problema perché tra l'assegnazione del premio e la pubblicazione dell'opera passano due mesi, forse tre, un tempo più che sufficiente per finirlo. Infatti, Conesal doveva a me questo consiglio e questa osservazione. Io l'avevo aiutato fino a stasera e per certi versi il premio era una sfida che mi aveva costretto a ingoiare non pochi rospi. Cento milioni di pesetas è una somma sfacciata. Non credo che nessun romanzo al mondo valga una simile quantità. Né cinquemila pesetas. Né una peseta. Il valore della letteratura è emblematico, mai monetario e volendo trovare un valore emblematico all'altezza dei desideri di Conesal, il romanzo vincitore dovrebbe riunire certe caratteristiche presenti nel mio immaginario e che avevo consigliato al mio candidato. Aveva scritto un romanzo su misura sulla storia di un insuccesso nella ricerca di una miniera d'oro nel Perù alla fine del diciottesimo secolo. Ma, a quanto pare, Conesal non mi aveva dato retta."

"Non le aveva dato retta e stasera non è riuscito a parlargli. Risulta sorprendente che lei fosse contrario a parte degli scrittori da lei stesso selezionati."

"Un critico con voglia di universalità, che diventa un punto di riferimento di tutta la società letteraria spagnola, deve compiere una selezione tenendo conto fino a un certo punto di chi si legge. Si viene sempre a sapere se hai scelto questo qui e rifiutato quell'altro. Ma io ho i miei gusti. Incorruttibili. È questo che cercavo di dire a Lázaro."

"Non è riuscito a vederlo. È riuscito a parlare con la giuria?"

Altamirano si mise a ridere.

"La giuria era solo di rappresentanza. Una giuria di facciata. Una parvenza di giuria. Non aveva alcun potere decisionale."

A Ramiro non veniva più nulla in mente, il poliziotto datti-lografo sembrava annoiato. Carvalho pensò che, in effetti, Alta-mirano parlava come un libro stampato ed era possibile che avesse ucciso come un libro stampato. Per il momento l'ispetto-re ritenne chiuso l'interrogatorio; il critico aveva raggiunto uno strano stato di quiete che gli consentì di trarre una conclusione morale.

"I ricchi sono differenti."

"Sì. Hanno più soldi," ribatté Carvalho dalla zona d'ombra.

"Questa risposta è di Hemingway," riconobbe Altamirano, sorpreso da quella citazione letteraria giuntagli dalla penombra. Carvalho senza uscire dal buio contemplò come Ramiro conge-dasse il critico e lo esortasse a tirarsi su.

"Bisogna tenere su il morale, signor Altamirano. Prenda qualche pastiglietta di Prozac."

Il critico fece un'espressione schifata.

"Io mi tengo su scovando vecchie edizioni nelle librerie anti-quarie e di tanto in tanto con un buon bicchiere di Rioja."

Rientrò Ramiro al seguito della romanziera con le varici, mentre leggeva dall'elenco il nome tradotto da Álvaro Conesal della metafora di Carvalho.

"Signora Alma Pondal. Devo confessarle di aver letto un suo romanzo, *A volte, domani...*"

"*A volte, di mattina.*"

"È quello che intendevo dire. Mi è piaciuto molto. Mia mo-glie è sua grande ammiratrice."

La signora bianca e ampia, dalla pelle trasparente solcata da venuzze azzurre, particolarmente reticolate alle tempie, si era seduta con tutta la maestà delle sue lunghe gonne e non sem-brava risentire della luce che la colpiva in pieno volto. Non sbatteva nemmeno le ciglia.

"Non ci servono troppe risposte perché non abbiamo trop-pe domande. Lei si è incontrata con il signor Conesal nel corso della serata. Lo sappiamo di certo. E vorremmo sapere perché."

La scrittrice contemplò prima i dattilografi, poi Ramiro, fi-nalmente Carvalho, come una mamma giovane consapevole del brutto momento vissuto dai suoi figlioli e dedicò loro un sorriso benevolo, fidatevi di me che vi verrò incontro, chi può trattarvi meglio di una mamma con le gambe piene di varici secche e da seccare, di cicatrici della sua maternità?

"È stato Lázaro Conesal a farmi chiamare. Un cameriere mi ha chiesto di salire all'appartamento del nostro anfitrione e così ho fatto. Ho pensato che stesse per dirmi in anticipo il nome del vincitore, sia per congratularsi con me, sia per consolarmi. Io ho partecipato a questo premio."

"Dov'è l'originale del suo romanzo?"

Non accolse la domanda con tranquillità e rispose con una domanda.

"Lei non ce l'ha?"

"No."

Carvalho andò oltre.

"Il romanzo è svanito. Lei potrà procurarci una copia."

La mamma era cresciuta di età e di gerarchia biologica. Parlò come una mamma parla ai suoi figli.

"Devo essere sincera con voi. Il mio romanzo non esiste. Altamirano mi aveva chiesto di presentarmi al premio e pochi giorni dopo, cinque mesi fa, Lázaro Conesal mi aveva offerto dieci milioni di pesetas per non scrivere il romanzo ma per fingere di presentarmi al premio. Così ho fatto. Mi sono presentata con lo pseudonimo Cantori di Vienna e con un titolo non tanto presunto, poiché sarà quello del mio prossimo romanzo, *Triste è la notte.*"

Ramiro girava intorno alla sua madre adottiva.

"Lei incassa, suppongo, per non scrivere un romanzo. Ma la sera del premio, Lázaro Conesal la chiama. Perché? A quale scopo?"

La mamma continuava a salire lungo la scala biologica, invecchiava a momenti, e dall'alto della dignità di una vecchia madre con diritto a conservare il suo rango, rispose:

"Sono affari miei".

"Mi spiace di doverle dire che si sbaglia di grosso, pur avendo il diritto di rifiutarsi di rispondere, e in questo caso trasformerebbe questa nostra conversazione in un interrogatorio convenzionale in presenza di un avvocato. In realtà vogliamo offrirvi ogni tipo di facilitazioni in modo che possiate lasciare questo posto quanto prima."

Lei aveva già preparato atteggiamento e parole. Incrociò le mani sul grembo, fissò l'ispettore e disse:

"Mi ha proposto di andare a letto con lui".

Gli sguardi dei convenuti, senza eccezione, stabilirono complesse associazioni di idee tra i dieci milioni che Conesal aveva dato per non scrivere un romanzo, l'aspetto fisico da donna bella ma troppo maltrattata dalle maternità e la proposta di fornicazione da parte di un uomo in grado di pagare dieci milioni di pesetas perché non si scrivesse un romanzo.

"Naturalmente gli ho detto di no."

"Dove sono avvenuti, l'invito e il rifiuto?"

"Non è stato un invito. È stato un rozzo ordine, come se desse la cosa per fatta. Passò quasi senza transizione dal chiedermi di fargli vedere una foto dei miei figli che porto sempre con me in borsetta al chiedermi di andare a letto con lui. Lui era in una suite oltre il ventesimo piano, molto eccitato, anche se la sua eccitazione era solo verbale, e quando io mi sono tassativamente opposta si è calmato e mi ha detto qualcosa di enigmatico e insieme intollerabile."

"Che cosa le ha detto?"

"*Meno male*. Si è limitato a dirmi questo e a disinteressarsi di me."

"Indossava il pigiama?"

"È ovvio che no. Se lo avessi visto in pigiama non sarei nemmeno entrata nella suite."

"È possibile attribuire l'eccitazione di Lázaro a un eccesso di stimolanti? Credo che prendesse il Prozac."

"Il Prozac non produce questi effetti. Io lo prendo perché tendo alla depressione."

Ramiro si piazzò davanti a lei guardandola in faccia e le domandò:

"Lo sapeva che anche suo marito aveva incontrato Conesal stasera?".

No. Non lo sapeva. E non era evidente che lo sapesse o tutto il contrario. Con la stessa studiata perplessità accettò che il dialogo era finito e non ebbe tempo di scambiare una sola parola con il marito che la sostituiva nell'interrogatorio e cercava di leggere qualcosa sul suo volto teso. Ramiro captò l'impossibile comunicazione di quell'incrocio di sguardi e appena si fu seduto l'ingegnere Roberto Murga, il marito varicoso, il marito dalla rasatura bluastra, fecondatore profondo, incravattato con una spilla d'oro e vigoroso strapazzatore di polsini di camicia bianca con gemelli cifrati, gli buttò in faccia:

"Che voleva lei da Lázaro Conesal questa sera?".

L'ingegnere prese una boccata d'aria, inarcò le sopracciglia e guardò in faccia l'ispettore.

"Chiarire certi dubbi."

"Ha visto Lázaro prima di sua moglie o dopo?"

Non sapeva che la moglie si fosse vista con Conesal ma cercò di nasconderlo.

"Indubbiamente prima. Lei era molto innervosita dall'eccezionalità della situazione. Non sapeva che cosa aspettarsi. Avrebbe vinto il premio? Non lo avrebbe vinto? Altamirano le aveva detto che era il candidato con più probabilità."

"Lei sapeva che sua moglie si era presentata al premio?"

"Come vuole che non lo sapessi. Mia moglie si consulta sempre con me."

"Che le ha risposto Conesal quando lei gli ha domandato sulle sue intenzioni nei riguardi del romanzo di sua moglie?"

"Ha assunto un atteggiamento molto strano. Si è messo a ridere e mi ha domandato del mio lavoro. Per quale compagnia sto lavorando. Quanti soldi guadagno. Se ho una percentuale sui preventivi dei lavori. Che cosa pensavo della penetrazione delle multinazionali estere nell'industria del cemento. Io gli ho spiegato che sono un ingegnere di ponti e strade al servizio dello Stato e che pertanto percepisco un alto stipendio ma entro i limiti della mia carica, tenuto conto del fatto che sono considerato, modestia a parte, uno dei migliori."

"Non le ha chiarito Conesal le sue intenzioni nei riguardi del romanzo di sua moglie?"

"A dire il vero no, e sono uscito dall'incontro un po' scoraggiato. È per questo che non ho detto nulla a Mercedes, mi scuso, Alma. Mercedes non sopporta che la si chiami Mercedes."

"Lei ha detto di aver visto Conesal prima di sua moglie. Poi la signora le ha detto di quell'incontro? Che cosa le ha detto sua moglie di quella conversazione?"

Probabilmente disegnava ponti e strade velocemente ma mentiva con lentezza.

"Non ricordo troppo bene."

"In questo sono d'accordo, perché a quanto pare sua moglie si è vista con Conesal prima e non dopo di lei."

Uscì dal sottosuolo della sua scarsa seppur torturata immaginazione.

"Devo essere sincero. Io non sapevo che Alma e Lázaro Conesal si fossero visti."

"Ha letto il romanzo con cui sua moglie ha partecipato al premio?"

"Senz'altro."

"Com'è possibile che l'abbia fatto se il romanzo non è mai stato scritto?"

"Ma che cosa mi viene a dire, caro signore? Se non è stato scritto come mai..."

"Come mai sua moglie ha già ricevuto un anticipo di dieci milioni?"

Mentre l'ingegnere metteva in ordine alfabetico il suo sistema interno di verità e segnali di allarme, Ramiro cambiò registro e Carvalho lo applaudì mentalmente. Quel piedipiatti non era tanto prevedibile quanto lui si era immaginato.

"Dove l'ha ricevuta, Lázaro Conesal?"

"In una suite."

"Era in pigiama?"

"No. Ma mi ha sorpreso perché era piuttosto trascurato e vestito in un modo che non indicava stesse per concedere un premio tanto importante. Fatto sta che sono rimasto stordito, sono tornato in sala e non ho avuto il coraggio di dire niente a mia moglie dell'incontro."

"E nemmeno sua moglie del proprio. Segreti di famiglia."

La mano di Ramiro indicava la strada per la porta al tanto alto quanto compunto ingegnere a testa china e da lì spuntò come una superstar del marketing il fabbricante dei Sanitari Puig, allegro come una festa notturna, con un ampio sorriso da dentiera e gesti da fumatore di sigari capace di elargire avana a tutto il mondo. Ma non aveva sigari nelle mani venose che offrì ai suoi quattro conversatori, e come un conversatore aggiunto si sedette indossando il sorriso e mettendo la testa tra il calvo e il canuto sotto la luce.

"Di che cosa avete parlato lei e Lázaro Conesal stasera?"

"Siamo amiconi. Grandi amiconi e ho voluto attaccare bottone, come si dice normalmente, *petar una xarrada* come si dice in catalano. Vedete, il mio maestro in 'managerismo' era stato un grande pubblicista catalano chiamato Estrada Saladich, che ci ripeteva: Un uomo d'affari, contrariamente a quello che può sembrare, è un essere umano e se arrivi all'essere umano, puoi farci buoni affari. Mi spiego? Sono andato a trovare Lázaro, e gli ho detto: Lázaro, come stai, *maco*, cioè bello, perché tra noi c'era tanta confidenza che io mescolavo parole in catalano e lui le capiva e ci rideva un sacco. Lo avevo invitato un'infinità di volte alla mia tenuta di Llavaneras ed ero stato io a metterlo in contatto con la cerchia più solida del denaro catalano, perché dovete crederci, in Catalogna il denaro c'è, distribuito e solido, sebbene in piccole quantità, questo sì, tra gente molto solvente. E a Lázaro, anche se gli si attribuiva una certa frivolezza negli affari, piacevano tantissimo i piccoli imprenditori, tenaci, solidi, come me. Lui a sua volta ci dava informazioni. Senti, Quimet, mi aveva detto una volta, le informazioni vanno fornite a cerchi e questi cerchi si stringono via via tra il più ampio che comprende coloro che sanno poche cose e il cerchio più piccolo, che comprende quei quattro o cinque che sanno tutto. Ebbene, Quimet, io so quasi tutto. E di questo si tratta. Parlare con Lázaro era una delizia e abbiamo parlato di questo e di quello mentre la gente qui sotto non faceva che soffrire e speculare, vincerà questo qui, vincerà quello là. A dire il vero, a me queste riunioni annoiano, anche se ho letto parecchio, ma dico proprio parecchio, in gioventù. Io mi sono letto la trilogia di Gironella sulla guerra civile, oltre quattromila pagine, quattromila, eh? si fa presto a dirlo. Ma mia moglie adora queste celebrazioni culturali perché lei è davvero una gran lettrice e va a tutte le conferenze e conosce un mucchio di intellettuali che di tanto in tanto mi porta a casa e non che la cosa mi secchi, ma non è che con quelli lì io ci parli troppo. In genere gli intellettuali sanno poche cose interessanti che abbiano a che fare con la vita normale."

Quasi non aveva respirato mentre parlava nonostante l'età, tra i sessantacinque e i settant'anni, e dopo aver inspirato si apprestava a continuare quando Carvalho intervenne dalla sua penombra.

"Che informazione speciale era andato a cercare?"

"Di speciale speciale, nulla. A parlare tanto per parlare."

Carvalho raggiunse la zona di luce e fece una faccia piuttosto ostile.

"Che c'era di tanto urgente? Che c'era di indispensabile perché lei e Conesal vi doveste parlare stasera?"

"Urgente urgente, forse è dire troppo. Ma è pur vero che talvolta io ho fatto da ponte tra l'imprenditoriato catalano e Conesal o altri uomini con denaro serio della capitale e tutti sanno che la situazione politica del paese è delicata. Senza andare oltre, le sorti del governo socialista dipendono dai voti dei deputati catalani di Convergència i Uniò e quei voti sono molto sensibili nei riguardi di quello che noi imprenditori catalani pensiamo della situazione politica e della politica delle alleanze."

"Vale a dire che lei stasera ha fatto da postino politico."

"Io sono apolitico, eh, ma in un certo senso sì. Avevamo parlato oggi, per telefono, di tardo pomeriggio. Ma oggigiorno dei telefoni non ci si può fidare, sono controllati o intercettati da chissà quale gruppo di spie pubbliche e private."

"Lázaro Conesal le è parso molto colpito dalla conversazione con il governatore della Banca di Spagna?"

Sia Puig che Ramiro guardarono Carvalho con rispetto.

"Vedo che siete bene informati. Sì. Era stato un incontro tormentoso, e così mi aveva detto più o meno in codice quando l'ho chiamato dall'albergo, sul punto di uscire per questo premio, ed eravamo rimasti d'accordo di parlarci a tu per tu, per conto nostro. Ed è quello che ho fatto."

"Lázaro Conesal era tra l'incudine e il martello."

"Peggio."

Il signor Puig era diventato conciso, gli occhi gli si erano rimpiccioliti, il sorriso era ormai scarso e la sua ossatura aveva ritrovato la spina dorsale.

"E lei gli ha detto che gli imprenditori catalani avevano deciso di ritirare il loro appoggio al Governo, gli ha comunicato la data precisa e lui le è stato molto grato perché una simile informazione gli consentiva di mettere le carte in tavola."

"Forse sì. A partire da questo momento non sarò tanto generoso con le parole. Anche se il circuito televisivo ha registrato il mio incontro con Conesal, ricordo benissimo quello che ho detto e quello che non ho detto, perché temevo qualche tranello, tipico di Lázaro. Lui registrava tutto. Posso compromettere altra gente, e il signor presidente del Governo della Generalitat della Catalogna."

"Capisco la sua discrezione."

"Il mio maestro, Estrada Saladich, soleva dire: L'uomo è schiavo delle sue parole e padrone dei suoi silenzi. Avete bisogno di me per qualcos'altro?"

Carvalho passò a Ramiro il compito della risposta e il poliziotto ripeté il solito rituale del congedo che Puig ascoltava con il sorriso totalmente recuperato.

"Siete stati molto gentili. Tenete. Tenete."

Distribuì biglietti da visita, uno per ciascuno dei quattro altri nella stanza e si ritirò dopo aver fatto un dolce inchino da ciambellano di una corte improbabile. Lo seguì energicamente Ramiro che parlamentò con le guardie esterne e con lo stesso Álvaro. La signora Puig aspettava il suo turno, ma Ramiro sembrava chiedere un salto nel programma. Tornò con la sua verità segreta e non la comunicò a Carvalho. Chi aveva scelto Ramiro come prossimo nell'elenco? Se fosse dipeso da lui avrebbe fatto due nomi, forse tre, Hormazábal, Sagazarraz, Álvaro Conesal. Il poliziotto pubblico non lo deluse. Questa polizia pubblica non era poi tanto male. Il "calvo d'oro", l'"assassino della Compagnia Telefonica", Hormazábal, calcolatore, ma già rilassato a quell'ora del mattino. Esattamente le due. Sì, era socio di Conesal in qualche affare, ma lavorava anche in proprio nel campo delle finanze ed era in corso una separazione di interessi motivata da difficoltà prevedibili nella situazione strategica di Conesal.

"Me lo può tradurre in lingua corrente?"

"Credo già di parlare in lingua corrente, anche se forse non è lingua corrente per la polizia."

"Forse si tratta di questo."

"Suole invece capirmi il prefetto di polizia, con il quale ho il piacere di giocare spesso a golf e di conversare."

"I capi, soprattutto i capi politici, sono solitamente più furbi dei loro subordinati e giocano molto meglio a golf."

Ammirevole, pensò Carvalho, e inviò un applauso mentale a Ramiro.

"Bene. Lázaro aveva un grave problema nelle sue relazioni con la Banca di Spagna. Era uno stratega formidabile, ma forse per tempi di maggiore stabilità. In piena liquidazione della filosofia trionfalista di un Governo impaurito dagli scandali della corruzione, la Banca di Spagna non poteva tollerare un buco di oltre cinquecento miliardi di pesetas nella banca che dirigeva."

"Lei è corresponsabile di questo buco."

"Non più. Stamane, mentre giocavamo a squash, gli ho comunicato di aver sciolto via via tutti i legami che avevo con la sua finanziaria."

"Lei intuiva la catastrofe."

"Diciamo che avevo meno motivi di Lázaro per autoingannarmi. In ogni caso lui disponeva di una capacità di reazione personale, è un uomo ricchissimo, ma avrebbe dovuto passare qualche brutto momento perché il Governo non era disposto a chiudere un occhio ancora una volta. Non può farlo."

"Durante il vostro incontro, Lázaro Conesal le ha rinfacciato che lei l'aveva abbandonato."

"Più o meno."

"Ma questo lo sapeva già. Che altro le ha rinfacciato dopo l'incontro con il governatore della Banca di Spagna?"

"Era convinto che parte delle informazioni in mano al governatore fosse dovuta alle mie soffiate. Grosso errore. Il Governo ha un proprio sistema di spionaggio e Lázaro lo doveva sapere visto che lui stesso ha qualche talpa all'interno dei servizi segreti ufficiali. È possibile che persino lei sia circondato da talpe all'interno del corpo superiore di polizia."

Ramiro studiava Hormazábal. Il poliziotto aveva imparato a sostenerne lo sguardo, a fingersi tutto d'un pezzo come quel riccastro di merda e ottenne un tono di voce tranquillo quando domandò:

"Che tipo di minaccia le ha fatto Lázaro Conesal? Che cosa sapeva su di lei?".

"Nulla che io non avessi sotto controllo."

Il "calvo d'oro" era uscito dal cerchio dell'aggressione e piazzava un piede davanti a quelli del deambulante Ramiro, costringendolo a fare un passo indietro e a mettersi sulla difensiva.

"Lei capirà che quando muovo un alfiere copro re e regina."

"Ma lui l'aveva minacciata."

"Diciamo che mi aveva avvertito."

"Come'è finito l'incontro?"

"In modo civile. Mi ha dato tempo una settimana per liquidare tutti i nostri legami. Io gli ho fatto sapere che si stava facendo tutto il necessario e che mi sarebbero bastati appena tre giorni."

"Non invidio le vostre vite, nossignore. Dovete essere esausti, sempre tra l'eccitazione e la depressione. Lei prende qualche ricostituente? Segue qualche cura?"

"Un'aspirina pediatrica tutti i giorni, e tanto sport. L'aspirina è un vasodilatatore formidabile. Questo è tutto."

"Conesal era austero come lei?"

"No. Conesal non era austero in niente. Era un ansioso. Aveva avuto un periodo da cocainomane, ma ultimamente aveva smesso."

"Prendeva qualche sostitutivo?"

"Lo ignoro. Non eravamo in intimità."

Ramiro aspettò che il "calvo d'oro" se ne fosse andato per cercare compagnia e consiglio da Carvalho.

"È impossibile. È impossibile che un uomo tanto astuto, diffidente, informato come il Lázaro Conesal che ci descrivono, non fosse al corrente delle manovre del suo socio principale. Non capisco troppo di questi intrugli, Carvalho, ma come è possibile che in tre giorni si sciolga tutta una trama di affari comuni?"

Carvalho assentì d'accordo con quel ragionamento, ma già stava entrando la signora Puig che non concordava con quanto Ramiro aveva immaginato dietro la metafora della "moglie del fabbricante di gabinetti". La maturità della signora Puig si scioglieva in un annuncio di vecchiaia nonostante l'evidente sforzo per conservarsi bene e per vestirsi come una vamp da film hollywoodiano in revival anni cinquanta, l'ultimo decennio che produsse modelli di vamp.

"Devo ringraziarvi perché mi consentite di vivere un'esperienza tanto interessante. Questo è un interrogatorio, no? A mio figlio Josep Maria gliene fecero uno agli inizi dei settanta, quando era all'università e militava con i marxisti-leninisti. Fu terribile, ma molto emozionante. Non parla molto di quella esperienza ma più di una volta mi ha confessato che gli era stata utilissima. 'La verità attraverso l'errore', è il suo motto, e adesso è il braccio destro di suo padre negli affari e per di più un uomo che si interessa di tutto, che forse un giorno potrà entrare in politica, presiedere l'Associazione Industriali, o chissà cosa. Adoro i giovani, anche se mio figlio ha già superato la quarantina, eppure guardate me, non si fa fatica a credere? Siate gentili, per favore."

"Senz'altro, signora."

"Sorprendente, signora."

"Senz'altro."

I due subalterni si aggiunsero all'iniziativa di Ramiro e solo Carvalho rimase in silenzio seppure con un'espressione amabile nel caso la signora lo guardasse. Lo guardò.

"Lei questa sera si è vista con Lázaro Conesal."

"Dio mio! Sono stata scoperta!"

Fece una risata canterina e guardò con malizia tutti i presenti.

"Indovina indovinello, che cercava la signora Puig nella suite privata del signor Conesal? Signori, perché voi siete dei signori, e la mia reputazione?"

Ramiro non rispose, ma mantenne la serietà sul viso come un punto di riferimento di cui la signora Puig dovesse tenere conto.

"Bene, capisco che a quest'ora non siate in vena di scherzi. Sono andata a trovare Lázaro per chiedergli una raccomandazione, tutto qui. Io credo che sarebbe proprio giusto che il premio lo vincesse un eminente scrittore catalano, Sagalés, un giovane scrittore geniale, per minoranze, che forse possiamo leggere in pochissimi ma sceltissimi lettori. Vedete, è brutto che sia io a dirlo, proprio io che appartengo a una famiglia di industriali e commercianti fin dal secolo scorso, ma in Letteratura e Arte ciò che è buono è per le minoranze. Molti anni fa, quando García Márquez pubblicò *Cent'anni di solitudine*, io lo lessi e ne rimasi stupita. Che prodigio! Ma qualche mese dopo venni a sapere che aveva venduto trecentomila copie. Attenzione. Se lo leggono trecentomila persone non può essere tanto buono. E dico questo anche se io Gabo lo conosco e più di una volta gli ho cucinato un *arròs amb fesols i naps*, riso con fagioli e rape, un piatto valenzano di cui va matto."

"Che cosa ha risposto Conesal?"

"Doveva essere di cattivo umore o troppo di buonumore, a volte gli estremi si toccano. Mi ha detto, Sagalés? Ah, quel ragazzo i cui protagonisti ci mettono venti pagine per salire in cima a una scala! Mi è sembrato una *poca soltada*, che volete che vi dica."

"Una *poca soltada*? E questo che cosa significa?"

"Una scemenza," tradusse Carvalho dalla sua penombra.

"Lei è catalano?"

"Vivo e lavoro in Catalogna."

"Allora lei è catalano e a dirglielo sono io che da ragazza mi chiamavo Borrell di primo cognome e Riudetons di secondo e mio marito Puig Llagostera e così via fino a non so quale secolo."

"Conesal non le ha detto nient'altro?"

"A dire il vero l'ho trovato un po' disattento, lui che era sempre un amore di persona, con fretta per non so che cosa e sorprendentemente dimesso. Un'altra *poca soltada*. Come si può assegnare un premio con quell'aspetto orribile che aveva?"

E ormai davanti alla porta volle rispondere alla sua stessa domanda ma non le venne nulla in mente e uscì con la domanda e senza la risposta. A Carvalho cominciavano a saltare troppe mosche al naso durante gli interrogatori.

"Mi piacerebbe parlare più a lungo del suo interesse per sapere se Lázaro Conesal era o non era in pigiama. Capisco che c'è un prima e un dopo quel pigiama, anche se si può supporre che Conesal stesse facendo uno dei suoi numeri. Alcuni gli avevano chiesto udienza, ma altri era stato lui a chiamarli. Basterebbe fissare un orario, e non lo abbiamo ancora fatto."

"Prima del responso del medico legale non è possibile adoperare questo prima e dopo pigiama. Conesal aveva in testa qualcosa in merito al premio."

"Un premio del quale non abbiamo nessun testo originale e di cui sappiamo che Conesal pagò per una non presentazione."

"Rispetti il mio metodo, Carvalho. Io continuo a interrogare e loro a fornirmi i pezzi di un puzzle. Alcuni pezzi avanzano e poco a poco faccio una selezione. Oggi voglio sentire i testimoni freschi freschi. Domani, Dio dirà."

Carvalho rispettò che fosse convocato Andrés Manzaneque, pallido fiore divenuto notturno, con la rosa-foulard appassita sulla gola e occhiaie viola per il martirio di un'ansietà evidente dalle mani sudaticce e in volo perenne. Infatti. Si era presentato al premio rispettando una clausola privata come richiesto dalla scrittrice Marga Segurola: dichiarare in presenza del notaio che era stata stampata un'unica copia del romanzo e che ne esisteva un solo dischetto, consegnato insieme alla copia.

"Ma io scrivo ancora con una Olivetti manuale. C'è un rapporto ritmico tra il pensare e lo scrivere che lo strumento meccanico può tradire. Un computer è troppo veloce, e poi l'esercizio del correggere diventa perverso, distaccato, come cesellare una scultura altrui."

"Lei si è incontrato con Lázaro Conesal nella sua suite. È stato forse lui a chiamarla?"

"No. Non ce l'ho fatta a resistere, ero troppo impaziente. Le ore passavano. Non si sapeva nulla. Sono uscito per catturare qualche notizia e una fioraia mi ha detto che lo stato maggiore del premio era riunito al ventiseiesimo piano. Stavo andandoci quando quasi per caso mi sono imbattuto nella suite dove stava Conesal."

Gli si strozzò la voce e si portò una mano prima al petto e poi agli occhi.

"Scusate se mi emoziono ma è stato un incontro così umano..."

La parola umano suscitò un certo svenimento muscolare in Ramiro, ma si riprese immediatamente.

"Il signor Conesal era molto triste. Stava bevendo qualcosa che non sono riuscito a identificare, ma non era al primo bicchiere. Mi ha detto che era la sera più triste della sua vita e ha adoperato una metafora che mi ha toccato il cuore: Manzaneque, posso scrivere i versi più tristi stasera. Capite? È difficile che voi possiate sapere da dove viene questa citazione."

"*Venti poesie d'amore e una canzone disperata*, di Pablo Neruda," dichiarò Ramiro e non poté evitare di cercare con gli occhi l'approvazione di Carvalho. La ottenne.

"È uno dei primi libri che ho bruciato nel mio caminetto."

Carvalho riuscì ad attirare l'attenzione di tutti.

"È il mio vizio. Brucio i libri."

"Com'è possibile? Come si può bruciare un libro?"

"Prima li faccio a pezzi e poi li brucio."

Era più che disprezzo ciò che esprimeva la smorfia di Manzaneque e gli altri cercarono di riposizionarsi nel mondo e nella stanza.

"Dimentichiamo le passioni del detective Carvalho e ci racconti come ha partecipato al premio e la sua conversazione con il signor Conesal."

"Ero stato invitato a partecipare al premio. Avevo già quasi finito di scrivere un romanzo sul disincanto della generazione X vissuto da un giovane poeta della mia età che decide di lasciare un posto sicuro nella vita della cittadina dove è nato e andarsene a Madrid. Lì casca in pieno nella cultura delle discoteche, dell'ecstasy e delle tribù urbane, ma non lo vive con il distacco e la controletteratura di un Loriga, o un Mañas o un Grasa. Io rispetto la tradizione letteraria, l'eredità linguistica e anche se il mio romanzo ha un taglio realista sfacciato, rivendico il retaggio della lingua anche a beneficio della generazione X."

"Lei ha consegnato questo romanzo."

"L'ho spedito con un fattorino all'indirizzo indicato e mi sono messo ad aspettare. Un paio di giorni fa sono venuto a sapere che venivo convocato a questa cerimonia e ne ho dedotto che ero tra i finalisti, ma nel corso della serata la freddezza della gente, il fatto che non circolasse una sola voce, prima mi ha angosciato, poi mi ha depresso, infine ho cercato di incontrare Conesal. Statemi a sentire. Non mi interessa più vincere il premio o non vincerlo. La cosa più bella è stata questa meravigliosa verifica, che mi ha salvato dal suicidio, perché io stasera sono stato sul punto di buttarmi dall'ultimo piano di questo palazzo. L'ho confessato a Conesal e lui mi ha detto una cosa meravigliosa, meravigliosa. Vuoi vedere che ti danno il premio Cervantes o il Nobel prima di aver compiuto i settant'anni? Non credi che valga la pena compierli? No. Non è stato per il premio, ma quell'effetto distanziatore della promessa di un futuro, della speranza di un futuro, del futuro come speranza, che mi ha ridato coraggio."

"Il signor Conesal le ha detto qualcosa sul suo romanzo?"

"Il mio romanzo si intitola *Riflessioni di Robinson davanti a un baccalà* e Conesal si è limitato a dirmi che gli è parsa una splendida tensione dialettica tra due mummie: quella di Robinson, il giovane che arriva a Madrid, Robinson Borgia per la precisione, e quella del pesce salato, metafora della cultura del *bacalao**[*] della generazione X, quella che vive tra le rovine dell'in-

---

*La "cultura del bacalao" o "bakalao" sarebbe il corrispondente spagnolo della "cultura rave", ecstasy e droghe dell'ultima generazione. "Vivere tra le rovine dell'intelligenza" è citazione, già apparsa in questo libro, da una poesia di Jaime Gil de Biedma.

telligenza che non ha mai avuto. Proprio così. Che percezione! Di questo si trattava. Entrambi ammollati di notte, una notte di lacrime, Robinson e il baccalà."

"Le ha dato qualche speranza?"

"Mi ha dato il Cervantes," rispose Manzaneque illuminato, altezzoso, con gli occhi pieni di lacrime di gioia e generosità. Ramiro non sapeva dove guardarlo e continuò l'interrogatorio messo di profilo.

"Qualcosa l'ha sorpresa nel suo dialogo con Conesal?"

"Mi ha sorpreso l'amore."

"Certo. È logico. Ma il signor Conesal le ha detto qualcosa che potesse significare uno stato d'animo inusitato, timore, angoscia, minaccia? Era in pigiama?"

"Non l'ho notato. Credo di no. Le dirò soltanto che uscendo gli ho baciato la mano."

"Questo è tutto. Può andare."

Il patito del whisky entrò con una lentezza controllata, con l'alcol ormai evaporato senza lasciare altra traccia che l'arrossamento del bianco degli occhi. Spiegò subito il motivo della sua evidente soddisfazione.

"Un figlio di puttana di meno. Se ogni giorno scomparisse un figlio di puttana delle dimensioni di Lázaro Conesal, questo paese migliorerebbe molto. I piccoli figli di puttana non contano. A contare sono quelli in grado di affondare gli altri, chiunque essi siano."

"In questo stato d'animo è venuto alla festa?"

"Sono venuto a mettere questo."

Quello che sembrava un ventre impropriamente rigonfio in quel corpo asciutto dimagrì in un decimo di secondo, il tempo che Sagazarraz tardò a estrarre una salsiccia di tessuto che srotolò sul pavimento della stanza. Uno striscione che lo occupò totalmente dove si poteva leggere: *Lázaro Conesal è il nemico pubblico numero uno*. Le lettere sembravano disegnate da un professionista. L'armatore le contemplava soddisfatto convinto che così facessero pure gli altri, nonostante Carvalho gli dimostrasse una certa commiserazione che non tardò a esplicitare.

"Il capitalismo spagnolo deve essere assai malridotto se scrivete cartelloni contro voi stessi."

"Sapevo che stasera questo striscione lo avrebbe colpito a fondo. Oggi lui voleva mostrare il suo volto da mecenate e io l'avrei spellato vivo."

Ramiro gli indicò con un gesto di arrotolare lo striscione e poi lo consegnò a uno dei suoi aiutanti.

"Non ne avrà più bisogno."

"No. E neanche quel traditore. Ha mandato in rovina i Sagazarraz, dopo tutto quello che abbiamo fatto per lui, soprattutto mio padre. Quando lo conobbi, era poco più di un avvocatello che cercava di essere avvocato tecnico dello Stato e stava facendo un master a Düsserldorf. Anch'io seguivo lo stesso corso e fui abbagliato da lui, al punto di raccomandarlo a mio padre, e allora cominciò la brillante carriera di Lázaro Conesal nella gestione degli ordinativi internazionali dei nostri pescherecci-congelatori. Poi mise su una serie di imprese di commercializzazione basate sui nostri prodotti e sul nostro credito, fino a quando si sentì sicuro di se stesso e con la rete ormai organizzata si dedicò a importare merci della concorrenza. Adoperò i suoi pasticci politici per importazioni sin dall'inizio al limite della legalità, che in seguito scavalcarono in pieno, con la complicità di gente dell'amministrazione che lui si curava di ungere a dovere."

"Quando accadeva tutto questo?"

"Verso la fine dei settanta."

"Sono passati quasi vent'anni. Lei pretendeva un regolamento di conti?"

"L'uomo è l'unico animale che inciampa una, tre e trecento volte nella stessa pietra. Circa cinque anni fa ci siamo di nuovo incontrati nel corso di una regata. Lui vi partecipava con il suo yacht e io ero sulla barca di uno dei suoi amici conservieri. Quando voleva aveva una personalità accattivante e mi fece abboccare all'amo. Poi capii che lo aveva fatto perché conosceva la delicata situazione della mia impresa, non in grado di affrontare il processo di rinnovamento della flotta e di concentrazione che richiede una concorrenza selvaggia nello sfruttamento della pesca. Mi fece un'offerta da sogno: appoggiava un piano per rinnovare l'equipaggiamento e per assorbire piccoli cantieri navali con problemi mediante crediti concessi da una banca panamense in cui aveva una partecipazione qualitativa. Vale a dire, il pacchetto di azioni che condizionava un determinato blocco di potere nei confronti dell'altro. Facemmo l'operazione e sei mesi fa, quando credevamo di uscire dal tunnel, la banca panamense va in fallimento, non abbiamo soldi per affrontare i crediti e Conesal non ha più nulla a che vedere con la banca, ma verifichiamo che era entrato in questa operazione per affondarci, in combutta con altri armatori della concorrenza disposti a eliminarci. Due settimane fa abbiamo avuto un chiarimento verbale e mi ha cinicamente detto che se io ero scemo nel 1978, perché non avrei dovuto esserlo nel 1995? Ho passato tutta la giornata cercando di parlargli, di trovare una soluzione. Finalmente ho deciso di preparare questo striscione. Volevo mostrarlo proprio mentre Lázaro annunciava il nome del vincitore del premio, ma quel momento non arrivava mai."

"E allora lei è andato da Lázaro Conesal."

"E a lei questo chi gliel'ha detto? Io non sapevo dove trovarlo. Per di più ero talmente sbronzo che non riuscivo a pensare oltre al mio ventre gonfiato dallo striscione."

"Ma lei ha lasciato la sala da pranzo, come è registrato dal circuito televisivo, e ha cercato di incontrare Lázaro Conesal."

Si fingeva stupito o forse lo era.

"Io volevo soltanto attaccare lo striscione al piano di sopra, appeso sulla hall, perché tutti lo vedessero uscendo dalla cerimonia, ma questa merda di architettura moderna non mi è venuta incontro. Non c'era modo di legare lo striscione da nessuna parte e sono tornato in sala disposto ad armarmi di pazienza. È stato allora che è cominciata a circolare la voce che fosse successo qualcosa."

"Non è andato oltre il primo piano quando è uscito per attaccare lo striscione?"

"Non ricordo bene. Credo di avere un po' gironzolato. Forse sono salito ancora per qualche piano, ma poi sono tornato al primo perché era quello dal quale lo striscione sarebbe stato più leggibile. Lo abbiamo fatto in famiglia. Mia moglie. I miei figli e io."

"Troppo ben fatto."

"La ragazza è studentessa di grafica." Scoppiò a singhiozzare.

"Deve superare questa fase depressiva. Lei sa benissimo che Conesal era un depresso e prendeva delle pillole. Prozac, credo che si chiamino."

A Sagazarraz l'osservazione di Ramiro parve qualcosa di surreale.

"Io mi curo autoprescrivendomi le migliori riserve di whisky del mondo."

E uscì dalla stanza senza chiedere permesso ai poliziotti. Ramiro pensava a voce alta:

"Questi pescecani hanno sicari a loro disposizione per ogni evenienza. Per spiare i loro nemici. Per riempire di botte chiunque gli intralci la strada. Per immagazzinare dossier, eppure fanno riunioni di famiglia per scrivere uno striscione, come se giocassero a Monopoli o recitassero il rosario, accidenti a loro!".

"In realtà siamo ancora assai lontani dagli obiettivi della modernità. Sono cambiate le confezioni delle cose, ma le cose continuano a essere praticamente le stesse."

Ramiro e Carvalho erano d'accordo nel dire che sembrava il lieto fine di un film impossibile e che per di più il film non era ancora finito. Come un lanciatore meccanico di palline per un allenamento di tennis, Álvaro aveva già introdotto nella stanza la sagrestana, così definita per via dei molti *latinorum* che Carvalho le aveva sentito pronunciare. Mona d'Ormesson aveva voglia di finire quanto prima, incapace di ammettere che una conversazione con dei poliziotti potesse stabilire un qualche legame comunicativo.

"Sì. Sono salita a trovare Lázaro. Senz'altro motivo se non quello di conoscere la disponibilità di alcuni dei presenti a sottoscrivere in favore di una fondazione che sto gestendo."

"Benefica?"

"No. Culturale. Credo che nella cultura spagnola ci sia una lacuna molto importante ed è la conoscenza della generazione del 1936, rimasta sepolta sotto il prestigio e la mitologia di quella del '27. Scrittori notevolissimi come Barea, Vivancos, Rosales, Sender, Max Aub, appartenenti a entrambe le fazioni della guerra civile, non hanno una loro generazione e in Spagna se uno scrittore non entra a far parte di una generazione non esiste. Lázaro era molto aperto a queste idee e ammirava parecchio uno scrittore praticamente dimenticato. Max Aub. Abbiamo parlato di Max Aub."

"Precisamente stasera avete parlato di un certo Max Aub."

"Sì. Anche dei miei studi sulla materia orfica. Ma preferibilmente di Max Aub."

La voce di Carvalho passò in primo piano:

"Ricorda qualche brano concreto della conversazione?"

"Lei è per caso uno specialista di Max Aub?"

"No. Ma sono uno specialista di conversazioni."

La stizza si trasformò in due sopracciglia disegnate e inarcate sugli occhi esattamente tondi della sagrestana.

"Gli ho ricordato che in sala c'era il duca d'Alba, un ex gesuita, si chiamava Aguirre quando indossava gli abiti civili, e poiché avevamo tra le mani la faccenda del '36 e di Max Aub, ci siamo dilettati a ricordare un brano de *Il ritorno* di Max Aub, quel libro documento sul suo rientro in Spagna, ancora la Spagna di Franco, e i suoi incontri con la società civile e culturale antifranchista o afranchista. In particolare una sua conversazione con un giovane gesuita progressista, sostenitore di padre Arrupe, che gli dice: Non si può essere un sacerdote se non si è un uomo."

Era proprio una sagrestana.

"Non solo. Quel sacerdote cita un prete guerrigliero, Camilo Torres, e fa la descrizione di come deve essere un sacerdote che a Max Aub, deliziosamente e con quel caratteraccio che aveva, pare la descrizione di un commissario politico. Roba da ridere. E Lázaro rideva di gusto. Mona, mi ha detto, io voglio essere il commissario politico della Teologia dello Sfruttamento. Lázaro aveva molto *esprit*."

"Lázaro Conesal era in pigiama?"

"Come poteva essere in pigiama se era sul punto di assegnare il premio letterario?"

"Che cosa le fa pensare che avesse ormai deciso il nome del vincitore?"

"Mi aveva fatto vedere certi appunti cabalistici e un cerchio che racchiudeva una parola."

"Che parola?"

"Ouroboros."

Era consapevole dell'effetto destabilizzante del termine. Era raggiante di fronte allo sconcerto che intuiva e dava loro tempo per riprendersi e andare da lei in pellegrinaggio ammettendo la loro ignoranza da rozzi funzionari, bisognosi di lei per risolvere l'enigma. Ma Ramiro prese dalla tasca della giacca un foglio piegato in due e glielo porse.

"Era questo?"

"Sì, il foglio era questo. Come può vedere, c'è scritto quello che ho detto: Ouroboros."

"Una sciarada?"

Ramiro aveva cercato una parola a suo parere importante, tanto importante quanto Ouroboros. Sciarada!

"Proprio per niente. Una sciarada è un indovinello consistente nell'individuare una parola scomponendola in parti che a loro volta formano altre parole. Ouroboros è una bellissima parola che traduce il mito del serpente che si morde la coda e che avvolto in se stesso simboleggia un ciclo dell'evoluzione. Dà l'idea di movimento, di continuità, di autofecondazione, dell'eterno ritorno. E indica pure l'incontro fatale dei contrari, il Bene e il Male, per formare il cerchio della vita. Il giorno e la notte. Lo ying e lo yang. Il cielo e la terra, riferibile a Urano il dio del cielo dal quale poté generarsi la terra."

"Ouroboros. È una parola gagliega?"

Mona schioccò la lingua contro i denti e il palato come prova di disistima e con l'intenzione di umiliare Ramiro.

"Non ha nulla di gagliego. È una parola di radice greca, *ouro*, che in greco vuol dire 'coda', raccolta nel *Codex Marcianus* del secondo secolo dopo Cristo, e alcuni studiosi di simbologia la presentano come la variante emblematica di Mercurio o di Hermes, gli dèi duplex, dalla doppia condotta."

"Ouroboros. Ecco che abbiamo un vincitore. O forse Conesal aveva scritto la parolina in un momento di euforia. Lo ha notato esultante? Aveva preso la sua dose giornaliera di Prozac?"

"Lui non so. Io sì."

Ramiro si lasciò andare sarcasticamente quando Mona uscì dalla stanza.

"Il solo serpente che si morde la coda è quella tizia. Immaginate una donna così come moglie."

"Oppure come suocera."

I poliziotti risero cercando di rilassarsi, ma Carvalho non applaudì alla battuta, rimaneva invece concentrato, cercando di penetrare in quel cerchio che univa i contrari, come il Bene e il Male, e li portava oltre, li concatenava. Qualcosa aveva voluto dire Conesal con la scelta di quella parola e del simbolo Ouroboros, e continuava a rifletterci anche quando la sedia venne occupata dal venditore di dizionari che confessò di chiamarsi Julián Sánchez Blesa, di essere il miglior venditore dell'emisfero occidentale spagnolo, non solo della Editorial Helios, la sua ditta, e di essere nato in un villaggio dalle parti di Brihuega, ottimo aggancio per entrare nelle grazie di don Lázaro.

"Tanto buono da facilitarle questo?"

Ramiro gli porgeva il rapporto sull'editrice Helios, e poi lo sfogliò davanti al riserbo del venditore, mostrandogli i tabulati delle vendite e tendenze del mercato del libro, per finire indicandogli la scritta sulla copertina della cartella: Rapporto Confidenziale. Al miglior venditore di libri dell'emisfero occidentale spagnolo tremavano le mani quando prese il rapporto, lo esaminò e lo restituì con tremore ancor più evidente.

"Io non ho consegnato nessun rapporto a don Lázaro. È stato un incontro tra compaesani e uomini d'affari perché ho avuto un'ordinazione di cinquecento collane di libri della casa editrice dove lavoro, a un prezzo ragionevole, perché don Lázaro vuole arricchire le librerie dei suoi uffici, sia quelli delle banche sia degli altri suoi affari."

"Bisognava parlare di questo proprio oggi."

"Le ore da passare erano tante. Mi annoiavo. Mi è toccato in sorte un tavolo di snob, avevo la claustrofobia e mi sono detto, perché non vai a trovare il tuo compaesano?"

"Come mai è stato invitato, proprio lei?"

Julián si sentì su un terreno sicuro e gli si paralizzarono le mani e i gomiti che lo aiutavano a toccarsi di continuo il viso, i capelli, il naso, la nuca.

"La mia casa editrice riceve diversi inviti, uno per ogni settore, e quello indirizzato ai venditori dell'emisfero occidentale di solito me lo tengo io. Sempre. Questa e qualsiasi altra volta perché mi sono utilissimi per entrare in contatto con scrittori, editori, altri venditori. Questo ambiente è quel che mi conviene, mi dà idee, mi ispira campagne e argomenti di vendita. Inoltre, il presidente della mia casa editrice non vede di buon occhio i movimenti di Conesal nei confronti del mondo culturale, non voleva farsi vedere qui stasera e nemmeno che venisse qualche rappresentante degli uffici letterari e amministrativi. In realtà io rappresento l'editrice Helios a tutti gli effetti."

Ramiro rimise nelle mani di Julián il rapporto e il tremore uscì di nuovo dal suo nascondiglio.

"Apra la cartella, per favore, e legga quel che dice la prima pagina."

Il venditore prese gli occhiali dal taschino della giacca e lesse.

"Per la strategia di OPA aggressiva contro il gruppo Helios. Dice questo."

"Lei lavora per il gruppo Helios."

"Vero."

"Che risultato si otterrebbe da un'analisi comparativa tra queste note manoscritte e la sua grafia, signor Sánchez?"

"Può darsi che la mia grafia somigli a questa, anche se la mia è meno curata. In ogni caso non capisco perché dovrei ammettere di aver dato questo rapporto a Lázaro Conesal."

"Lei va a trovare Lázaro Conesal. Qualcuno lo uccide e in seguito scopriamo sul luogo del delitto una cartella che danneggia la sua casa editrice insieme a una nota manoscritta con una grafia che somiglia alla sua come una goccia d'acqua. Le sembra assurda questa relazione causa-effetto?"

Il venditore faceva gli occhi astuti e si era asserragliato dietro al suo scudo da tartarugone avvezzo a mille visite domiciliari. "Ho la soluzione per il problema del ritardo scolastico di suo figlio. E lei come fa a sapere che mio figlio ha questo problema? Quel che conta è che io ho la soluzione, signora. Conosce l'esistenza della *Grande Enciclopedia Telematica Helios*?"

"Non sono qui per rispondere a questa domanda. Non so di quali cause ed effetti mi stia parlando. Sono in molti a poter dimostrare i legami potremmo dire d'amicizia che avevo con il mio compaesano Lázaro Conesal. Il signor Conesal si voleva inserire nel mondo editoriale, oltre al denaro che aveva già investito in pubblicazioni e in reti televisive. La cosa più logica era ricorrere alla consulenza di un esperto. Io sono il miglior venditore di libri dell'emisfero occidentale spagnolo. Qui sì che c'è una relazione causa-effetto."

"L'editrice Helios era forse minacciata da un'OPA aggressiva mossa dal signor Conesal o qualcosa del genere?"

"Non mi risulta. Un'OPA aggressiva è impossibile perché la casa editrice non è quotata in borsa. Ma è risaputo che è incorsa in troppi rischi di sviluppo e si dice che stia negoziando per avere un po' di ossigeno da investitori stranieri. Sarebbe deprecabile che un importante gruppo editoriale spagnolo venisse occupato dal capitale straniero. Non sto dicendo nulla che non si possa leggere oggi nel giornale di informazione economica 'Cinco Días'."

"E se era Conesal a occuparla tutto rimaneva in casa, è questa la sua opinione?"

"Era quella di Conesal, indubbiamente, la mia la tengo per me."

Carvalho non voleva alterare i progressi di ricomposizione del puzzle così come lo stava elaborando Ramiro, ma gli sembrava che tutto facesse eccessivamente parte della solita routine, si lasciava agli interrogati troppo terreno personale in cui muovere le proprie diffidenze per mettersi sulle difensive. Persino una persona sicura di sé in modo tanto evidente come Marga Segurola li affrontava parapettandosi dietro una linea di sicurezza da dove rispondeva vaga. Infatti, era accorsa a una chiamata di Conesal perché in un certo senso lei era la responsabile dell'organizzazione di quella serata.

"Lázaro mi aveva chiesto di consigliarlo sulla composizione della lista degli invitati. Si temeva, come infatti è accaduto, un boicottaggio da parte degli editori e che tale boicottaggio coinvolgesse gli scrittori di ciascuna scuderia. Non abbiamo troppi scrittori spagnoli da spartire. Una scarsa dozzina sono per davvero commerciali e altri cinque o sei fanno appena notizia. Lázaro lo sapeva benissimo. Diceva: voglio uno scrittore che faccia notizia e che sia commerciale, perché il pubblico vuole che cento milioni di pesetas vadano a finire nelle mani di uno scrittore consacrato. Io non ero della stessa opinione."

"Suppongo che abbiate parlato di tutto questo prima di stasera. Che senso ha, allora, l'urgenza del vostro incontro?"

"Non gli era chiaro il nome di chi potesse essere il vincitore."

Non sembrava dire la verità ma la percezione di Carvalho non coincideva con quella di Ramiro che dette per buona la risposta.

"A lei era chiaro il nome di questo vincitore?"

"Voi dovreste sapere chi ha vinto. Suppongo che abbiate parlato con la giuria."

"Abbiamo una qualche idea."

La donna uscì dalla sua linea difensiva. Le due ampie tette sembravano due polmoni posti al di sopra della pettorina di pizzo del vestito blu. Carvalho ricordò a un tratto un brano della conversazione di Marga con Altamirano colto all'inizio della serata.

"Potrebbe essere lei la vincitrice."

Tutta l'attenzione e l'ansia respiratoria di Marga si rivoltò contro Carvalho.

"Potrei esserlo? Questo è tutto? Lázaro aveva forse cambiato opinione?"

Non le importava di spingersi troppo oltre, perché era convinta di avere intrapreso un viaggio che la portava a vincere il primo premio Venice e che pertanto quasi tutto le fosse consentito.

"Non pensava di concederglielo quando vi siete visti?"

Ramiro aveva preso il posto di Carvalho. Il suo viso incolore, inodore e insipido cominciava a inquietare Marga ma ormai aveva spiccato un salto mortale in aria e non poteva tornare indietro.

"No. Mi aveva chiamato per dirmi che non me lo dava. Che a suo parere il romanzo era immotivato. Era scritto molto bene, pieno di buona letteratura, ma gli sembrava un romanzo già letto, un buon romanzo sull'addio all'infanzia. Quanti buoni romanzi sono stati scritti sull'addio all'infanzia? Io non ero d'accordo, ma lui aveva il coltello dalla parte del manico. Mi irritava un po' il suo ruolo di giudice supremo e la sicurezza che dimostrava per il fatto che il romanzo era mio, ma i cento milioni suoi."

Carvalho rilesse nel laboratorio della sua memoria un altro frammento della conversazione di Marga con il critico.

"Aveva bisogno di vendere il suo romanzo per cento milioni di pesetas? Non è una contraddizione con quanto lei pensa del rapporto tra soldi e buona letteratura?"

"Questo rapporto è verificabile negli altri. Non c'è ragione perché debba essere così nel mio caso. Io gli offrivo la mia carriera. Vincendo avrei perso il mio ruolo di sibilla letteraria, quella corroborante sensazione che mi fa sentire la Gertrude Stein di diverse generazioni."

"La vostra conversazione arrivò a essere violenta?"

"Conesal non era mai violento con gli intellettuali. Non ne aveva bisogno. Ha cercato di comprarmi. Mi ha detto che se non mi davano il premio lui avrebbe saputo come ricompensarmi. E così è rimasta la cosa. Sono uscita dalla suite pensando che il premio non sarebbe stato mio, ma adesso..."

"Non si faccia illusioni. Nulla indica che lei possa vincere, come nulla indica il contrario."

"Quel grandissimo figlio di puttana era capacissimo di darlo a quell'insopportabile accademico!"

"Si riferisce al premio Nobel?"

"Aveva pensato di darlo al nostro premio Nobel realmente esistente, ma quando gli ha fatto la proposta lui ha risposto che si presentava solo a premi letterari da duecento milioni di pesetas. Che quello era il suo cachet per premi di miliardari, e mezzo milione per inaugurare tavoli da biliardo. A Lázaro la cosa aveva divertito molto, ma l'aveva scartato. Aveva considerato la possibilità di dare maggior prestigio al premio attribuendolo a un altro accademico. Conosceva abbastanza bene Mudarra Daoíz, uno degli accademici che aveva avvicinato per ottenere una poltrona alla Real Academia, in seguito. Lázaro era molto ambizioso sul terreno intellettuale istituzionale ed era a un passo dalla nomina a membro della Real Academia de Ciencias Morales y Políticas."

Ramiro estrasse da una tasca una boccetta di Prozac che Carvalho non aveva inventariato. La mostrò a Marga.

"Gradisce?"

"Mi offre un Prozac come si offre uno spinello?"

"Credo che sia uno stimolante di moda."

Ramiro prese una capsula, la soppesò sul palmo della mano e la lanciò bruscamente all'interno della sua bocca aperta. Carvalho sbatté le palpebre ma Marga Segurola, no.

"Addirittura accademico di Scienze Morali e Politiche..."

Alla domanda che si imponeva, Marga Segurola non poteva rispondere. Lei aspettava che l'interrogatorio proseguisse, ma Ramiro chiese di far entrare l'accademico Mudarra Daoíz e la donna dovette lasciare libero il suo posto. L'accademico, un uomo livido dalla parlata lenta, spiegò di essere sull'orlo della lipotimia perché le emozioni della sera erano state molte e in quel luogo le ore piccole non erano per lui troppo consigliabili.

"Posso fare notte fonda nel mio laboratorio di parole e fantasticherie, ma non con una situazione tanto tesa, al di là della vita, inserito nella morte evidente di Lázaro Conesal. Tanta sventura!"

Un altro che parlava in versi. Carvalho si sentiva impantanato in mezzo a tante parole.

"Seri indizi ci portano a credere, signor Mudarra, che stasera lei avrebbe potuto vincere il premio."

"Avrei potuto, è vero. Ma non ho mandato le mie navi a lottare contro questi elementi. Ho passato l'intera vita a scrivere sull'opera altrui, dettagliatamente, dettaglisticamente e allo stesso tempo scrivevo il mio romanzo, il romanzo, con l'innocenza creatrice del primo romanziere e con la sapienza dell'ultimo romanziere. Era il mio primo romanzo dopo averne smantellato alcune centinaia, scelti tra i più perfetti. Chi altri, se non io, in grado di compiere questa coincidenza tra il primo e l'ultimo?"

"Ouroboros?"

Ma l'intuizione di Ramiro non fu confermata.

"Che cosa dice?"

"Ouroboros. Un simbolo. Il simbolo della continuità."

"Forse non mi sono espresso bene. Ho cercato di esporre al signor Conesal il mio punto di vista sulla convenienza di assegnare il premio a qualcuno che rappresentasse il senso dell'immortalità, un accademico, un accademico nel vero senso della parola, dalla testa ai piedi. Ma probabilmente il signor Conesal aveva già individuato un vincitore conveniente alle sue molteplici strategie."

"Sospetta che potesse dare il premio a qualcuno per convenienza strategica? Strategia politica? Economica?"

"Glielo dirò senza circonlocuzioni. Credo che lo volesse dare a un catalano e non intendo dire altro. Non può costringermi a rivelare quella che è un'intuizione, non un sospetto."

"Un'intuizione basata su qualcosa."

"Certo."

"Su qualcosa che Conesal le ha detto o che lei ha visto. Conesal era in pigiama?"

"Infatti. Un modo curioso per accingersi a comunicare il nome del vincitore del premio più ricco della letteratura universale."

"Forse lei potrebbe risparmiarci molti disagi, a noi e a lei stesso, se ci spiegasse che cosa ha visto o udito durante il suo incontro con il signor Conesal."

"Si dice il peccato ma non il peccatore. Da quanto ho visto le posso assicurare che il signor Conesal era la vittima, propizia a onor del vero, di qualcosa di simile a un gioco di potere."

"Signor Daoíz, mezza frase ancora e ci dice tutto quello che sa."

Sospirò l'accademico specialista in diminutivi nella prosa barocca e allontanò da sé l'aria, l'ansia, la discrezione.

"C'era con lui una donna e Lázaro era in pigiama. Non ho visto chi fosse ma ho visto la sagoma di una donna nuda in camera da letto, in controluce, probabilmente per la lampada sul comodino."

"Non ha visto chi era?"

Disse di no con gli occhi, ma con la bocca fermamente chiusa, le braccia bruscamente incrociate sul petto e si ritirò con la stessa fiacca con cui era venuto. Ramiro guardava e riguardava la lista di metafore di Carvalho, come se esitasse a scegliere una carta. Beba Leclercq. Bionda con le occhiaie, un po' allargate dall'alba, in un dolce punto di macerazione che fece sbattere le palpebre a Carvalho e impose un elevato tasso di rispetto maschile nella sala. Con la voce un po' spezzata, Ramiro si disse addolorato di doverle fare una domanda, ma quando gliela fece la voce gli era diventata di acciaio.

"Corrispondono alla verità le insinuazioni di certe riviste rosa sul suo legame sentimentale con Lázaro Conesal?"

Beba accavallò le gambe e gli occhi degli uomini diventarono cacciatori sperando si ripetessero sequenze cinematografiche o da tripla pagina di rivista sulla carne umana. Ma a Beba Leclercq avevano insegnato ad accavallare le gambe fin dai tempi della pubertà e lo fece suscitando un suono da scatto di precisione tra le due cosce inguainate nelle calze.

"Fa parte della mia vita privata e io devo proteggere la mia intimità. Sono una donna sposata. Ho due figlie adolescenti che quest'anno parteciperanno al Ballo delle Debuttanti di Siviglia. Lei crede che io possa mettere nelle sue mani, così senza pensarci, la mia reputazione?"

"Stasera lei si è vista con Conesal nella sua suite privata. Era forse una scrittrice candidata al premio?"

"No. Non scrivo nemmeno il mio diario."

"Quale urgente motivo l'ha portata a incontrare Conesal in un momento così poco opportuno?"

"Questo qui."

Tra due delle sue dita piene ma lunghe, coronate da due unghie tanto perfette da sembrare finte, Beba porgeva un pezzo di carta dall'aspetto piegato e ripiegato, come se racchiudesse un messaggio difficile da decifrare. Ramiro lo lesse e senza mutare espressione lo lasciò a metà strada tra Carvalho e il dattilografo, perché il detective lo leggesse e il poliziotto subalterno ne prendesse nota: "La tua relazione con Lázaro Conesal sarà provata a tuo marito. Ricorda. Hotel Tre Re. Basilea. La storia continua".

"È una falsa testimonianza?"

"Non arriva a testimoniare. È un'insidia. Un'insidia che è potuta uscire soltanto da qualcuno della cerchia intorno a Lázaro. È quello che ho cercato di fargli entrare nella testa. Se fosse stato qualcosa dei giornalisti, questi o l'avrebbero pubblicato o il proprietario della rivista ci avrebbe venduto il favore del suo silenzio al prezzo che Lázaro può pagare. Se quest'insidia fosse frutto di una cospirazione politica con i servizi segreti di mezzo, la persona da mettere con le spalle al muro sarebbe Lázaro. Questa nota è un'aggressione alla mia persona. Se viene divulgata la vittima sarò io. Lázaro lo applaudiranno e gli incideranno una nuova tacca nella sua pistola da finanziere che tutto conquista, persino la donna di Pomares & Ferguson, eminente membro numerario dell'Opus Dei e possibile candidato sindaco per il Partito Popolare."

Carvalho affacciò la voce:

"Lei ha detto di aver cercato di far entrare nella testa del defunto signor Conesal il vero scopo di questa nota. Di averci provato. Senza riuscirci?".

"A dire il vero non mi ha fatto molto caso."

"Per esempio, stamane lui non l'ha voluta ricevere."

Beba non si lasciò impressionare dall'inattesa conoscenza di Carvalho e avvenne un nuovo accavallamento di gambe preciso come quello precedente.

"E nemmeno ieri. Né l'altroieri. Né... è per questo che oggi ho voluto acciuffarlo."

"Come è stato l'incontro?"

"Difficile, perché io ero isterica per via di quel suo chiudersi in se stesso. La questione non lo interessava. Era molto preoccupato per altro e mi ha detto qualcosa che mi ha colpita: Stanno per mandarmi in galera, cercano di affondare tutto quello che ho messo in piedi e tu vieni da me con un problema di corna da film spagnolo degli anni cinquanta che sta mettendo in moto quella risentita di mia moglie. Non capisci che è stata lei a spedirti la lettera anonima?"

Riapparve Ramiro:

"Lei come gli ha risposto?".

"Che anche se era sua moglie a metterlo in moto, si trattava di un film spagnolo degli anni novanta, di fine millennio quasi e che lui e io eravamo i protagonisti. L'odio di sua moglie era temibile. Forse così compensava tutto l'amore che aveva dato a Lázaro, da quando lui cominciò a speculare con la poca o molta fortuna della famiglia della moglie e con i Sagazarraz. Sia la famiglia di Milagros, i Jiménez Fresno, sia i Sagazarraz, lui li ha portati alla rovina."

"Lei e suo marito frequentavate la coppia Conesal, è cosa risaputa per via della stampa rosa. Di conseguenza vi conoscevate bene."

"Nei limiti del possibile. Si tratta di una conoscenza convenzionale basata su un vocabolario di duecento o trecento parole."

"Vorrei sapere se lei e Conesal siete mai stati allo stesso tempo ospiti dell'albergo I Tre Re di Basilea. Qualcosa è accaduto, signora. Hanno ucciso un uomo e lo hanno fatto basandosi sulla conoscenza delle sue abitudini, di quello che beveva, di quello che mangiava, di quello che prendeva per affrontare le pressioni subite. Anche lei prende il Prozac?"

"Mio marito. Io non sono una depressa."

"Lázaro Conesal prendeva il Prozac?"

"Che ne so."

"Lázaro Conesal indossava il pigiama stasera quando vi siete visti?"

A un tratto lo sconcerto era caduto su Beba, come se le si fosse spezzata una linea interna di resistenza. Ramiro indicò un angolo del soffitto dove Beba notò una minicamera televisiva che poteva filmare quello che dicevano. Confusa e indignata ricevette ancora un'altra aggressione morale da Ramiro:

"L'intero albergo è pieno di camere televisive".

Beba sospirò rabbiosa ma rassegnata.

"Ebbene. Sì. Era in pigiama, ma le posso assicurare che non se lo è tolto, se è questo che la interessa."

"Forse non se l'è tolto davanti a lei, ma abbiamo le prove di un suo rapporto sessuale poco prima di morire. Ha sospettato che ci fosse un'altra donna mentre discutevate in camera?"

"Non ho visto questa donna né ho sospettato che ci potesse essere alcuna donna."

Sito Pomares Ferguson camminava come un torero irlandese rubicondo e con qualche chilo di troppo. Si lasciò cadere tuttavia come un pacco, si portò le mani al volto e si mise a piangere. Ramiro rispettò i suoi singhiozzi e persino il silenzio che ne seguì, senza che il vinattiere ritirasse nemmeno allora le mani dalla faccia. Diceva qualcosa tra sé e sé, una specie di salmodia ossessiva, e finalmente allontanò le mani e tutti poterono udire:

"Dio mio, perché mi hai abbandonato?".

Contemplò i quattro spettatori del suo calvario con uno sguardo comprensivo. Uno sguardo cristiano, pensò Carvalho.

"Non pretendo che mi comprendiate. L'incomprensione è provvidenziale affinché il nostro sacrificio sia più profondo. Occulto."

Ramiro non fu all'altezza della grandiosità di Pomares Ferguson.

"Comprendo, e mi dispiace utilizzare questa parola, che lei voglia riservarsi parte del suo sacrificio per arricchirsi l'anima. Ma ho bisogno che non l'occulti del tutto. Che sacrificio ha offerto a Lázaro Conesal stasera?"

"Ero andato a estirpargli il diavolo dal corpo, non ridete, non si tratta di esorcismo, ma di contrapporre la testimonianza della mia pace di spirito. Mi erano giunte voci su certi presunti rapporti di mia moglie con lui e gli ho voluto dire un paio di cose ben dette. Che mi faceva pena vedere come si pervertiva un figlio di Dio, ma ancor di più giacché lo faceva con la tiepidezza e irresponsabilità che sono di questo mondo. Ti offro, Lázaro, gli ho detto, la mia dignità di marito, e ti chiedo in cambio di riconsiderare il tuo modo di agire, perché tu possa salvare la tua anima e noi il nostro matrimonio."

"Che le ha risposto Conesal?"

"Si è messo a ridere."

"E lei come ha reagito?"

Di nuovo Pomares appariva afflitto anche se Ferguson cercava di ricomporlo, ma non vi riuscì e scoppiò a singhiozzare mentre annunciava sincopatamente:

"Ho stramaledetto i mortacci suoi!".

Evidentemente, pensò Carvalho, quell'uomo proietta lo squilibrio del suo doppio cognome sull'instabile rapporto tra forma e contenuto e il contenuto della sua spiritualità.

"I miei propositi d'apostolo interessato sono finiti col crollare. Non so arrendermi. Il Fondatore mi avrebbe risposto: Hai forse adoperato i mezzi? Era in gioco il mio onore, è vero, ma che ne è dell'onore di Dio?"

Ramiro scosse la testa dimostrando una totale convergenza con la domanda che si poneva il vinattiere.

"In ogni caso lei è un uomo che ha dato una ammirevole prova di integrità. Non so che cosa avrei fatto io al suo posto. Lo confesso. Lei è una persona, per quel che ne so, depressa, che deve servirsi di antidepressivi, come Conesal. In questo eravate simili."

"Sì. Lo avevamo commentato qualche volta."

"Vale a dire che tra voi c'era un alto livello di fiducia."

"Proprio così. Fino a quando ho scoperto quello che ho scoperto."

"La presunta infedeltà..."

"No. Niente di tutto ciò. Quel che mi ha spinto a rompere i miei rapporti con Conesal è stato il suo tentativo di penetrare nella mia impresa mediante l'acquisto delle azioni di mia sorella Tota. Ho fatto in tempo a impedirlo, ma mi ha molto addolorato che lo abbia fatto senza avvertirmi, come se si fosse approfittato del nostro rapporto per venire a sapere quale era il nostro tallone di Achille. Mia sorella è una poveretta che entra ed esce da sedute di deprogrammazione dal settarismo religioso. Nemmeno questo ha rispettato Lázaro Conesal."

"Non possiamo pretendere da tutti la stessa statura morale."

Se ne stava già andando, ritrovata l'andatura da torero, ma si voltò con l'intenzione di lasciare dietro di sé qualche sprazzo di luce nella stanza.

"Un'altra caduta?... Che caduta! Disperarti? No: umiliarti e recarti, per Maria, presso tua Madre, per l'Amore Misericordioso di Gesù. Un miserere e in alto questo mio cuore!"

Costò eliminare i vapori leggeri del miserere, ma Álvaro Conesal aveva chiesto di entrare per informare che uno degli invitati, l'editore Fernández Tutor, aveva avuto una crisi di nervi che poteva ripetersi se non lo si interrogava quanto prima.

"Preparatevi per lo spettacolo."

Fernández Tutor aveva perso il posto della cravatta, della

scriminatura, e aveva perso addirittura lo sguardo e la misura della voce, anche se tentava di contenersi e dominare la situazione con il sistema di non buttarsi per terra, che era quello che veramente voleva fare il suo corpo.

"Fino a quando, signori? Fino a quando? Ho la claustrofobia! Non sopporto un altro minuto di questa situazione."

"Siamo molto spiacenti, signor Fernández."

"Se mi chiama Fernández non saprò che parla di me. Mi sono sempre chiamato Fernández Tutor."

"Scusi, signor Fernández Tutor, e cerchiamo di farla il più breve possibile. Se ne vada. Ma non in sala. Se ne vada a casa sua. Di lei non ce ne facciamo un fottutissimo niente."

Fernández Tutor era sconcertato e cominciò a sostituire la crisi di nervi con una di indignazione.

"Questo vuol dire che io passo qui le ore più mortifere della mia vita e tutto per niente! Ah, no! Questo mi sembra davvero troppo facile!"

Non era amabile il tono di voce di Ramiro.

"Preferisce allora prestare dichiarazione?"

"Certo. Immediatamente. In modo breve ma immediatamente."

"Bene. Per quale motivo lei e il signor Conesal vi siete visti stasera?"

"Io sono un editore di libri particolari, rari, curati lungo tutto il processo di realizzazione e stavo preparando delle collane raffinate per il signor Conesal, che aveva un gusto squisito e voleva donarle ai clienti o arricchire il patrimonio delle biblioteche dei suoi centri finanziari e commerciali. Le cose erano un po' vaghe. Circolavano voci su terribili difficoltà economiche e ho avuto una crisi di angoscia."

"Dopo l'incontro era sempre angosciato?"

"Il signor Conesal mi ha detto: Fernando, cerca di farti amico di quelli che stanno per vincere le prossime elezioni generali perché avrai bisogno di sovvenzioni. Io continuo nel mio impegno, ma devo cominciare a prendere posizione. Ma sta' tranquillo, le nostre cose sono le ultime che lascerei cadere. Questo mi ha detto."

"Cioè, sì ma no, no ma sì."

"Esattamente."

"Che rappresenterebbe per lei il fallimento di questo progetto?"

"La rovina."

Aveva la gestualità allo sbando ma aveva riunito sufficiente integrità per confessare la radice della sua angoscia e qualcosa di simile a una nube d'acqua spuntò nei suoi occhi mentre il pomo di Adamo saliva e scendeva come un embolo. Ramiro lo invitò a uscire con un'amabilità eccessiva e l'editore lo fece con dei passi punta-tacco che cercavano di trasmettere l'immagine di un *aplomb* eccessivo per la situazione. Ramiro sospirò.

"Non sopporto gli uomini scomposti," e controllò con la coda dell'occhio l'effetto delle sue stesse parole. Poi aggiunse: "Come non sopporto le donne scomposte".

Evitate ormai le possibili accuse di sessismo cercò di rilassarsi mediante movimenti ginnastici da anziano cinese. I due poliziotti si guardarono beffardi ma non esternarono nulla. Carvalho era implacabile contro la ginnastica, ma tollerante con i ginnasti.

"Fa un caldo insopportabile, ma non credo che sia per via del riscaldamento. Le parole scaldano l'aria."

Si portò le mani alla bocca a mo' di altoparlante e gridò:

"Un altro avvoltoio! Regueiro Souza!".

Ma quando Regueiro Souza si sistemò sulla sedia la stanza recuperò parte del ghiaccio perduto da quando era uscito Hormazábal. L'ultimo arrivato faceva loro dono della freddezza di chi si lascia interrogare da subalterni per aiutarli a compiere i doveri della subalternità.

"Diciamo che sono andato a trovare Lázaro perché quasi non mi aveva voluto ricevere durante la giornata, in una fase di distacco personale e affaristico che non potevo tollerare. Inoltre mi interessavano le sorti di un romanzo presentato, di un mio amico, infatti è un romanzo che gli ho ispirato io, perché mi piace affabulare basandomi sulle vite che vivo e che vivono gli altri, persino quelle che gli altri vivono in me. Volete che vi racconti l'argomento?"

Ramiro non espresse alcun entusiasmo ma solidarizzò con la tassativa affermazione di Carvalho.

"Sì."

"Avanti, allora."

"È un romanzo sul mondo degli affari. Tra banchieri e affaristi rapaci, secondo il titolo che ci dedicò il signor Ekaizer. Uno di questi uccelli rapaci vuole staccarsi dal suo socio perché non prova più interesse per la fase di crescita che vive in quel momento. Il rapace suole utilizzare i dossier sulla vita privata dei suoi nemici per ricattarli e abbandonarli dopo averli vampirizzati ai margini delle autostrade della modernità. Ottiene un dossier in cui si dimostra che il suo socio vive una doppia vita sessuale, sposo amantissimo e senza scandali durante il giorno e omosessuale di notte o durante i viaggi all'estero. Al momento più duro dell'estorsione, quel mangiatore di carogne scopre che il proprio figlio è uno degli amori del bisessuale affarista e deve agire di conseguenza. Il ricatto gli si rivolta contro e lui si suicida. Il mio soggetto è stato accolto con entusiasmo dal mio amico romanziere, che ha scritto il romanzo, lo ha presentato, e io volevo sapere se aveva qualche probabilità di vincere."

Carvalho si trasferì nella zona di luce e Ramiro gli lasciò tempo e spazio.

"L'arte imita la realtà."

Regueiro Souza assentì.

"I suoi rapporti amorosi somigliano a quelli del romanzo che lei ha ispirato?"

"Si riferisce ai miei rapporti amorosi?"

"Sì. A quelli della realtà. Non a quelli del romanzo."

"Non so se ha capito quello che ha appena detto."

"Capisco."

"Se lei dà nomi possibili ai personaggi del nostro romanzo, capisce qual è il risultato?"

"Capisco."

"Pretende di andare tanto lontano quanto il suo aiutante?"

Ramiro era in piena attività nel dare nomi reali ai personaggi del romanzo immaginato, ma Regueiro la frustrò mettendosi in piedi.

"A partire da questo momento ritengo di poter rifiutare di dichiarare alcunché, a meno che non venga esplicitato il mio stato di fermo e io possa pretendere la presenza del mio avvocato."

Ramiro si lasciò andare con un gesto ma la voce di Carvalho lo trattenne:

"Vorremmo soltanto che ci facilitasse le ricerche fornendoci un dato".

"Sono tutto orecchi."

"Potrebbe indicarci il nome del romanziere concorrente cui lei aveva commissionato di scrivere il romanzo?"

Regueiro aveva un sorriso che andava da un orecchio all'altro quando rilasciò il nome nell'aria.

"Ariel Remesal."

"Bisogna supporre che il romanzo sia conosciuto da lei, da Ariel Remesal e da don Álvaro. C'è qualcun altro?"

Regueiro continuava a dar loro le spalle e avanzava lentamente per raggiungere la porta.

"L'ho fatto leggere a Milagros, la signora Conesal."

Ramiro lo inseguì di gran fretta, gli mise una mano sulla
spalla e lo costrinse a guardarlo in faccia bruscamente.

"Preferisco che le persone mi parlino con la faccia, non con
il culo. Perché l'ha dato da leggere alla signora Conesal?"

"Volevo che interessasse suo marito alla lettura."

Il viso non solo era truccato, ma era di una materia impenetrabile. Il poliziotto gli lasciò andare la spalla e fece un gesto di
schifo che non colpì affatto il finanziere. Fu sostituito da Ariel
Remesal, il quale non si sorprese quando Ramiro gli domandò
del suo romanzo. Sembrava essere stato messo sul chi vive da
Regueiro Souza e rivelò di essersi presentato con lo pseudonimo
di Ayax e con il titolo *Telemaco*, anche se cercò di minimizzare il
ruolo di Regueiro nella realizzazione del romanzo.

"Sì e no per commissione. Il soggetto, molto in embrione,
appena quindici righe, fu lui a scriverlo, ma il mio lavoro è stato
di far sì che quindici righe di riassunto argomentale diventassero un'architettura narrativa di quasi quattrocento pagine. E
questa volta non si tratta di una scrittura rallentata, basata sulla
liberazione della massa verbale, per utilizzare una parafrasi della liberazione della massa pittorica proposta da Kandinskij. No.
È una scrittura proteinica, proteina pura perché implica dare
informazioni sul potere del denaro che ha occupato molto poco
spazio nella letteratura spagnola. Siamo tanto primitivi che let-
terariamente ci ha interessato il potere religioso o quello politico o quello militare, ma il denaro, che luogo occupa nella letteratura spagnola?"

Carvalho aveva una risposta:

"C'è una eccellente *zarzuela** dedicata al denaro".

"Potrei sapere quale?"

"*Gli sparvieri*. La storia di un colono nelle terre di America
che torna arricchito al paese e cerca di conquistare l'amore di
una ragazza grazie al denaro. Il colono è il baritono. Per fortuna
il tenore è un idealista e disprezza il suo oro e si porta via la ragazza al grido di guerra: *Sono giovane e innamorato / nessuno è
più ricco di me / non si compra con denaro / la gioventù e
l'amore.*"

Ariel Remesal non sopportava bene l'ingerenza e chiese con

---

*Operetta spagnola.

lo sguardo mute spiegazioni sull'intervento di colui che considerava un subordinato dell'ispettore. Poiché Ramiro non rispondeva e sembrava addirittura meditare sul profondo senso della romanza del tenore degli *Sparvieri*, lo scrittore affrontò Carvalho.

"Le *zarzuelas* sono stupide. Il riflesso sentimentale e canoro di una Spagna agraria. Nei versi che ha recitato lei ci sono più bugie che parole."

"Non lo nego."

"Io ho scritto un romanzo sull'incarnazione del potere finanziario, incarnazione, vale a dire che l'ho plasmato con creature in carne e ossa, con tutte le loro contraddizioni."

"Ouroboros?"

Neanche l'intervento di Ramiro fu gradito allo scrittore. Non gli piaceva essere interrotto.

"Che cosa dice?"

"È il simbolo della continuità, del pesce che si morde la coda o del serpente che si morde la coda."

"Se lo dice lei..."

"Bene. Gradiamo tutti, a quest'ora di notte, le digressioni rilassanti come questa sulla *zarzuela*, ma il tempo vola e rimangono poche persone nella nostra lista. Lei sa di che lista parlo?"

"Poiché si tratta di un dialogo con la polizia non può essere che la lista dei sospetti."

"No. Niente di questo. La lista delle persone che stasera hanno avuto un contatto personale con Lázaro Conesal. Non si tratta di incolpare nessuno, ma di creare via via una banca dati che ci possa fornire un'idea approssimativa sull'accaduto. Per esempio, l'idea di andare a trovare Conesal è stata sua, o di Conesal?"

"Sono stato io, dietro consiglio del signor Regueiro Souza. Aveva appena parlato con Lázaro e mi ha detto: Sali a trovarlo che la cosa cammina sul filo. Non mi ha detto di quale filo, ma ho supposto che si trattasse di quello del rasoio. Solitamente le frasi fatte sono sempre le stesse. Se mi avesse detto: la cosa cammina sull'orlo, lo avrei interpretato come l'orlo dell'abisso. È logico."

"È logico."

"Quindi sono andato su. Ho trovato Conesal che beveva e leggeva. Solo. Nessuna traccia della giuria. Né del premio. Per di più era molto in disordine. Sconcertante. Gli ho domandato: Senti. Non hai intenzione di concedere il premio? Ha sorriso con una certa astuzia e mi ha risposto: Niente di tutto ciò. Ma nemmeno quel che stava leggendo era un originale, sembrava piuttosto un rapporto su qualcosa. Io aspettavo che mi parlasse del mio romanzo, ma ha parlato di questo e di quello e ho cominciato a demoralizzarmi. Infine sono stato io ad aver voglia di andarmene e lui non si è opposto, ma prima che uscissi mi ha domandato qualcosa di enigmatico. Ariel, mi ha detto, la storia che racconti nel tuo romanzo, mi sai dire a che personaggi reali si riferisce? Francamente, non lo sapevo. In tal senso si trattava di una responsabilità di Regueiro Souza, per esempio il fatto che la pressione morale derivasse da un ricatto per omosessualità. Allora ho cominciato a tirare le mie conclusioni."

"E ha finito per tirarle?"

Se Ariel Remesal non aveva gradito il primo intervento di Carvalho sulla *zarzuela*, adesso non gradiva alcunché del personaggio.

"E se così fosse?"

Carvalho chiese a Ramiro il permesso di intervenire. Il poliziotto era stanco e si sfregava il viso con le mani, come se volesse cancellarsi i lineamenti con un certo odio. Sorprendentemente, Ramiro aveva dei lineamenti. Con una manata, diede a Carvalho l'attacco del solista.

"Se così fosse, il suo romanzo potrebbe esser letto come uno strumento di estorsione. Sospetto che il signor Conesal l'abbia avvertita in proposito e suppongo che abbiate avuto un incontro movimentato."

"Se questo diventa un interrogatorio, lo accetto con tutte le sue conseguenze e parlerò solo in presenza del mio avvocato."

Ramiro lo lasciò andare e cominciò a girare intorno alla stanza.

"Ultimamente gli interrogati ci durano poco. O sono stanco o questo sistema è assurdo."

"Sappiamo molte cose che non sapevamo e ci rimangono soltanto quattro persone. Sánchez Bolín, il patito dei gabinetti, l'ubriaca malinconica e il figlio di suo padre."

"Sia."

Sánchez Bolín aveva i piedi stanchi a furia di passeggiare in sala raccogliendo isterie e cabale altrui, ingoiando quelle proprie, così come aveva ingoiato ingenti quantità di pane e pomodoro di cui aveva distribuito generosamente tante fette tra tutta la clientela e tutto il personale di quell'albergo tanto postmoderno. Aveva anche lo sguardo e l'udito affaticati, l'attenzione affaticata, per cui si lasciò cadere sulla poltrona come se si trattasse di una patria.

"Che cosa le dice la parola Ouroboros?"

"È una delle infinite parole che non mi dicono assolutamente nulla."

"Lei si era presentato al premio Lázaro Conesal?"

"Sì. Mi sono presentato sotto pseudonimo, con un romanzo dal titolo provvisorio *Le tribolazioni di un russo in Cina*. Il mio pseudonimo, Mateo Morral."

"Lei è uno scrittore affermato e pertanto non si sarà presentato a questo premio senza sapere quel che faceva."

"Dice bene. Per questo mi sono presentato sotto pseudonimo."

"Aveva bisogno del premio? Per soddisfazione personale? Per denaro?"

"Evidentemente, per denaro. Sono in un'età difficile in cui mi si suppone uno scrittore ricco e indistruttibile, ma forse proprio per questo posso perdere presto il favore del pubblico, un pubblico che parlerà molto di me ma mi leggerà sempre meno, fino alla mia morte. Poi, probabilmente, verso il 2015 e il 2020, qualcuno mi riscoprirà e i miei eredi percepiranno sostanziosi diritti d'autore, ma adesso devo affrontare la decadenza nelle migliori condizioni. I diritti d'autore che ho incassato sono assai notevoli, ma i conti si fanno presto. Supponga che io venda centomila copie di un romanzo al prezzo di, all'incirca, tremila pesetas, operazione dalla quale mi spetta una media del dieci per cento. Con una vendita così eccezionale io posso guadagnare una trentina di milioni di pesetas, di cui il fisco mi sottrae la metà. Per scrivere il romanzo in questione e percepirne i benefici globali, ho impiegato tre, quattro, cinque anni. Calcoli un po' quanto mi viene al mese."

Poiché Ramiro non si decideva a trarre il risultato, Sánchez Bolín si mise a fare calcoli mentali.

"Dobbiamo essere generosi con i lettori. Trenta milioni che diventano quindici, da dividere in trentasei mensili, cioè in tre anni. Risulta una media di cinquecentomila pesetas al mese, il che consente di vivere con dignità, ma non di risparmiare abbastanza perché un'infermiera ti pulisca il culo con un sorriso quando sei in stato terminale e ti dica: signor Sánchez Bolín, è una giornata splendida, gli uccellini cantano e tutto va per il meglio."

"Se lei sapesse quello che io guadagno al mese..."

"Ma per la sua mentalità, per la sua presunta mentalità, lei sarà circondato da una famiglia convenzionale e questo non è il mio caso. Io sono uno scapolone incallito."

"Sì, ma a volte ho pensato. Che sarà di te quando non potrai più lavorare? Quando non sarai più autosufficiente? Inoltre, per via del mio mestiere, vedo la miseria umana e constato che i più miserabili sono quelli che diventano più ricchi."

"Dice bene. Lo stesso accade allo scrittore che vede come stia a lui di far ricco o povero un personaggio mentre lui resta, il più delle volte, in brache di tela."

"Questo non è giusto."

Tutti erano d'accordo nel dire che non era giusto e persino i subalterni facevano i calcoli dei quinquenni accumulati e della pensione che avrebbero percepito.

"Per di più, nel mio caso, è stato appena assunto un nuovo manager editoriale, tale Terminator Belmazán, che ha dichiarato guerra biologica a chiunque abbia a che vedere con la casa editrice e che sia dotato di una memoria storica diversa dalla sua. Per lui la letteratura spagnola inizia il giorno in cui lui ha preso a controllare le cifre delle vendite e dei resi editoriali."

"Se lei conoscesse i capi del personale che ci affibbiano quelli del ministero degli Interni... Neanche loro hanno una memoria storica."

Carvalho, sapendo che a Sánchez Bolín piaceva provocare situazioni sull'orlo dell'assurdo, ricordò i motivi della sua presenza.

"Il signor Conesal le ha rivelato se lei era il vincitore?"

"Al contrario. Mi ha chiamato e mi ha detto che non lo ero, ma mi ha offerto un contratto sensazionale perché gli scrivessi la sua autobiografia. Vale a dire, purché diventassi Lázaro Conesal e scrivessi la mia presunta autobiografia. Non ho mai fatto niente del genere, ma la proposta era accattivante."

"Lei che ha affabulato tanti romanzi polizieschi..."

"Non è esattamente il mio genere ma gli si avvicina."

"Bene. Da tutto quello su cui si è congetturato, su cui sono corse voci, di tutto quello che voi avete già chiarito in sala, a che conclusioni si arriva? Chi potrebbe essere l'assassino?"

"Mi costa molto trovare gli assassini nella vita reale. Nei romanzi so sempre chi è l'assassino, come so anche che l'assassino è sempre lo stesso."

"Chi?"

"L'autore."

Sebbene la risposta lasciasse Carvalho pensoso, Ramiro la trascurò e ormai ripresosi dalla sua angoscia biologica ed economica tornò all'indagine.

"Suppongo che trattandosi di lei, il signor Conesal le abbia comunicato con molta gentilezza il fatto che non le avrebbe dato il premio."

"Trattandosi di me e di chiunque fosse. Conesal, non che io lo abbia molto frequentato, era sempre un uomo amabile e ragionevolmente colto."

"Che cosa vuol dire ragionevolmente colto?"

"Sufficientemente colto per conoscere il nome delle cose inutili e sufficientemente pratico per diventare ricco nonostante la sua cultura e nonostante sapesse il nome delle cose inutili."

"Lei non ha potuto notare nulla di sorprendente nel signor Conesal o nella sua cerchia?"

"La tristezza. Il signor Conesal era profondamente triste e il premio non sembrava importargli. Era in disordine. E ho avuto un'impressione ancor più sorprendente. Come se non sapesse chi stava per vincere il premio e come se non avesse interesse a deciderlo. Almeno in quel momento."

Così come Sánchez Bolín continuava ad avere il sistema nervoso rilassato, Oriol Sagalés aveva il proprio come un albero eretto e teso e una lingua troppo satura del retrogusto dell'alcol. Inarcò il suo sopracciglio preferito e si accinse a dimostrare l'ovvio, di essere molto più intelligente di coloro che lo interrogavano, anche se lo inquietava la presenza nella penombra di fondo di quell'esperto di whisky conosciuto in toilette.

"Così come i sicofanti del sistema, i giornalisti, sogliono parapettarsi dietro il segreto professionale, consentitemi di godere del loro stesso privilegio. Se mi sono presentato o meno al premio sono affari miei."

Il poliziotto dattilografo allungò un fax a Ramiro e l'ispettore lo lesse con una certa svogliatezza.

"Oriol Sagalés. Lei ha un curioso precedente penale. Lei ha aggredito nella libreria Áncora y Delfín di Barcellona un cliente e si è poi difeso spiegando che l'aggressione era dovuta al fatto che detto cliente stava acquistando un libro intitolato *Lucernaio a Lucerna*, scritto da lei stesso. Come figura in questa nota lei ha detto che l'autore è il solo proprietario dell'opera e che ogni aspirante lettore in realtà è un intruso e un imbecille che tenta di vampirizzare l'intelligenza dell'autore."

"Esattamente. Io ho visto che quell'indubbio analfabeta comprava il mio romanzo e domandava avvicinandosi alla cassa: È bello? Mi divertirà? E avrei anche potuto accettare una simile usura mentale, ma in seguito ha fatto sapere: Se non ho un libro tra le mani non riesco ad addormentarmi. Sono andato da lui. L'ho lealmente avvertito: Sto per mollarle un paio di sberle, caro signore. E gliele ho mollate."

"E l'aggredito?"

"Aveva una forza da malavitoso del tutto priva di eleganza. Ha cercato di assestarmi un calcio nei coglioni e non riuscendoci me l'ha assestato in uno stinco. Non so perché lei dà tanta importanza a questo aneddoto."

"Mi sorprende che uno scrittore tanto esigente con quello che scrive e con chi lo legge, si presenti a un premio letterario come questo."

"Lo stato maggiore della quintessenza della letteratura spagnola si è presentato a quella cafonata che è il premio Planeta, da Juan Benet a Mario Vargas Llosa, tanto per citare i più noti, ma so di certo che vi si sono presentati sotto pseudonimo non pochi scrittori diametralmente opposti alla filosofia del premio e della casa editrice. Io, se mi fossi presentato, lo avrei fatto al premio più cafone di tutti, vale a dire al più ricco. Mi vendo già a buon mercato quando scrivo i coccodrilli. Vuole che gliene faccia uno?"

"A quale scopo?"

"Il suo nome, prego?"

"Antonio Ramiro, ispettore del Corpo Superiore di Polizia."

"È venuto a mancare Antonio Ramiro, ispettore capo del Corpo Superiore di Polizia che seppe conservare il disordine grazie alla legge. La sua afflitta moglie, i figli e i parenti tutti ringraziano le testimonianze di cordoglio giunte da ogni genere di poliziotti e delinquenti di varia estrazione..."

"Mollagli un calcio nelle palle, Tonio," raccomandò uno dei poliziotti-comparse rimasto sin allora in silenzio, ma lo stesso Ramiro lo incitò a tacere mentre osservava Sagalés come se lo vedesse per la prima volta.

"Di che cosa ha parlato stasera con il signor Conesal?"

"Devo dedurre che mi avete spiato?"

"Questo albergo è pieno di circuiti chiusi televisivi."

Il pallore di Sagalés era a tre dimensioni e gli pesava persino sul volto, infossandogli le guance e le rughe accanto alle labbra. Carvalho commentò:

"Lei dovrebbe leggere più romanzi polizieschi".

"In quelli di Conan Doyle, che sono i miei preferiti, non ci sono circuiti chiusi televisivi." Si mise il ciglio in resta e partì all'attacco. "Ebbene, se sapete tutto saprete che la mia conversazione con Conesal non è stata troppo gradevole. Gli ho detto che visto che si scopava mia moglie e io no, il meno che potesse fare era darmi il premio."

"Che rapporti aveva sua moglie con Lázaro Conesal?"

"Domandatelo a lei. Io parlo per me stesso."

Un tremore alle palpebre e i viaggi che gli occhi cercavano di intraprendere per uscire ora a destra e ora a sinistra cominciarono a scendere dalla faccia alle mani piccole, con le dita tuttavia lunghe e magre, bianche, quasi trasparenti, una mano cresciuta male.

"Anche sua moglie era stata da Conesal."

"Lo temevo."

"Non lo sapeva?"

Sagalés aveva già le due sopracciglia sollevate al massimo e a un tratto si alzò dalla sedia per annunciare:

"Voglio confessare tutto. Se avete bisogno di un assassino di Lázaro Conesal, eccolo qui. Oriol Sagalés".

Lázaro Conesal uscì dall'ascensore e si incamminò verso la sua suite. Gli pesava la borsa. Gli doleva la schiena. Una sostanza gassosa che indubbiamente doveva sapere di sale lottava per uscire dal petto. La parola commissariamento gli occupava il cervello, ma tutto il suo corpo era orientato alla finalità della serata: decidere il nome del vincitore del premio Venice. Il governatore della Banca di Spagna gli aveva allungato il documento sul quale doveva apporre la firma, con cui si sostituiva provvisoriamente la direzione del Consiglio di Amministrazione della banca e venivano nominati i nuovi amministratori. Se fin allora aveva soverchiato il governatore con le sue argomentazioni e il suo senso dell'umorismo, la carta da firmare lo poneva nel territorio del silenzio, dell'inappellabile. Da due anni si preparava a questo momento e sapeva cosa avrebbe risposto nelle settimane successive, ma ora doveva cambiare la propria immagine e apparire come il vincitore braccato e desautorato. Il sistema gli aveva detto nero eri e nero ritornerai, e appena raggiunse l'auto le sue orecchie si chiusero per l'argomentazione speranzosa degli avvocati e le sue mani reclamarono il cellulare. Il capo del Governo non c'era. Il Re non c'era. Sconcertando gli avvocati, telefonò al Papa, ma Sua Santità non poteva venire all'apparecchio. Nemmeno quel Jacques Delors che era stato presidente della Comunità Europea. A chi altri avrebbe potuto comunicare di aver fallito uno degli esami più determinanti della sua vita? All'Onu.

"Remedios, mi dia il telefono privato di Boutros Ghali, il Segretario generale dell'Onu."

"A chi si riferisce, don Lázaro?"

Fu il momento in cui il suo avvocato gli appoggiò una mano sul braccio che teneva il telefono e disse:

"Torna in Spagna, Lázaro. A Madrid. A questa macchina. Datti una calmata".

"E che altro?"

Chiese alla sua segretaria di non telefonare a Boutros Ghali, staccò l'apparecchio e si rifugiò sul molle schienale della Bentley come se fosse un materasso, una patria, per chiudere gli occhi e vivere abbandonato e fiducioso tra coordinate propizie.

"Mi stanno braccando. E cercano di farmi credere che sto braccandomi da solo, il serpente che ha finito col mordersi stupidamente la coda. Ouroboros. Probabilmente darò il premio a un romanzo che è stato presentato sotto pseudonimo intitolato *Ouroboros*. Mi è piaciuto tantissimo da subito, perché faceva una chiara trasposizione di un premio letterario che l'autore supponeva simile al mio. Ero molto interessato alla trama, ma ho deciso di lasciarlo per ultimo ed eliminare nel frattempo i romanzi che non mi piacevano. Questa sera, una volta al Venice, finirò di leggere *Ouroboros*. Lo sai che cosa vuol dire?"

"No."

"È il simbolo del cerchio chiuso, che si può intendere come continuità fatale o come fluido che attraversa tutto ciò che vive, mettendolo in comunicazione. Me lo ha spiegato una delle mie consulenti, Mona d'Ormesson, molto colta, molto pedante, molto simbolista. Può darsi che io sia un cerchio definitivamente chiuso, ma non vuoto. Questo cerchio è pieno e in esso dispongo di informazioni tali da lasciare l'intera classe dominante, politica ed economica, nella più fottuta miseria. Metterò un ventilatore davanti a tutta la merda che conosco e non ci sarà uno solo in grado di salvarsi, nemmeno quello stupido governatore della Banca di Spagna che agisce sotto il diktat di tutte le mafie del potere e dei padroni del denaro. Questi socialisti di paccottiglia se la fanno sotto davanti ai padroni del denaro. Non sono arrivato dove sono arrivato per farmi prendere da quella collezione completa di sconfitti e lasciarmi trascinare nella sua fossa politica. Quando avranno perso il potere loro non saranno più nulla e io invece mi riprenderò da questa pugnalata nella schiena e ballerò sulle loro carcasse di cornuti. Tra qualche mese, quando la destra avrà vinto, tutta quella gentucola salita sui trampoli del potere politico sarà mandata in pensione, un branco di miserabili pensionati che dovrà tornare alla sua mediocre vita di prima e in gran parte manco a quella. Allora li raccoglierò con una pala meccanica e li butterò nella discarica più schifosa di Madrid e li ingozzerò di biglietti da cinquemila pesetas fino a quando non li vedrò scoppiare o tirarli fuori dal buco del culo. Con chi credono di avere a che fare? Con un capro espiatorio da esibire per dimostrare che hanno accantonato le loro pratiche di corruzione? Guardate quanto siamo onesti, abbiamo addirittura immolato il finanziere simbolo del capitalismo selvaggio, Lázaro Conesal! Vogliono trascinarmi in giro con una corda legata al collo per farmi schernire dalle masse. Vogliono darmi come carne da cannone alla marmaglia per salvare la loro pellaccia ed evitare di finire linciati. Non sanno quello che li aspetta. Li ho tutti schedati, dal primo all'ultimo, so persino se scopano col preservativo o se si fanno masturbare da uno scimpanzé."

L'avvocato fingeva di guardare il paesaggio di Madrid al tramonto e solo quando le parole erano troppo crude stringeva gli occhi, come se volesse salvaguardarli dalle immagini che gli entravano nelle orecchie. Conesal passò allora alla fase di dare istruzioni e l'avvocato, con sollievo, cominciò a prendere nota. Restavano nelle sue mani gli appuntamenti con i soci implicati nella vicenda e le risorse prevedibili, ma, quella stessa sera, Lázaro Conesal stava per mettere in moto "Il Radioascoltatore".

"Non è prematuro che tu dia il via a 'Il Radioascoltatore'?"

"Le tue risorse legali ci consentiranno solo di guadagnare tempo. Quando mi daranno la caccia per davvero e non si accontenteranno delle misure di espropriazione, si accorgeranno di chi ha il coltello dalla parte del manico. 'Il Radioascoltatore' deve avere tutto pronto. D'altro canto voglio ridurre in poltiglia Hormazábal e Regueiro Souza. Soprattutto Regueiro, che mi sta ricattando dalla cintola in giù."

"Che cosa vuol dire dalla cintola in giù?"

Tagliò corto con la curiosità dell'avvocato e gli raccomandò di badare personalmente alle conseguenze di un immediato appuntamento con "Il Radioascoltatore".

"Come capo della sicurezza e del personale può fare come meglio le pare e piace. Voglio vederlo in camera mia entro un'ora."

"Vedere chi?" domandò Álvaro, che si era unito al gruppo.

"'Il Radioascoltatore'."

"Un invitato?"

"Proprio così."

"Abbiamo ripassato uno a uno i nomi nella lista degli invitati."

"Allora non è stata ripassata bene, Álvaro. È il problema minore. Abituati a non sprecare parole né intelligenza con i problemi minori."

"Come è andata con il governatore?"

"Malissimo."

"Non puoi spiegarmi?"

"Prima ho bisogno di spiegarlo a me stesso."

Più l'ascensore lo portava in alto, più Lázaro si sentiva solo con la sua angoscia; arrivato nella suite non sapeva da dove cominciare. Il Premio. Ogni premio ha una giuria e logicamente la giuria doveva già essersi riunita, chiusa a doppia mandata a deliberare senza alcuna pressione esterna, nemmeno quella di Lázaro Conesal, come avevano annunciato i media e come avrebbero ripetuto all'indomani quando le prime pagine avrebbero riportato il nome del vincitore e il titolo del romanzo. A quindici metri dalla sua suite c'era quella dei giurati e Conesal vi si incamminò impugnando il passepartout. Quando la porta si aprì, i giurati vennero fissati in un'istantanea che li ritraeva come esperti nel portarsi alla bocca tramezzini di caviale e di salmone marinato, con una precisione da animali onnivori da cocktail che consentiva loro di catturare la preda a metà strada tra il delicato volo del braccio e l'avanzare predatorio del muso, senza scomporre il gesto di personaggi intelligenti, consapevoli di essere a questo mondo per compiere cose più serie del mangiare tramezzini e bere champagne Cristal Roederer.

"Accidenti, Lázaro, beato chi ti vede. Ci devi far sapere se stiamo per assegnare il Nadal o il premio Loewe di poesia."

Bastenier, presidente della giuria, era scherzoso, ma aleggiava un certo astio, espresso dal rimprovero di Floreal Requesens, il prestigioso redattore di un Atlante la cui sostanza Conesal non ricordava.

"Man mano che passano le ore, percepisco in maggior misura l'incongruenza di far parte di una giuria che ignora addirittura i nomi dei partecipanti al premio."

"Vi hanno fatto avere i riassunti delle opere finaliste e la loro valutazione critica?"

"Sì."

"Attenetevi a questo e saprete come rispondere ai giornalisti quando vi chiederanno se la scelta ha presentato particolari difficoltà. Inoltre, all'indomani di un premio, interessa soltanto il vincitore."

Floreal non era d'accordo.

"Se sono vere le voci sugli autori che si sono presentati, sarà inevitabile parlare di coloro che non hanno vinto. Questo premio sarà più famoso per via di quelli che non hanno vinto."

Conesal fece spallucce.

"Tutti i premi si assegnano contro qualcuno o contro qualcosa."

Da una tasca interna della giacca estrasse una busta per ciascun membro della giuria e le consegnò una dopo l'altra senza badare al gesto di sorpresa con cui tutti accettavano il pagamento dei loro servizi, di cui erano già stati avvertiti ma che afferravano con dita agili e cervello distante: Ma che cosa sta facendo? Non so se dovrei. Ah! Ma questo si paga? Alcuni spingevano la teatralità al punto di rifiutare leggermente la busta ma se Lázaro accennava a riportarla al luogo di origine lanciavano le mani come artigli per appropriarsi della remunerazione senza che i loro occhi tradissero l'avidità. L'avidità era dentro, con l'intima convinzione che a pagarli fosse un ladro coi guanti bianchi, con la fortuna cementata su un milione di morti.

"Francamente, Lázaro. Ci confonde questo essere pagati per non aver svolto il nostro compito di giurati."

"Prendetelo come una situazione letteraria," rispose Conesal a Bastenier, e prima di lasciarli ai tramezzini e ai calici di champagne, fece presente: "Quando avrò deciso il nome del vincitore, sarete i primi a saperlo. Abbiamo ripetutamente parlato della particolare logica di questo premio. Della mia logica. Non credo di umiliarvi. Sapevate a quale gioco stavate giocando".

"Ovviamente, signor Conesal," lo tranquillizzò un altro giurato che aveva già buttato l'occhio nella fessura socchiusa dalle sue dita nella busta aperta.

"Ogni celebrazione culturale ha la sua liturgia," disse Lázaro mentre usciva e chiudeva la porta dall'esterno.

Fece i pochi metri che lo separavano dalle sue stanze, ma prima di entrarvi si affacciò alla vetrata che perpetuava la scogliera aperta sulla giungla dalla hall. Cominciavano ad arrivare i primi invitati ed era impossibile distinguerli dall'alto, tranne per il modo di sbracciarsi o di non farlo. Quelli che avanzavano facendosi strada con le braccia erano senza dubbio i suoi compagni di nidiata e quelli che non sapevano dove mettere le mani e in genere le nascondevano nelle tasche erano gli intellettuali. Dalla vetta tutti quegli esseri gli sembravano di sua proprietà, convocati per uno scopo di cui lui era padrone assoluto, persino un premio Nobel si era prestato a decorare il suo premio, un premio di Lázaro Conesal, il figlio di un trattore di Brihuega, della miglior trattoria di Brihuega, questo sì, e forse anche dell'intero circondario. Gente di Brihuega! Brihueghi tutti! Ammirate come muove il mondo dalla cima della sua piramide di vetro il figlio dell'Inocencio e della Fermina! Quel giovane studente che d'estate lavorava come contabile nelle cave di gesso e che finì col diventare il padrone di tutte le imprese edili del posto e di buona parte della provincia di Guadalajara! Le sole cose importanti mai accadute a Brihuega erano state la guerra di Successione, la guerra civile e la nascita di Lázaro Conesal.

Rimase al suo osservatorio con la fronte e i palmi delle mani attaccati al vetro freddo, ignorando la voce interiore che gli chiedeva di concentrarsi sull'assegnazione del premio; era troppo interessato agli andirivieni dei suoi ospiti, giocava a indovinare chi era chi dal modo di camminare. E notò che uno di quei modi di camminare apparteneva ad Altamirano, il quale stava risalendo in ascensore senza dubbio per tornare da lui e sottoporlo di nuovo a pressione. Lázaro Conesal si allontanò dalla vetrata e verificò che il supposto Altamirano veniva da lui. Raggiunse la porta della suite, entrò nelle sue stanze e spense le luci. Si sdraiò sul divano del soggiorno con il braccio piegato sugli occhi e sorrise soddisfatto quando Altamirano davanti alla porta provò in ogni modo a farsi aprire.

"Lázaro? Sei lì?"

Sì, sono qui, grandissimo rompipalle, ma non per te. Tutto quello che avevamo da dirci è già stato detto. A un tratto si udì una nuova voce dall'altro lato della porta.

"Lei che sta facendo qui?"

Era la voce di Sánchez Ariño, di "Dillinger", e Conesal notò il tono impaurito della risposta di Altamirano.

"Cercavo il signor Conesal."

"Se non le risponde vuol dire che non c'è. Adesso io devo entrare nella suite per una faccenda."

"Mi spiace."

"Se si è già spiaciuto del tutto, se ne vada."

"Non è il caso di prendersela in questo modo. Lei chi è?"

"Qualcuno in grado di ordinarle di andarsene."

Passarono due o tre minuti e Sánchez Ariño bussò con le nocche e pronunciò il nome a voce bassa.

"Don Lázaro, sono io."

Conesal aprì la porta.

"Le ho cacciato via un ficcanaso."

"Ben fatto."

Sánchez Ariño rimase sulla soglia senza il coraggio di entrare, perché Conesal non aveva acceso la luce e si era ridisteso sul divano.

"Entri. Entri e chiuda la porta."

Il capo della sicurezza entrò e rimase in penombra fino a quando i suoi occhi si abituarono a distinguere i volumi e soprattutto quello del suo datore di lavoro supino.

"Si sieda se riesce a vedere una sedia o qualcosa del genere, ma non accenda la luce. Quello di cui dobbiamo parlare preferisco discuterlo al buio."

"Sto bene in piedi, don Lázaro."

"Come vuole. Di questo nessuno deve venire a sapere niente, nemmeno mio figlio. Álvaro ignora le funzioni reali da lei svolte nel mio organigramma. Mi serve che lei smetta di essere Sánchez Ariño e torni a essere quel 'Dillinger' degli anni in cui lavorava per i Servizi di informazione e la chiamavano 'Il Radioascoltatore'. Ricorderà che abbiamo immagazzinato mucchi di dossier elaborati attraverso le vostre spie e i vostri pedinamenti di politici, uomini d'affari, giornalisti, spionaggi e pedinamenti dalla cintola in su e dalla cintola in giù."

"Ho tutto in mente e ben nascosto, don Lázaro."

"È arrivato il momento di filtrare tutto quanto. Organizzi un'operazione di camuffamento affinché i dossier, man mano che li seleziono, arrivino ai media secondo il piano stabilito a suo tempo."

"Ho in mano la situazione, don Lázaro. In ventiquattro ore posso avere tutto predisposto e in quarantotto anche i collegamenti."

"Allora, questo è tutto. Beh. Non tutto. Voglio merda, molta merda su Regueiro Souza. Non mi importa che teste cadono. Voglio che vengano fuori i suoi pasticci da culattone e il tutto ben documentato fotograficamente. Voglio che tutta la Spagna ricordi quella faccia da scimmia bruciata."

"Si sente male, don Lázaro?"

"Perché me lo chiede?"

"La vedo molto irritato, don Lázaro, e non è da lei."

"Irritato non è la parola giusta. Grazie del suo interessamento. Se ne vada."

"Vuole che le metta un servizio di sicurezza davanti alla porta?"

"No. Sono in molto pochi a conoscere le funzioni di questa

suite e devo scendere subito per ricevere il presidente della Comunità Autonoma e la signora ministro della Cultura."

Quando "Dillinger" o "Il Radioascoltatore" se ne fu andato, Conesal recuperò l'orizzontalità e la luce, ma la rivelazione degli oggetti e di se stesso in mezzo a essi gli accentuò la depressione. Spense di nuovo la luce per riaccenderla definitivamente e andò verso un sole burlone di latta in mezzo alla parete che una volta spostato rivelò lo sportello di una cassaforte. Digitò la combinazione e lo sportello si aprì come un cassetto che liberava la pressione esercitata da un mucchio di fogli di carta nemmeno regolarmente impilati. Prese le carte con le due mani, lesse la prima pagina dove figurava lo pseudonimo dell'autore e il titolo provvisorio: *Ouroboros*. Si accingeva a sedersi con l'originale in mano quando squillò il telefono: stava arrivando la signora ministro, accompagnata dal tuttora presidente della Comunità Autonoma di Madrid, Joaquín Leguina. Conesal si cambiò d'abito, recuperò una certa compostezza davanti allo specchio di una grande stanza da bagno piena di lampadine come il camerino di una diva, e andò verso l'ascensore per raggiungere la hall e la porta dove si stavano appostando giornalisti e telecamere per riprendere l'arrivo di un presidente della Comunità Autonoma che aveva appena perso le elezioni e di un ministro che le avrebbe perse alle prossime votazioni generali. Accolse Leguina con intelligenza e rispetto per via della sua condizione di intellettuale, e il ministro con l'effusione che lei stessa gli dimostrò baciandolo su entrambe le guance.

"Lei è il ministro più bello che io conosca."

"Il che non depone molto a mio favore."

Il ministro rideva con franchezza e Leguina faceva un'espressione di circostanza. Li accompagnò fino al loro tavolo, trascurò un'occhiata dura di sua moglie e lasciò le autorità sotto la protezione di Álvaro.

"Anche se ti lascio in buona compagnia, ministro. Mio figlio Álvaro. È appena uscito dal MIT e ha bisogno di una guida spirituale culturale e mediterranea come te. Ricorda, Álvaro, che questa sedia è solo in prestito, e appena avremo il verdetto, tu torni al tuo posto e io al mio."

"Ci ho guadagnato nello scambio. I figli degli uomini belli sono anche più belli dei loro padri."

"Invece noi figli degli uomini ricchi abbiamo meno soldi dei nostri padri."

Non gli piaceva che Álvaro giocasse a fare il povero perché

non lo era mai stato, non lo era e non lo sarebbe mai diventato, ma doveva lasciare la sala e recuperare la sua intimità, infastidita perché lo seguiva da vicino il detective privato ingaggiato da Álvaro e del cui nome non riusciva a ricordarsi. Milagros lo trattenne per una manica.

"Ho cercato di localizzarti."

"Chi ti sente può pensare che non dormiamo insieme."

"Regueiro mi ha fatto arrivare un romanzo orribile. È in gioco l'avvenire di nostro figlio."

"Avrebbe potuto pensarci prima."

"Non intendi fare niente?"

"Tra due naufragi, mi preoccupa di più il mio."

Hormazábal gli venne incontro.

"E della nostra faccenda, che cosa mi dici?"

"Ma ti pare il momento?"

Altri si incrociarono sulla sua strada congratulandosi con lui o chiedendogli informazioni sul nome del vincitore.

"Desiderate conversare o sapere il nome del vincitore? La giuria è in riunione e mi aspetta."

Il detective privato rimase davanti alla porta e Conesal si addentrò nell'ampio corridoio delle boutique dormienti verso gli ascensori della hall. Ma accanto all'ascensore lo aspettava il falso barman nero, Semplicemente José, l'uomo per tutte le occasioni.

"Vorrei parlare con lei di mia sorella."

"Io no. Sua sorella è una donna adulta e l'ho già aiutata in tutti i modi."

"Ma lei non vuole abortire."

"Il problema è suo."

L'ascensore solitario era un rifugio sicuro che lo riportava alla rimpianta suite dove lo aspettava un altro se stesso, irritato dall'inevitabilità della parte che aveva dovuto rappresentare. Si tolse la cravatta, le scarpe, la giacca e si sdraiò di nuovo sul divano in cerca di una posizione che gli consentisse di riconoscere agevolmente il proprio volume e quando la trovò udì un'altra chiamata alla porta. Se era di nuovo Altamirano, si sentiva con più forze e più voglia per cacciarlo, questa volta con la propria voce e a proprio modo. Tuttavia dietro la porta non c'era Altamirano ma una scrittrice con cui si era incontrato mesi prima costretto dalle pressioni di Marga Segurola: "È la vincitrice che ti conviene, perché è il valore più antitetico, la tua altra faccia della luna. Pensa un po', una casalinga che scrive nei momenti liberi dei romanzi che sono quasi pornografici, ma con una gran dignità di scrittura". Eccola lì, quella madre di famiglia scrittrice, con una posa da protagonista di romanzo alla *Grand Hotel*, pieno di vite incrociate e incontri impossibili.

"Caro signor Conesal. Sono inopportuna? No. Potrebbe concedermi qualche minuto?"

Le diede la possibilità di impadronirsi della stanza e lei ne approfittò per lasciarsi cadere grossa e larga sul divano e coprirsi la faccia con una mano per trattenere un singhiozzo. Si riprese immediatamente e offrì gli occhi umidi ma coraggiosi allo sguardo disorientato di Conesal che realmente non sapeva dove guardare, né dove guardarla.

"Vorrei che lei mi esonerasse dall'impegno contratto."

"Mi scusi, ma non ricordo."

"Lei mi pregò di non presentarmi al premio e mi diede un anticipo in cambio. Lo interpretai come una genialità da parte sua, allora, ma poco a poco mi è sembrata un'umiliazione."

"Agli scrittori più importanti della Storia della Letteratura si sarebbe fatto un favore pagandoli per non scrivere determinate cose."

"Ma sta di fatto che io non le ho dato retta e ho scritto il mio romanzo. No. Non è un titolo vuoto tra i finalisti. Il mio romanzo esiste. Ed è così eccellente, ne sono tanto fiera, che posso farle un favore lasciandoglielo considerare semplicemente come il vincitore."

Se non avesse interpretato la parte della scrittrice oppressa dal peso della propria creatività, Conesal non si sarebbe esasperato abbastanza da domandarle:

"Sto valutando quali favori lei potrebbe fare a me, signora, ma non riesco a immaginarne nessuno".

"La mia carriera letteraria è pulita, senza concessioni. Nessuno potrà sospettare che si tratti di un premio combinato. I miei romanzi sono prodotti genuini, come i miei figli."

"Preferirei che mi mostrasse la foto dei suoi figli, che indubbiamente deve tenere in quella borsettina."

"Così come l'ha detto suona piuttosto volgare."

"Non capisco perché, non le ho nemmeno chiesto di venire a letto con me."

Si era messa in piedi mossa da energie insospettate e accesa sventagliò la faccia di Conesal con una mano aperta.

"Avrebbe avuto una risposta tassativa: no."

"Meno male."

Allora uscirono singhiozzi come scoppi umidi da quel corpo di walkiria sciupata, seguiti da una corsetta che portò la donna all'infinito esterno dove si imbatté in un omone che sembrava essere in agguato dietro la porta.

"Come osa parlare così a mia moglie? Io dei suoi soldi me ne sbatto. Lei è un volgare maleducato."

Era uno di quei maschi fecondatori e dalla folta barba, mento forte e figura apollinea.

"Esca prima che il mio servizio di sicurezza la faccia uscire a calcioni. Pagliaccio."

Pur essendo più alto di Conesal si alzò in punta di piedi per sembrare più minaccioso.

"Lei non sta parlando con un signor Nessuno. Io sono un ingegnere di ponti e strade."

"Quanto guadagna al giorno? All'ora? Al minuto? Lo sa quanto guadagno io al secondo? Così tanto da non poterlo sprecare parlando con un romanziere consorte. Via di qui!"

L'indignazione di Conesal era diventata furia, una furia che lo spinse ad afferrare il primo portacenere che vide e lanciarlo con tutta l'energia del suo corpo contro l'ingegnere di ponti e strade. L'ingegnere si ritirò senza cambiare andatura e Conesal rimase padrone del campo, ma agitato e desideroso di cambiare atteggiamento e pelle. Si tolse la giacca, il farfallino, le scarpe, a strattoni. Recuperò l'originale dalla cassaforte e andò in camera da letto con il fascio di cartelle dattiloscritte tra le mani e aprì un frigo eccessivo per una suite d'albergo. Si servì due bottigliette di whisky con ghiaccio e si scolò metà del contenuto del bicchiere in un sol sorso. Stava tornando alla normalità quando squillò il telefono. Il signor Puig chiedeva di essere ricevuto.

"Gli dia il telefono, per favore. Quimet? Di che si tratta? Bene. Vieni su."

Contemplò il fascio di cartelle e tornò in soggiorno per rimetterlo in cassaforte. Fischiettò una melodia e passeggiò in lungo e in largo per le due stanze, considerandole un unico spazio, a passi sempre più lunghi ed energici fino a quando lo fermò qualcuno che bussava alla porta. Quimet Puig era tutto strette di mano e "come va?" con le vocali aperte all'infinito e la cordialità del venditore.

"Che festa, ragazzo, davvero troppo! Tutto quello che tu organizzi è colossale, colossale."

"Un bicchiere?"

"Niente più bicchieri, ragazzo mio, poi vengono gli sbalzi

di pressione e mia moglie ha i nervi a pezzi. Non le piace essere vedova, che vuoi che ti dica, se penso a quanto piacerebbe a me essere vedova e ricca..."

Ormai si erano seduti e la gamba di Conesal accavallata sull'altra si muoveva incontrollata come per prendere a calci la distanza che la separava da Puig il quale discorreva sugli invitati e su un incontro che aveva avuto in mattinata con i Valls Taberner.

"Tutti e due insieme, eh? Ho potuto vedere tutti e due insieme."

"Quimet. Scusami, ma devo ancora finire gli ultimi preparativi del premio e mi piacerebbe sapere..."

"Scusa, ragazzo, ma è stata tanta la gioia di parlare con te che mi sono un po' perso. Bene. Tu sai meglio di me che la situazione politica è pessima e che il Governo sta in piedi grazie ai voti di Pujol, dei catalani, come dite voi. Io sono in grado di dirti praticamente la data esatta in cui avverrà la rottura e i socialisti saranno costretti a indire elezioni anticipate." Il discorso non era tutto preparato, ma Conesal continuò ad aspettare, senza tuttavia sollecitarlo. "Nemmeno tu stai passando un bel momento."

Conesal assentì con il capo.

"Ma io sono uno di quelli che confidano nella tua capacità di recupero. Senti, ragazzo, voglio essere sincero con te. Questa mattina i Valls Taberner non avrebbero scommesso cento pesetas sulle tue sorti e io gli ho detto: se credete che Conesal sia morto e sepolto, resterete con un palmo di naso appena avrete constatato l'ottima salute di quel cadavere. Proprio così, gli ho detto. Proprio come lo sto dicendo a te." Conesal lo ringraziò con un sorriso e chiudendo lentamente, malinconicamente, gli occhi. "Mi piacerebbe sapere come stanno le nostre faccenduole, bello mio. Tutte quelle cose che avevamo tra le mani."

Conesal gli mostrò le mani.

"Cose che restano fuori dal capitolo del commissariamento della Banca di Spagna."

Puig sbatté le ciglia abbastanza perché Conesal capisse che l'altro ignorava quei fatti.

"Ci sarà un commissariamento?"

"Ci sarà. Ma io avevo già messo in salvo tutto quanto aveva a che fare con gli investimenti alberghieri di Cabo Sur e lì ti stanno ad aspettare migliaia e migliaia di buchetti perché tu ci sistemi sopra i tuoi cessi."

"Non che diffidassi, Lázaro, bello, ma viviamo tempi difficili e le apparenze ingannano più che mai. Per accelerare l'iter ti ho portato questo impegno scritto avallato dal notaio, perché finora tutto era sulla parola e la nostra amicizia, certo, rimane, ma le parole sono soltanto parole."

Tolse diversi fogli di carta da una inusitata tasca interna dello smoking lilla.

"Lo firmerò con la tua penna, se me la presti."

"Mi costa di più prestarti la penna che la moglie."

Nonostante l'apparente distensione, Puig non levò l'occhio dalla firma di Conesal, cui consegnò una copia del documento e riportò le rimanenti alla tasca di prima.

"Sai, mi piace Madrid perché ogni volta che ci vengo combino un buon affare."

"Avevi detto qualcosa sulla data di rottura?"

"Il 17 luglio, se Dio vuole."

"Credo che Dio vorrà."

Conesal rimase assorto in calcoli mentali davanti allo sguardo beato e quasi affettuoso di Puig, s.p.a.

"Non smetti mai di pensare, Lázaro, ma proprio mai."

"Lo sai da una buona fonte?"

"Dalla fonte."

"Dallo stesso Pujol?"

Puig assentì. Si mise in piedi e posò una mano sul ginocchio della gamba ribelle dell'altro.

"Ti lascio, ragazzo mio, e calmati. Questa è la tua serata. Questa sera sarai come il Re di Svezia. Quanto alle elezioni anticipate, tu sai già che io faccio parte della cerchia di imprenditori che godono della fiducia di Pujol e già da tempo glielo dicevamo: manda i socialisti a quel paese, Jordi, ormai non servono a niente, né a te né a noi. Sono degli jellati e dei menagramo. Non sanno manco imbrogliare."

Ormai solo, Conesal recupera l'originale e riesce a immergersi in una lettura obliqua, ogni pagina letta in diagonale, e si sofferma quando viene sorpreso da una situazione o da una frase. Ma non sono disposti a lasciarlo solo e questa volta è la voce di Hormazábal a imporgli il bisogno di vederlo immediatamente.

"Perché?"

"Per ragioni ovvie. Credo che siamo ancora soci."

"Se lo dici tu... Sali."

E Hormazábal si impossessa del soggiorno e non leva l'occhio dal mucchio di cartelle dattiloscritte che giace su un tavolino basso.

"Ancora a leggere?"

"Leggere un romanzo è quanto di più prevedibile. Leggi una pagina sì e una pagina no fino alla cinquanta. Poi leggi il finale e riprendi la lettura, due pagine sì, due pagine no, e poi trovi di nuovo il finale. Ed è fatta."

"Tutta teoria. Ma non sono venuto a parlare di romanzi. Circolano ormai notizie precise, più che voci, sulla batosta che sta per darti la Banca di Spagna. Credo che sia un'informazione che dovresti spartire con il tuo socio."

"Ho il sospetto che questa informazione tu la padroneggi meglio di me. Il governatore ha dimostrato di essere così bene al corrente delle mie attività che solo qualcuno vicinissimo a me potrebbe averlo informato."

"Devo essere io, precisamente?"

"Perché no? Regueiro Souza, per esempio, cadrà insieme a me e ai socialisti. Ma tu ti sei salvato in tempo. Quanto ti hanno dato? Sono molto curioso di conoscere il prezzo della mia testa, che ti hanno dato in cambio?"

"I baratti non sono mai così ben definiti. La tua testa non importa più alcunché a nessuno e la tua capacità di manovra, tu stesso hai finito per annullarla facendo esageratamente il furbo. Penso che ti sia creduto un uomo d'affari da film o da romanzo."

"Ti credi al riparo? In ventiquattr'ore posso mandarti in rovina."

Hormazábal ride contenendosi discretamente e prosegue il duello a morsi con Conesal.

"Se ti riferisci ai tuoi famosi dossier, quelli in grado di danneggiarmi li ho ormai neutralizzati."

Adesso è Conesal a sorridere apertamente, ma gli occhi di Hormazábal non esitano, intuiscono un bluff.

"Sicuro?"

"Che cosa?"

"Che hai neutralizzato i miei dossier?"

"Sicuro."

"Anche la faccenda della rovina di tuo cognato, del fratello di tuo moglie? Come reagirebbe Alicia se venisse a sapere che è stato il suo stesso marito a portare il fratello al crac e al suicidio?"

Hormazábal ha una faccia impenetrabile e pensa. Per il momento non ha bisogno di rispondere rapidamente, ma Conesal è consapevole di avere un buon boccone tra i denti.

"E se non ti importa il casino che può combinarti Alicia, che ne penseranno i tuoi figli che adoravano il loro zio?"

È un sospiro a pressione quello che Hormazábal lascia nella stanza quando fa per andarsene, dà le spalle al suo socio e domanda ormai vicino alla porta:

"I miei figli hanno un'intelligenza fredda. Tutti i giovani intelligenti di oggi hanno un'intelligenza fredda. Una sfornata speciale. Ma, in ogni caso, è negoziabile?".

"Non oggi. Domani è un altro giorno. In ogni caso, arrangiati come puoi, ma tra una settimana voglio vedere il tuo nome cancellato da tutti i documenti che ancora ci legano."

"Quanto al mio nome è facile. Per il tuo è più difficile. Da quanti documenti ti piacerebbe cancellare il tuo nome?"

Da quanti documenti gli piacerebbe cancellare il suo nome? Da nessuno. Gli piaceva accettare la sua condizione di vincitore braccato e infine trionfante quando tutti sarebbero rimasti coinvolti, e la vendetta di Lázaro Conesal sarebbe passata alla storia delle catastrofi morali del paese. Una firma su un documento lo separava da un processo logico che cominciava a sembrargli antiquato, necessariamente sostituibile dall'aggressività senza ritorno. Lo avevano costretto ma si sentiva a suo agio nel nuovo ruolo. Il romanzo che aveva tra le mani diventava un'entità astratta irreale e cominciò a prendere appunti sulle cose da fare, insieme ad altri relativi ad alcuni brani della lettura. Scrisse *Ouroboros* e circondò la parola con un cerchio, ma ormai qualcuno bussava alla sua porta e ora si presentava con una grande scollatura nel vestito, raggrinzita, policroma, incantevole, la signora Puig.

"Due minutini, Lázaro, due minutini."

Fu un quarto d'ora di spiegazioni sulle virtù del romanzo del suo protetto, un certo Sagalés, un romanzo che non si poteva leggere in diagonale perché ti sembrava di trovarti sempre nella stessa sequenza.

"È un romanzo in cui i personaggi tardano venti pagine per salire una scala e quando fanno la pipì sembra che abbiano la prostata letteraria."

Non era piaciuto il commento alla Puig, e se ne andò così come era venuta, caracollando, tra presunte complicità e affinità condivise. Decisamente continuava a non leggere il romanzo e lo depositò di nuovo in cassaforte prima di rispondere al telefono. Andrés Manzaneque? E chi è, questo tizio? Ma la situazione cominciava a divertirlo e incitò allegramente il *receptionist*.

"Gli dica di salire e a partire da questo momento, fino a mezzanotte in punto, faccia salire chiunque glielo chieda."

Manzaneque era travestito come uno scrittore che vagamente ricordava, ricordava come scrittore e come culattone inglese coniatore di frasi brillanti: La parte più profonda dell'uomo è la sua pelle, per esempio. Manzaneque era più perbenisticamente ridicolo di un guanto. Conesal scarabocchiò qualcosa sul foglio pieno di annotazioni e bevve il suo secondo whisky doppio mentre offriva qualcosa al giovane.

"Questa sera potrà bere soltanto ambrosia."

"Posso scrivere i versi più tristi stasera," rispose Conesal disposto a infangarsi nel perbenismo ridicolo, e già lo aspettava l'adolescente sensibile con gli occhi chiusi sotto la frangetta e le labbra rosee che bisbigliarono con voce da presentatrice radiofonica:

"Succede che mi stanco di esser uomo".

"E questo come mai?"

"Anche questo è un verso stupendo di Neruda. Lei è triste. Anch'io lo sono. Questa sera può essere una grande sera. Muoio dall'impazienza di sapere se i riflettori illumineranno il mio nome: Andrés Manzaneque, e il titolo del mio romanzo, *Riflessioni di Robinson davanti a un baccalà*, questo è il vero titolo, anche se lei l'avrà letto con il titolo con cui l'ho presentato al premio, *Esseri indifesi*."

"Infatti. Cosicché lei è l'autore di *Esseri indifesi*. Lei è indifeso. Pure io. Siamo tutti indifesi."

"Nasciamo indifesi," disse Manzaneque con gli occhi pieni di lacrime.

"Moriamo indifesi," chiuse il cerchio Conesal e respirò a fondo per cavarsi dal petto la sensazione di insopportabilità della situazione, ma Manzaneque colse l'aria di quel sospiro come la sostanza stessa dell'angoscia.

"Non posso dirle nulla, Andrés, caro. La delibera della giuria è lenta, difficile. Posso tuttavia dirle una cosa. Se stesse a me decidere chi è il vincitore, vorrei che fosse qualcuno come lei."

E Manzaneque si alza e riesce ad afferrare la punta delle dita di una mano di Conesal che bacia, senza umidità, con un bacio secco e breve che non suppone possesso, bensì il tocco di una carezza delicata.

"Vincere è il meno. L'importante è averla conosciuta. Questa sera ho pensato al suicidio. Saltare dal punto più alto di questo albergo sugli scheletri degli invitati."

"Suicidarsi potendo vincere il Cervantes nel prossimo millennio!"

Manzaneque gli prese di nuovo la mano, questa volta gliela baciò sonoramente, la trattenne tra le sue e non disse una sola parola di commiato. Coglione, pensò Conesal appena lo perse di vista, ma non rise di lui come si era ripromesso mentalmente, forse perché ormai era alla porta Mona d'Ormesson che parlava, parlava sulla necessità che lui le indicasse con certezza quali persone potessero finanziare una Fondazione sulla generazione del 1936, un progetto assai simile a una persecuzione che la d'Ormesson tirava fuori ogni volta che si vedevano.

"A proposito, Lázaro. Che ne pensi di finanziare un revival di Max Aub? Si torna a parlare di Max Aub e credo che stasera sarebbe un'eccellente occasione per annunciarlo. Inoltre, pensa un po' che coincidenza, in sala c'è il duca d'Alba, ex gesuita, e ti esorto a ricordare quel bellissimo brano del *Ritorno*, quando diversi intellettuali vanno a trovare Max Aub e uno di loro, un gesuita, si presenta come un avanguardista della Teologia della Liberazione. Geniale, quella scena, che mi ricorda la massima di Ovidio: *Quod nunc ratio est, impetus ante fuit*. Quello che adesso è ragione, prima fu un impulso. Ti devo parlare molto, molto, molto, dei miei lavori sulla materia orfica nei poemi primitivi inglesi. Mi hai trascurata parecchio, Lázaro. Fammi vedere, che ti sei segnato su quel foglietto?"

Mona raccolse il foglio pieno di appunti e i suoi occhi notarono la parola *Ouroboros* incorniciata da un cerchio.

"*Ouroboros*. Fantastico. Sei incline a premiare questo romanzo? Ti ho già spiegato che il titolo ha un significato simbolico supremo. Perché non apri il plico col vapore? Anche lo pseudonimo dell'autore è promettente. *Il barone d'Orcy*."*

"Non mi interessa sapere chi lo ha scritto."

"Ma dovrai rivelarne il nome. Un vero premio letterario va concesso con sicurezza. Si conoscono sempre i nomi importanti nascosti nei plichi."

"Arriverà il momento."

Appena Mona se ne fu andata con i suoi passi da modella un po' culona, Conesal chiamò per telefono chiedendo la presenza di Julián Sánchez Blesa. L'uomo arrivò con il suo naso af-

---

*La baronessa d'Orcy (1865-1947), inglese, fu l'autrice de *La primula rossa*. Manuel Vázquez Montalbán utilizzò spesso questo nome come pseudonimo – e anche quello di Baron d'Orcy – per firmare articoli polemici negli anni settanta.

filato annusando a destra e a sinistra, quasi temendo che gli fosse stata tesa una trappola e lasciò una cartella sul tavolo del soggiorno.

"Non mi sembra il posto più indicato."

"Sei l'unico rappresentante della tua casa editrice?"

"Dei dirigenti, sì."

"Un venditore di libri è un dirigente?"

"Controllo tutta la zona occidentale delle vendite."

"Come ti pare questo momento per fare un'offerta di acquisto?"

"La produzione tentenna per le librerie perché la concorrenza è tanta, ma le vendite a domicilio di libri grossi e cari sono una miniera sicura. Puoi trarre profitto dalle lotte interne per il potere e da tutto quello che sei riuscito a scoprire per conto tuo."

"Abbastanza da poter muovere un pezzo verso lo scacco. Come si chiama quel falso scacco che sembra ma non è scacco matto?"

"Gli scacchi non sono il mio forte. Lázaro, te ne supplico, sii discreto. Temo che si venga a sapere che sono stato io a preparare il rapporto in tuo potere."

"Ti piacerebbe essere il capo delle vendite di un Grande Gruppo Multimediale Lázaro Conesal?"

"Cazzo, Lázaro. Domandi certe cose."

"Ma un gruppo multimediale, multinazionale, capace di proiettarsi su diversi paesi allo stesso tempo, di considerare l'Europa e l'America come mercati immediati."

"Quanto all'America, per il momento dimenticala."

"In ogni paese latinoamericano, anche nel più povero, comincia a esserci un milione di ricchi."

"Quei ricchi non comprano libri."

"Mi sono già inserito in giornali, reti radiofoniche e televisive. L'intero potere sta per perdere la faccia se io voglio. Oggigiorno, che cos'è il potere senza immagine?"

"Sta a te, Lázaro. Ma non compromettermi. Posso finire sul lastrico."

"Quanto guadagni all'anno?"

"Oscilla. Trenta, trentacinque milioni."

"Spiccioli. Se ti licenziano, ti assumo io e i soldi che guadagni adesso all'anno li dai via in opere di carità."

"Lo so, caro compaesano, ma tu sei un giocatore. Ricordo le interminabili partite di domino nella bettola di tuo nonno."

Conesal prese il telefono e chiese al suo interlocutore di far salire Marga Segurola, poi si voltò verso Julián falsamente interessato alla conversazione.

"Eri jellato. Avevi sempre il sei doppio."

Si ritrovava sempre con il sei doppio e al giovanetto Julián si affilava il viso e la tessera diventava un nero oggetto da passare che Lázaro controllava per impedirgli di continuare. Lo vide andar via ricurvo, non sotto il peso della colpa, ma perché i Sánchez Blesa erano sempre stati così, geneticamente condizionati da generazioni di piantatori di viti, i migliori della contrada, richiesti persino da Valladolid e da altre coltivazioni della Ribera del Duero.

Marga Segurola non arrivò ricurva, ma sembrava schiacciata sulla moquette, ansiosa e stranamente timida.

"Ti ho chiamato, Marga, perché mi pare di aver preso un impegno con te."

"Di dirmi personalmente, prima di annunciare il nome del vincitore, se mi dai o non mi dai il premio."

"Non te lo do. Ma intendo ricompensarti. Tu e Altamirano mi avete molto aiutato a organizzare tutto quanto e voglio che d'ora in avanti tu sia la mia consulente per farmi strada nel mondo intellettuale. Voglio tenere un salotto, alla maniera francese dell'inizio del diciannovesimo secolo. Voglio che gli intellettuali ci vengano a mangiare caviale, a bersi le migliori annate di champagne e un giorno alla settimana aprirò i miei saloni perché gli studenti di pittura possano ammirare la mia collezione d'arte. Ho letto in un libro che nella Russia zarista c'erano due grandi collezionisti che facevano così e quando la Rivoluzione ebbe il sopravvento cedettero le loro opere ai musei pubblici. All'Hermitage, per esempio."

"Uno lo fece di buon grado perché era un ricco di sinistra. Si chiamava Mozorov."

"Un ricco di sinistra. Che volgarità!"

"Lázaro, a chi intendi dare il premio? Pensa che questo premio può nascere morto se il vincitore non lo riempie. Riempire un premio di cento milioni di pesetas non è tanto facile."

"Il vincitore, chiunque sia, non sarà più lo stesso dopo aver vinto cento milioni di pesetas e andrà a spasso per il mondo circondato dall'aura migliore, quella emanata dall'oro."

"Io, inoltre, sono donna. Un valore aggiunto che farebbe parlare le malelingue."

"Tu sei ricca, Marga."

"Adesso vuoi discriminare la ricchezza? Stai per dare il premio a un romanziere della Caritas?"

"Hai già il potere, vuoi per giunta la Letteratura?"

"Io so scrivere, Lázaro, e la maggior parte degli scrittori no."

"Tu fai parte dei miei piani, ma non il tuo romanzo."

La serata era promettente e la porta verso l'alterità del Venice si era trasformata in un orizzonte lontano dal quale sarebbero arrivati molti forestieri in cerca di gloria letteraria o di onore pulito, come quello che pretendeva da lui il vinattiere di Jerez, Pomares & Ferguson, con le braccia separate dal corpo, le gambe aperte, per aumentare la sua importanza da superman molle.

"Lázaro, vengo a salvare il mio onore e la tua anima."

Conesal non temeva gli attacchi di corna. Non era il primo che si trovava ad affrontare e si limitò a restare in attesa di eventi che andassero oltre il monologo di Sito Pomares.

"Ti offro, Lázaro, la mia dignità di marito e ti chiedo in cambio di riconsiderare il tuo modo di agire perché tu salvi la tua anima e noi il nostro matrimonio."

Gli sembrò tanto comico che scoppiò a ridere. Pomares strinse i denti, gonfiò le vene del collo, strinse i pugni fino a sbiancarsi le nocche e gridò istericamente:

"Basta! I mortacci tuoi, figlio di puttana!".

Ma era stato spezzato dalla sua stessa isteria. Conesal lo lasciò nel soggiorno, si rinchiuse in camera da letto e si sdraiò su una *chaise longue* posta accanto a un tavolino e a una lampada da terra per sfogliare il rapporto sul gruppo Editorial Helios. Stava attento alla reazione di Pomares e udì il rumore dei suoi passi che si allontanavano ma non quello della porta che si chiudeva. Doveva averla lasciata aperta come in un gesto di stupida vendetta. Per Lázaro era aperta, spalancata a quanto avrebbe voluto concedergli quella serata di petizioni, la lunga coda dei mostri letteroblesi. E la situazione non fece in tempo a divertirlo perché già l'editore Fernández Tutor stava domandando, permesso?, sei lì, Lázaro?, puoi ricevermi? Ma non attese una risposta e apparve a un tratto in camera da letto come un ospite che avesse sbagliato stanza, albergo, giorno e fu lì che gli crollò l'audacia del corpo perché gli tremava lo sguardo mentre chiedeva scusa.

"Mi spiace, Lázaro. Non so se avrei dovuto. Ho trovato la porta aperta."

"Non dovevi, ma visto che sei qui, parla. Anche tu vuoi sapere il nome del vincitore? Anche tu ti sei presentato al premio?"

"No, Lázaro, sai già quanto mi sia estranea la vanità di scrivere. Il mio proposito è di salvare la cultura letteraria minacciata dal cannibalismo del mercato. Tu mi conosci. È per questo che sono venuto. Forse ti ho colto in un brutto momento, Lázaro, ma volevo dirti che puoi contare su di me, in questi momenti, precisamente in questi momenti."

"Di che momenti si tratta?"

"Non voglio ficcare il naso in quel che non mi riguarda, ma si parla delle tue difficoltà economiche, di questo attacco ignobile, ignobile, Lázaro, qui lo dico e lo ripeto ovunque sia necessario, cui ti sottopongono quei bastardi per salvarsi il culo."

"Grazie. Lo terrò in conto."

"Ti parlo con il cuore in mano. I nostri progetti editoriali, ricordi? Adesso sono il meno. Suppongo."

"Supponi bene."

"Mi fai a pezzi. Avevo investito in questo progetto tutto il mio patrimonio, ma bisogna dare la priorità a quel che conta."

"Fossi in te mi attaccherei al nuovo potere. Può darsi che abbiano ambizioni culturali, senza dubbio le hanno. Il potere ha bisogno della cultura come i semprevivi delle tombe. Sicuro che un progetto come il tuo..."

"Come il nostro, Lázaro, come il nostro."

"Bene. Come il nostro. Sicuro che gli interessa. Non ti chiudo la porta in faccia ma hai ragione. Non è il momento."

"Non è il momento. Lo capisco."

Ma non se ne andava. Tratteneva i singhiozzi. E piangeva. E i singhiozzi non lo lasciavano parlare e insieme controllare il respiro.

"Per te sono spiccioli. Per me è la rovina."

"E la bellezza del tentativo? Tu stesso mi hai detto molte volte che la realizzazione di un sogno, di qualsiasi sogno, svilisce il sogno. Prendilo come un sogno incompiuto e precisamente per questa ragione meraviglioso."

Portò via con sé il sogno spezzato. Conesal era euforico. La rottura di certe convenzioni che gli erano parse fondamentali gli suscitava un senso di liberazione. Poteva fare qualsiasi cosa volesse. Passare da Mr Hyde al Dr Jekyll e viceversa senza posizioni né motivi apparenti, non dover più nascondere davanti a nessuno il profondo disprezzo provato nei confronti di tutti coloro che riuscivano a considerarsi qualcuno trattando lui come un signor Nessuno. Non doveva nemmeno nascondere che Regueiro Souza gli ripugnava, lo faceva star male fisicamente il fatto stesso che si fosse introdotto nella sua stanza con uno sguardo beffardo.

"Hai già letto il romanzo *Telemaco*?"

"Quanto basta per non prenderlo in considerazione."

"Fai male, è di Ariel Remesal, un romanziere sicuro, di quelli che hanno già un loro pubblico. Inoltre racconta una storia vera di alta corruzione, di denaro e di sesso."

"Mi è sembrato una stupidata fin dalla pagina undici."

"E la dodici?"

"Non sono andato oltre."

"Te lo dovrai sorbire, Lázaro, come io ho dovuto sorbirmi la campagna di discredito con cui mi hai tenuto a bada o ai tuoi piedi per gli ultimi dieci anni. Sei una bestia necrofaga e finirai col mangiare la tua stessa carogna."

"Ti farò affondare, Celso, ti farò affondare."

"In che sostanza? Nella miseria? Quando si pubblicherà il romanzo di Remesal tu affonderai in una sostanza peggiore. Nella tua stessa merda." E se ne stava già andando quando ritenne di non aver detto ancora tutto. "Ho lasciato leggere il romanzo a tua moglie. Chissà che lei non riesca a farti ragionare. A convincerti di leggere oltre la pagina dodici."

"Comunque vada, crollasse anche il mondo, non andrò mai oltre la pagina dodici. Stai in campana."

Lontana, lontana ormai e dio voglia per sempre, la sagoma perversa, inferocita e maligna di Regueiro Souza, Conesal decise di concentrarsi nella preparazione della cerimonia del Premio: "Signore e signori, concedere un premio letterario è ben più che lanciare il nome di un autore o proporre la lettura di un libro privilegiato. Significa scegliere un'azione creativa e metterla in moto verso i suoi lettori. In un certo senso consiste nel partecipare allo stesso atto creativo. Se ho voluto che questo premio fosse dotato di una somma inusitata, non l'ho fatto perché ritenga che la creatività ha un prezzo, ma perché soltanto quella creatività che ha un prezzo riesce a far breccia nel cervello e nel cuore dell'umanità consumista. Si è detto più volte che il denaro non ha né cuore né patria. Io voglio che il denaro abbia cuore, cervello e patria. Il cuore che lo porta a procurare felicità, il cervello che lo conduce a suscitare la sua stessa necessità e la patria degli intelligenti... L'Intelligenza!". Ma prima doveva sistemare alcune faccende in sospeso e chiese di far salire Sánchez Bolín, lo scrittore che non sapeva cosa fosse lo scoramento e che a detta di Altamirano aveva passato tutta la vita a inseguire la Letteratura, senza che tuttavia Altamirano si prendesse la briga di dire se l'avesse raggiunta. Bolín arrivò con la cravatta spostata, i pantaloni troppo corti perché era ingrassato e doveva cambiare il punto di appoggio della cintura o cambiare i pantaloni. Si tirava su gli occhiali con un dito in cerca di un posto ottimale che non aveva mai trovato fin dalla prima volta che se li era messi. Quando? Probabilmente prima della guerra. Prima della guerra di Corea.

"L'ammirazione che provo nei suoi confronti mi costringe a comunicarle personalmente che il suo romanzo, pur sembrandomi tra i più pregevoli, non vincerà il premio. È ovvio che in nessun caso renderò nota la sua partecipazione al medesimo."

"Faccia quel che vuole. Tutti sanno che mi sono presentato. In realtà, chi non si è presentato? Tutti i clan si sono presentati: i realisti, gli introversi, i polizieschi, i minimalisti, gli ombelicali, i cannibali. Si sono presentati persino quelli che non si presentano mai."

"Le serviva il denaro?"

"Lei è l'unica persona che possa domandare a qualcuno se gli servono cento milioni di pesetas."

"Può guadagnarli in altro modo. Che ne pensa di un romanzo intitolato *Autobiografia di Lázaro Conesal?*"

"Eccellente titolo."

"Cento milioni di pesetas e la informo, glielo assicuro, come nessun altro è in grado di informarla."

"Devo farle fare bella figura?"

"Mi basta una figura interessante e un po' misteriosa."

"È facile. Ma non potrei accettare se la dovessi far apparire come un personaggio positivo. Lei non è un eroe positivo."

"Rimane sempre la soluzione del Dr Jekyll e Mr Hyde."

"In questo sono esperto."

"Accetta?"

"Cento milioni di pesetas sono una somma apprezzabile, ma se lei sottrae il dieci per cento di diritti del mio agente letterario e il cinquantasei per cento che mi prende il fisco, mi resta moltissimo meno della metà. Per quei soldi io posso scrivere un romanzo di successo con personaggi scelti da me, non con lei come protagonista."

"Saranno cento milioni netti. Oltre alla percentuale da pagare al suo agente e le tasse."

"Consulterò la cosa con il mio agente. Signor Conesal, non mi prenda per uno scrittore interessato, ma mi trovo in quell'età sciocca in cui mi si suppone uno scrittore affermato, quasi ricco, di cui persino la critica parla bene, ma per stanchezza, senza troppo entusiasmo, come si parla bene di qualcosa di troppo ovvio. Posso supporre di dover attraversare un periodo duro in cui io perda il favore del pubblico, un favore che indubbiamente mi verrà restituito quando morirò, ma non in modo immediato. Noi scrittori tenaci di solito dopo morti passiamo un certo tempo nel purgatorio per poi venire resuscitati dai redattori di tesi dottorali o dagli ispanisti o dagli specialisti di edizioni critiche. Quello che ci aiuta parecchio è la creazione di una piccola industria sul nostro conto basata su laureandi, simposi, sovvenzioni per una revisione. Non credo che sul mio conto si riesca a creare un'industria di rivendicazione postuma, come è accaduto per García Lorca, Joyce e Proust, per non parlare di quei ragazzi tanto commentati come Shakespeare o Cervantes, i quali ebbero l'immensa fortuna di vivere una Età dell'Oro, il che è quasi una garanzia di eternità. Invece, staremo a vedere chi legge, ma legge per davvero, quell'impiastro di Joyce tra cinquant'anni, quando i lettori del futuro si mostreranno un po' più increduli di quelli di oggi. Non si tornerà più a leggere con venerazione e di conseguenza non si scriverà più con venerazione. D'altro canto mi è spuntato fuori un nuovo manager editoriale, un Terminator, Terminator Belmazán, completamente convinto che non esiste scrittore che duri trent'anni, e io sono quasi quarant'anni che continuo a scrivere."

"La ingaggio per scrivere il nostro romanzo e rendere la vita impossibile a quel parvenu, quel Terminator. Se lei vuole compro la casa editrice e lo sbatto fuori."

"Terminator Belmazán è il nome di battaglia e fuga con cui lo si conosce nelle case editrici."

Stava ruminando l'accattivante proposta dopo avere già immaginato alcuni approcci.

"Che gliene pare se comincio così il romanzo: 'Mi chiamate Lázaro Conesal da troppo tempo...'"

Ma gli era rimasto qualche dubbio incistato e lo espresse con metà del corpo ormai in corridoio.

"Che cosa intende fare a Terminator? Non vorrà ucciderlo?"

"Ci sono molti modi di uccidere."

"Se lo sbatte via dalla mia casa editrice verrà assunto da qualcun'altra."

"Terrò in mente questo particolare."

Sembrò che se ne andasse soddisfatto e Conesal si sdraiò

sulla *chaise-longue* della camera da letto a sfogliare il rapporto sulla Helios e a giocherellare sul foglio dove aveva scarabocchiato Ouroboros, in attesa della prossima visita a sorpresa. Dal cappello a cilindro del Venice uscivano fantasmi variopinti, evocati o volontari come Oriol Sagalés che entrò nella stanza senza guardarlo, come se guardarlo non valesse la pena, e farfugliò qualche parola con un tono offensivo che gli costrinse a ripetere.

"Non ho capito quello che mi ha detto."

"Che visto che si scopa mia moglie potrebbe anche darlo a me il premio."

Conesal ritenne di dover cambiare atteggiamento. Si alzò, si avvicinò a Sagalés e tentò di centrarlo con un pugno che, quando l'altro scostò la testa, lo colpì sull'orecchio. Lo scrittore balzò all'indietro e creando tra loro una distanza studiò una difesa secondo la boxe più ortodossa, ma Conesal prese la cosa per una pagliacciata e uscì dalla camera da letto disinteressandosi di lui. Dedusse che se ne fosse andato per il silenzio che si era creato, ma quando si affacciò alla porta Sagalés era ancora lì, a capo chino, con le spalle ricurve, i pugni chiusi, la frangia da giovane invecchiato che gli pendeva sugli occhi. Gli passò di fianco incamminandosi verso la porta. Sapeva dove andava ma non voleva dirlo a nessuno. Lázaro Conesal aveva impugnato il telefono e Sagalés gli disse a bocca storta:

"Non chiamare i tuoi poliziotti. Non intendo toccarti. Il dottore mi ha vietato di toccare la merda".

Ma Conesal adoperava il telefono per chiedere di pregare la signora Sagalés di salire a trovarlo. Laura arrivò veloce, drammatica, propizia. Lo abbracciò e si baciarono resuscitando la gestualità di una vecchia passione.

"Tuo marito è appena uscito da qui."

Laura si staccò dal suo corpo. Lo guardò attentamente a distanza come per individuare le tracce dell'incontro.

"Che ti ha fatto? Quando è sbronzo può essere molto violento."

"Mi sono permesso di mollargli un pugno in faccia."

Conesal afferrò con le labbra la bocca della donna senza consentirle di commentare niente sull'accaduto e lei si abbandonò alla carezza lasciando poi che le mani dell'uomo afferrassero ogni sporgenza del suo corpo, come se si trattasse di impastarla e ricomporla alla sua misura.

"Aspetta. Aspetta."

Ma lui la spingeva in camera e sciolse l'abbraccio per lasciarla cadere sul letto mentre cominciava a spogliarsi. Laura era strisciata sul copriletto per sedersi appoggiata alla spalliera e stringere le proprie gambe ripiegate con le braccia. Da lì gridò:

"Aspetta! Lázaro! Aspetta!".

Conesal era nudo, ma la voce della donna lo trattenne e lo fece sentire ridicolo. Si sdraiò al suo fianco guardando il soffitto, con un braccio a fargli da cuscino e l'altro con la mano allungata a coprirgli il sesso. Non osava guardarla, ma sapeva che lei lo stava contemplando con la tenerezza di un tempo, e sapeva anche che non avrebbe tardato ad accarezzargli i capelli come una volta e a dirgli che era sempre stato un ansioso.

"Tu vuoi tutto subito."

"Subito? Sono passati vent'anni da allora. Come riesci a sopportare quel cretino?"

"Ho investito troppe cose in lui. Tempo. Denaro. Affetto. Compassione. Ma sono stufa. Ricordi quello che mi hai chiesto due anni fa, quando mi hai dato un appuntamento a Bruxelles?"

"È stato a Bruxelles?"

Lei gli diede un piccolo, dolce schiaffo.

"Non essere volgare. Lo sai perfettamente che è stato a Bruxelles. Allora mi chiamavi di tanto in tanto e mi dicevi: Signora, lei ha un biglietto al terminal aereo con il numero in codice... La aspetto lunedì dodici a... Bruxelles, Dakar, Colombo... Sono andata persino a Colombo! Ma è stato a Bruxelles che mi hai chiesto di scegliere te."

"E tu mi hai detto che lui non avrebbe potuto sopportarlo, che era come un bambino, che si sarebbe ucciso."

"Allora a lui ci tenevo molto."

"Adesso?"

Lei non perse tempo a rispondere e si spogliò abilmente per passare poi sul corpo dell'uomo e ricoprirlo di piccoli baci dagli occhi ai piedi, e sfiorò il pene con le labbra procurando a lui un'erezione e a lei gioia.

"Sei quello di sempre!"

"Sono Ouroboros, il mito del serpente che si morde la coda, della continuità. Oggi mi hanno detto che la cultura del capitalismo selvaggio e l'economia speculativa erano finite e che quell'uovo aveva generato serpenti come me, ma che io sono un serpente che avrebbe finito col mordersi la coda. A parlarmi così era un incaricato del governatore della Banca di Spagna che ignora il mito dell'Ouroboros, del serpente che si morde la coda, il simbolo della continuità. Apparentemente diceva che nella mia fine è il mio principio, ma in realtà mi riportava alle mie origini. Tutto quel mordere gli altri per finire mordendo la mia stessa coda."

"Questo serpente è un'insinuazione fallica?"

La donna mise il suo pube a cavallo del pene eretto fino a decidersi a essere penetrata e si mosse fino all'esaurimento, fino a lasciar cadere abbandonate le sue umidità su quelle dell'uomo che la accolse come se gli crollasse addosso una patria. Lázaro le accarezzava i capelli, quasi con la paura di scoprire qualche radice bianca, tinta male. Parlò all'orecchio della donna, a voce bassa:

"Ho avuto una giornata terribile. Mi stanno dando la caccia".

"Ho letto in proposito."

"Intendo morire uccidendo."

"Perché parli di morire?"

Il viso di lei era su quello di lui, emergeva dai capelli in disordine, con il mascara mezzo sciolto e le labbra maltrattate dai baci e dai morsi.

"Vuoi sempre quello che mi avevi chiesto a Bruxelles?"

Tardò troppo tempo a rispondere, abbastanza perché lei si spostasse e si lasciasse cadere accanto al corpo di lui.

"Ritiro la domanda."

"Certo che lo voglio."

Ma nemmeno il tono di voce era come lei avrebbe desiderato, e quando si accingeva a essere più convincente li raggiunse una voce insidiosa dall'ingresso.

"Don Lázaro?" Dopo la voce un suono di passi e un'altra domanda: "Disturbo?".

Conesal prese precipitosamente un pigiama da sotto il cuscino e se lo mise saltellando ora su un piede ora sull'altro mentre gridava:

"Un momento!".

Fece appena in tempo a mettersi le scarpe e a raggiungere la porta che divideva la camera da letto dal soggiorno per fermare l'avanzata di Mudarra Daoíz. L'accademico allungò il collo nel tentativo di distinguere meglio la sagoma della donna in controluce che cercava di proteggersi con il copriletto.

"Dovevamo finire quella nostra conversazione, don Lázaro."

"Ma, accidenti, proprio ora..."

"Ho avuto un'idea che mi pare brillante e in grado di risolvere il problema che senza dubbio l'affligge. Ogni premio ha un suo immaginario. Diciamo Goncourt, Planeta, Nadal, e immaginiamo una serie di componenti che connotano tali premi. Dalla prima assegnazione del premio Venice dipende il suo immaginario futuro. Che cosa si aspetta la gente?"

"Lo ignoro."

"Uno show. Uno show trionfale. Lo scrittore consacrato che lei si sarà comprato per cento milioni di pesetas. Io credo che la mia candidatura sia precisamente l'opposto. Io, che cosa sono? L'Accademia. Il rappresentante del tempio della letteratura. Uno scienziato delle parole, della storia delle parole. Premiare me significa legare per sempre l'immaginario del premio alla Letteratura con la L maiuscola."

"I giochi sono fatti, signor Daoíz."

"C'è già un vincitore?"

"Non è lei, anche se riconosco i meriti del suo romanzo."

L'accademico respirò profondamente e si portò una mano al cuore.

"È cardiopatico?"

"Non posso affermarlo, ma ultimamente questa vecchia macchina non funziona come desidererei."

"Oggigiorno il cuore è soltanto un problema di idraulica. Io prendo un'aspirina pediatrica tutti i giorni perché è un eccellente vasodilatatore e non crea problemi di stomaco."

"Ultimamente tutti prendono l'aspirina. Deve essere proprio quella pediatrica?"

"Sono le più innocenti."

"Terrò conto del suo consiglio."

Accompagnò alla porta l'accademico, ma non riuscì a mandarlo via immediatamente.

"A proposito, è molto avanti, don Lázaro, il progetto di darle la laurea honoris causa dell'università dove lavoro. Il rettore considera con entusiasmo la possibilità."

"Le dica che saprò corrispondere e che darò risposta con somma urgenza alla sua richiesta di un Laboratorio Mediatico."

"Don Lázaro. I mezzi di comunicazione sono diventati l'unica realtà possibile e tutti dipendiamo dalla loro ombra, come i personaggi del mito della caverna platonica."

"Un referente molto opportuno."

Mentre si affacciava sul corridoio per verificare che Daoíz se ne fosse andato, gli parve di vedere una sottana scampanata di donna che si ritirava cercando di nascondersi. Rimase sulla soglia della porta sperando di veder confermata la sua visione e appena l'accademico divenne carne d'ascensore, Beba Leclercq spuntò dalle ombre illuminata dai suoi gioielli e dalla sua splendida biondezza. Fece una piccola corsa sui tacchi alti per impedire all'uomo di chiuderle la porta, ma Conesal la lasciò aperta e si limitò a entrare nel soggiorno per verificare che fosse chiusa la porta della camera da letto, dove immaginava Laura braccata e sempre più irritata.

"Ti ho inseguito per giorni e giorni. Sei un incosciente. Guarda."

Gli porgeva un foglio piegato più volte che Conesal rifiutò, ma che lei lesse ad alta voce:

"Qualcuno sa tutto. Conosce persino il nostro incontro all'Hotel Tre Re di Basilea".

"Potevi dirmelo per telefono."

"Mi hai detto mille volte di avere i telefoni controllati. Devi fare qualcosa."

Conesal prese il foglio, lo spiegò e dopo averne letto il contenuto lo restituì a Beba.

"È prematuro. Deve mostrare meglio le sue carte. Inoltre, intuisco chi può essere l'autore."

"Chi?"

"Mia moglie. È in menopausa e mi rimprovera di tutto quello che le capita, menopausa inclusa. E se non si tratta di lei, può essere chiunque della mia concorrenza professionale o politica. Madrid è una città infestata dagli informatori e io ho un detector che mi consente di individuare le possibili microspie. Qui non tollero nemmeno di venire osservato dal mio stesso circuito chiuso di televisione. Non badare a questa lettera anonima. Sembra roba da film spagnolo degli anni cinquanta."

"Se è di tua moglie sarà piuttosto un film degli anni novanta. Ma immagina se Sito lo viene a sapere."

"Sito lo sa già. È venuto a chiedermi di pentirmi."

Beba doveva lasciarsi cadere da qualche parte e depositò tutte le sue speranze sul divano, ma Conesal le bloccò la strada.

"Beba. Devo vestirmi e scendere a comunicare il nome del vincitore. Rimandiamo questa conversazione a domani o a giammai. Il tuo Sito lo sa già, che cosa puoi temere?"

"E le mie figlie? Come potrò guardare in faccia le mie figlie?"

Nascose la faccia tra le mani e uscì così subito dal silenzio con cui Conesal sembrava spingerla alla fuga. L'uomo tornò in camera da letto dove Laura si era già rivestita.

"Vai via?"

Lei piangeva e continuò a piangere mentre raggiungeva la porta per uscire.

"Che ti succede?"

"L'Hotel Tre Re di Basilea. Si vede che quest'albergo ti piace proprio. Anche a me davi appuntamento lì."

"Laura."

Conesal la trattenne e lei si lasciò abbracciare.

"Ci siamo avvicinati e allontanati per così tanti anni. Proprio tu, gelosa? Avrei forse io diritto di esserlo?"

Lei assentì in silenzio e se ne stava già andando nonostante Conesal la trattenesse per una mano.

"Non volevi chiedermi qualcosa per tuo marito?"

Offesi e umiliati, lo sguardo e la bocca di Laura.

"Per chi prendi me e per chi prendi lui? Sei per davvero il serpente che si morde la coda."

Avrebbe voluto trattenerla? Chi non teme di perdere quello che ormai non ama? Dove lo aveva letto per trasformare la frase nel suo vaccino sentimentale? Ormai solo, guardò l'orologio e si fece fretta.

"Ma che stai aspettando?"

Esitava sul primo passo da compiere, si sentiva sporco nel pigiama inumidito sulla patta e meccanicamente prese il rapporto sulla Helios come se stesse per premiarlo; accortosi di aver sbagliato gesto, tornò in soggiorno verso la cassaforte. Qualcuno bussava alla porta e quando l'aprì si trovò davanti un Ariel Remesal pieno di occhi.

"Intendi non assegnare il premio? È questo il vincitore?"

Gli indicava il rapporto che teneva ancora in mano mentre si intrufolava nella stanza.

"Dove sono gli originali? E la giuria? Hai letto il mio romanzo?"

"Quanto basta."

"Sarebbe preferibile che tu lo pubblicassi, no? Così la gente non potrebbe speculare sui personaggi. Nessuno sputa nel piatto dove mangia, e tu ancor meno."

"Evidente."

"E lo dici così. La storia non ti tocca?"

"Ariel, per favore, vattene."

"Regueiro mi ha detto che mi stavi aspettando."

"Ti ha mentito."

"Ve ne ricorderete di questo tiro, entrambi."

E se ne andò come un gangster delle letterature periferiche. Finalmente solo. Conesal si sentiva affaticato e tornò in camera da letto in cerca dello stimolante per le sue stanchezze. Le quat-

tro pastiglie di Prozac erano come un amuleto. A qualsiasi ora
le prendesse. Sempre prima delle sconfitte e delle vittorie pre-
sentite. Ma la solita boccetta non era sul comodino. E nemmeno nell'armadietto per i medicinali nel bagno. Né sulla mensola
sopra i lavandini. Prese il telefono e fece il numero del bar.

"Lazarillo? Hai dimenticato di rifornirmi di Prozac. Sali
subito."

L'ubriaca malinconica aveva il bianco degli occhi pieno di puntini di sangue, sudate le radici dei capelli penduli sugli occhi, rovesciata la scollatura, martoriate le ampie braccia a furia di impastarsele con le mani. Guardava i quattro angoli della stanza come sorpresa di essere finita in trappola, ma con la rassegnazione di una persona cui sono crollate sopra la notte e la vita. Laura Ordeix Segura, nata a Valenza, docente di Statistica all'Università di Barcellona, sposata con Oriol Sagalés nel 1975.

"L'anno della morte di Franco, sì."

Niente e nessuno gli aveva chiesto di segnalare la coincidenza, ma lei aveva voluto ribadirla.

"Io sono maggiore di mio marito. Di sette anni, credo. Sette anni. Prima non si notava. Adesso un po'. O molto, molto, non è vero?"

Infatti, era andata a trovare Lázaro Conesal perché lui glielo aveva chiesto e se non glielo avesse chiesto sarebbe andata comunque a parlargli.

"Abbiamo avuto una relazione affettiva verso la fine degli anni sessanta, tant'è che addirittura avevamo parlato di vivere insieme, ma lui partì prima per la Germania e poi per gli Stati Uniti per via dei suoi master e delle sue faccende e io non ebbi il coraggio di lasciare soli i miei genitori. Erano degli agricoltori benestanti, molto anziani, e io ero figlia unica. Al suo ritorno coglievamo qualsiasi occasione per vederci, o quando io mi recavo a Madrid, rare volte, o quando lui passava da Barcellona. No. Non arrivò mai a conoscere Oriol. La relazione era nostra. Dal canto mio, non cercavo di condividere i ricordi di mio marito, la sua vita privata, ho già fatto abbastanza aiutandolo a scrivere e a sopravvivere. Mio marito è la grande speranza in bianco della letteratura spagnola, ma presto avrà cinquant'anni, credo. Non conosco mai l'età altrui. Conosco soltanto la mia con precisione. Cinquantadue anni. Due più di Lázaro Conesal. È il mio destino. Essere più grande degli uomini che mi attirano."

"In che modo ha aiutato a scrivere e a far vivere suo marito?"

Laura si buttò la chioma all'indietro, voleva avere bocca e occhi scoperti quando avrebbe detto:

"Dal battergli prima a macchina e ora al computer i mano-scritti fino a vendermi tutte le terre che mi lasciarono i miei ge-nitori perché lui potesse dedicarsi esclusivamente a scrivere. È un uomo di talento, molto talento, ma è come un bambino vi-ziato che si crede meritatamente al centro del mondo. Non ha nemmeno voluto che avessimo dei figli. Dice che è lui, mio fi-glio. Anni fa la cosa mi divertiva, ma da quando ho compiuto cinquant'anni, proprio per niente".

"Lei sapeva che si era presentato al premio Venice?"

"Sì."

"Ha parlato di questo con Lázaro?"

Sospirò profondamente e volle dare l'impressione della massima sincerità con il sistema di spalancare con esagerazione gli occhi e sillabare quasi le parole.

"No. Oriol arrivò a chiedermi di farlo. Era nervosissimo e sotto il peso della cattiva coscienza. Lui, che tanto aveva sparla-to dei premi letterari! Mi riempiva di rimproveri, come se mi fossi rovinata con le mie stesse mani e adesso fossimo in ristret-tezze economiche perché non avevo saputo conservare il patri-monio dei miei genitori. Viveva la sua partecipazione al premio come una rapina anarchica a una banca e non gli importava con quale sistema, nemmeno di mettere in mezzo la mia vecchia sto-ria con Lázaro. Sapeva che Lázaro continuava a provare qualco-sa nei miei confronti e non si domandava minimamente se i suoi sentimenti fossero corrisposti. È come un bambino che stru-mentalizza tutto ciò che lo circonda per raggiungere il successo. Un perverso polimorfo, che per certi versi non ha raggiunto l'età della ragione. Perché vi ha detto di essere stato lui a ucci-dere Lázaro Conesal? Non vi ponete questa domanda? Dubito che sia stato lui a ucciderlo, ma questa sera vuole uscire da qui come vincitore, se non ottiene il premio lo otterrà assassinando l'uomo più temuto e più odiato di Spagna. Si inventerà di avere agito come Giuditta con Oloferne o come Charlotte Corday con Marat."

"Lei si è vista con Conesal e sostiene di non avergli chiesto di premiare suo marito?"

"No. Io ho detto a Oriol di sì, di averglielo chiesto, ma non l'ho fatto. Non potevo cominciare a proporre baratti a Conesal e lui non ha manco menzionato mio marito come concorrente. Mi è parso angosciato, tristissimo, chiedeva aiuto, come se cercasse di ricostruire il clima di quegli anni, quando eravamo innocenti. Tutto gli stava crollando. Sono il serpente che si morde la coda, Laura. Il simbolo del serpente che si morde la coda riappariva di continuo. A quanto pare gli era venuto in mente nel pomeriggio durante un incontro ad alto livello con il governatore della Banca di Spagna in cui gli era stato comunicato che la Banca Conesal stava per essere commissariata. Passava dalla fierezza alla depressione."

"Questo è tutto?"

"Quasi tutto."

"Mi spiace doverle fare una domanda sulla sua vita privata, signora, ma la svolta impressa sui fatti dall'autoaccusa di suo marito può portarla a un'imbarazzante perizia medica."

"Di che si tratta?"

"Ha fatto l'amore con Lázaro Conesal?"

"Sì."

"Lo ha detto a suo marito?"

"Sì, ma non gli ho spiegato il vero significato di quel che avevo fatto. Oriol aveva cattiva coscienza perché credeva di avermi adoperata per vincere il premio e da quella cattiva coscienza era passato all'irritazione e a supporre che io fossi capace di andare a letto con Conesal per via dei cento milioni del premio. Allora sono scoppiata e gli ho detto di sì, che per colpa sua ero andata a letto con Lázaro, che era un magnaccia, un miserabile magnaccia nella vita e nella letteratura."

Carvalho fece una valutazione dei meriti di quella donna e intuì che Lázaro Conesal era penetrato in lei come in una patria.

"Abbiamo fatto l'amore, beh, lui. Era frenetico, e siamo stati inoltre interrotti da una serie di scocciatori del premio. Ha dovuto indossare un pigiama che teneva sotto il cuscino per non farsi trovare nudo."

"Lei era al corrente del fatto che Lázaro Conesal prendeva solitamente degli stimolanti?"

"L'ho visto prendere stimolanti di ogni genere e nel passato non faceva l'amore senza che ciascuno di noi si facesse due piste di coca."

"Adesso prendeva un farmaco legale e innocente che si chiama Prozac."

"Infatti. Nei due incontri che abbiamo avuto l'anno scorso ne era già assuefatto e me ne aveva decantato le virtù. Mi aveva detto dell'esistenza di tutta una serie di prodotti e marche *sine qua non* per essere moderni e uno di questi era il Prozac."

"Lei è stata in camera da letto e ha pertanto potuto vedere la confezione di Prozac sul comodino."

"Non ricordo nessuna confezione di Prozac. Non credo che ce ne fosse una. E lo ricorderei perché su un comodino c'è il telefono che lo occupa quasi per intero e sull'altro ho lasciato i miei gioielli."

"Non c'era nessuna confezione di stimolanti nella camera da letto del signor Conesal?"

"No. Non credo."

Ramiro interruppe a un tratto l'interrogatorio e andò verso la porta. Parlava energicamente con il poliziotto-portiere e rimase con lui fino a quando condussero Sagalés incorniciato da due poliziotti che si sarebbero detti giocatori di pallacanestro gemelli. Laura si mise a piangere nel vedere il marito, e aveva gli occhi chiusi dalle lacrime e dai capelli quando Ramiro domandò a Sagalés:

"Come ha assassinato il signor Conesal?".

"L'ho avvelenato."

Ramiro non sembrava colpito dalla rivelazione.

"Gli ha messo dell'arsenico nel caffè?"

"No. Gli ho messo un tossico nelle capsule di Prozac che soleva prendere tutti i giorni."

Laura piangeva rumorosamente e Ramiro fece la faccia di quello che ha trovato l'assassino. Ma la voce di Carvalho ruppe l'atmosfera di conformismo che circondava il presunto colpevole.

"Con quale veleno ha riempito le capsule?"

"Con quale veleno? È così importante? Di veleno. Del più potente che sono riuscito a trovare."

"Dove? In che farmacia lo ha comprato?"

"Ho una famiglia assai varia e non mi mancano dei cugini proprietari di laboratori farmaceutici. I Sagalés Bel, nostri parenti stretti, i Sagalés Dotras. I veleni curano o uccidono, questo non va dimenticato."

"Quale veleno, signor Sagalés?"

"Ma che ne so!"

Ramiro chiese a Laura di seguire i passi del marito, ma le vietò di scambiare una sola parola con lui.

"Sta per arrivarci l'ordine di arresto e le consiglio di cercargli subito un avvocato."

Sagalés rifiutò il tentativo di abbraccio della moglie e uscì accompagnato da due poliziotti in abiti civili, come uscivano dalla loro cella verso la ghigliottina i condannati dal Terrore. Laura lo seguiva come una Madonna Addolorata. Ramiro si voltò improvvisamente verso Carvalho e interpretò la sua smorfia scettica.

"Non crede che sia stato lui? E il particolare del Prozac? Com'è possibile che la confezione di Prozac non fosse sul comodino?"

"Può darsi che sia stato lui, come può anche darsi che sua moglie gli abbia parlato delle abitudini di Conesal e lui abbia pensato la stessa cosa pensata dall'assassino, pur senza portarla a compimento. Perché non ha saputo dire il nome del veleno?"

"Immagini che il signor Sagalés voglia compiere l'assassinio e si presenti dai suoi cugini con la scusa di una visita informale. E questo che cos'è? Un veleno molto potente capace di far secco un elefante. Eccolo qui. Approfitta di una distrazione qualsiasi per incamerarne una buona dose. E avanti!"

"Certo. Potrebbe essere andata così. Ma è pur sempre un errore tecnico ignorare il nome del veleno adoperato. Resta inoltre da chiarire un quesito importante. Se non è stato lui o sua moglie Laura a sostituire la boccetta di Prozac vero con quella di Prozac falso, come ha fatto la boccetta di veleno ad arrivare sul comodino e come è stato sottratto a Conesal il Prozac autentico?"

"La signora Sagalés ha detto che lì non c'erano boccette. È vero che può averla portata dopo suo marito, come può darsi che lei menta. Ma quella boccetta deve essere arrivata con abbastanza naturalità perché Lázaro Conesal inghiottisse le capsule senza sospettare nulla."

I poliziotti-portieri avvertirono che era sorto un tumulto in sala da pranzo e dietro di loro irruppero il prefetto, Leguina e il ministro con stanchi visi negoziatori.

"Non si può trattenere la gente più a lungo. Le chiedo per favore di lasciar tornare alle loro case quelli che non saranno interrogati. Il premio Nobel sta arringando le masse e predica una invasione pacifica di questa stanza."

"Ci resta soltanto un testimone, ma può venire ancora implicato qualcuno degli invitati. Non possiamo lasciarli andar via da dove sono avvenuti i fatti senza un minimo di sicurezza. Altrimenti poi daranno senz'altro a me la colpa di ogni possibile pasticcio."

"Ramiro, mi prendo la responsabilità in presenza del presidente della Comunità Autonoma di Madrid e della signora ministro. Il capo del Governo esige un memorandum provvisorio entro mezz'ora e per la mezz'ora successiva ho già annunciato una conferenza stampa. L'albergo è assediato dalle televisioni di mezzo mondo e da gente venuta a sapere dell'accaduto. Ho le orecchie trapanate dalle urla dei direttori dei giornali che non sanno cosa dire nelle edizioni ormai in via di stampa. Le do un quarto d'ora, Ramiro, e poi mi prendo questa croce sulle spalle. Chi le è rimasto?"

"Álvaro Conesal."

"Vado a chiamarlo," avvertì Carvalho e uscì dalla stanza lentamente, senza perdersi il diverbio tra Ramiro e il suo capo.

"Non le garantisco che non debba fare qualche flash-back."

"Ma lei chi si crede di essere? Almodóvar?"

Una volta uscito dalla stanza, Carvalho accelerò l'andatura e andò in sala da pranzo dove la gente faceva capannello intorno al Nobel.

"Ci si dica se è il caso che siamo tutti assassini e che come tali siamo trattenuti dalla Giustizia, ma non ci facciano girare i coglioni con dilazioni che nascondono l'incapacità decisionale del malgoverno socialista!"

Applaudivano persino i socialisti e gli ammanicati del socialismo, mentre Sánchez Bolín tentava di imporre un brindisi con il calice di *cava* alzato.

"Per la caduta del regime!"

Carvalho riscattò Álvaro. Il Nobel era il più applaudito, ma Álvaro il più interrogato. Camminò accanto al ragazzo verso l'interrogatorio, ma lo fermò a qualche metro dalla porta.

"Lei è mio cliente e voglio essere onesto con lei. Si aspetti una domanda particolarmente sgradevole."

Álvaro inghiottì saliva e si prese un po' di tempo prima di rispondere.

"Lo suppongo. Il romanzo di Ariel Remesal?"

"Sì."

"Iñaki è un figlio di puttana."

"È tutto?"

"Quasi tutto. Suppongo che lei sappia già che i sessi non sono soltanto due."

"Non le sembrano sufficienti?"

Álvaro non comunicava alcuna irritazione, anzi, i suoi occhi sembravano sorridere. Carvalho aveva fatto il suo dovere, e gli fece strada fino alla porta dalla quale usciva un prefetto adirato e altre autorità. Il prefetto stava ripassando in un mormorio le frasi che si era studiato per tranquillizzare il pubblico: "Se avete aspettato un'eternità, non potete aspettare ancora altri trenta minuti?...". Álvaro attese di essere chiamato da Ramiro e arricciò il naso perché la stanza odorava di umanità stanca.

"Gli eventi precipitano e devo chiudere la mia inchiesta quanto prima."

"Gli animi sono veramente molto eccitati."

"Lei è uscito spesso dalla sala e infine si sa di una sua assenza più lunga, dalla quale è tornato con la notizia, non subito comunicata, di aver trovato suo padre morto."

La testa di Álvaro annuì.

"Più o meno. Mio padre si era sentito male e ha fatto in tempo a chiamare il dottore. Da lì ha avuto inizio la serie delle scoperte."

"Quando ha constatato il decesso è sceso in sala da pranzo, l'ha comunicato in via confidenziale a Carvalho e alla signora, sua madre. Bene, conosco dalle sue precedenti dichiarazioni tutto ciò che concerne il rinvenimento del cadavere, ma mi piacerebbe sapere dalle sue labbra tre cose, tre cose soltanto, che mi sembrano importanti. Primo: lei conosceva la causa della profonda depressione di suo padre stasera?"

"Sì. Si era appena incontrato con il governatore della Banca di Spagna e domani o dopodomani si saprà che l'intero settore bancario dei nostri affari è stato commissariato."

"Suo padre ha potuto suicidarsi per la paura di andare in rovina?"

Álvaro scoppiò a ridere sorprendendo i presenti. Carvalho si limitò a chiudere gli occhi.

"Mio padre non era rovinato. Era troppo ricco per finire in rovina. Troppo ricco per finire in rovina."

"Mi viene da pensare che le persone che odiavano suo padre siano così numerose da non starci in questa sala."

"Ci stanno a malapena in tutta la Spagna, insieme a quelle che lo adorano."

"E lei? Lo odia? Lo adora?"

"L'ho odiato quando era il momento di odiarlo. Adesso mi risultava non solo indifferente ma inverosimile."

"Inverosimile?"

"Esattamente. Inverosimile vuol dire poco credibile. Mio padre mi sembrava poco credibile come padre e persino la sua esistenza mi sembrava poco credibile, come se si fosse trattato di una specie di copione cinematografico che aveva coinvolto anche me. Senza voglia. Credo che avesse altre due domande."

"Lei mette in relazione l'assassinio con l'assegnazione del premio?"

"Si cercava uno scenario grandioso, con grande eco, e questo lo era."

"Ma immagini che domani appaia la notizia della sua rovina o di quel che è, non sarebbe stato anche questo uno scenario grandioso?"

"Probabilmente chi lo ha ucciso ignorava i suoi problemi economici, o non gli importavano."

"Qualcuno che le assomiglia? A lei non importano i problemi economici di suo padre."

"Mi toccano, ma non mi importano."

Ramiro sbatté le palpebre come se stesse mitragliando Álvaro Conesal.

"Lo sa che cosa ha appena detto? Lo sa che secondo questo criterio restano al di sopra di ogni sospetto tutti i candidati assassini che abbiano a che vedere con il mondo degli affari o della politica?"

"Non necessariamente, ma è probabile."

Ramiro era indignato con tutto e con nulla, passeggiava, guardava l'orologio, scuoteva la testa, ma aveva promesso tre domande e non ne aveva fatte che due.

"Chi stava per vincere il premio?"

"Non lo so. Non mi importava troppo. Ho presenziato a ogni genere di clientelismo e alcuni hanno cercato addirittura di servirsi di me. Infine ho fatto il mio dovere, ho aiutato a mettere su questo show ed è tutto."

"Conosceva il romanzo presentato da Ariel Remesal e commissionato da Regueiro Souza?"

"Sospettavo la sua esistenza."

"La sospettava? Tutto qui?"

"La sospettavo. Ho detto quanto basta. Non l'ho letto, ma sospettavo la sua esistenza."

"Non l'infastidiva l'idea che suo padre leggesse questo romanzo?"

"Sono per la libertà di lettura. Mio padre era un essere vivente con i suoi problemi di sopravvivenza biologica e mentale. Come me. Forse conosceva il contenuto del romanzo, ma no, non lo aveva letto, altrimenti mi avrebbe fatto qualche commento. Inoltre, mio padre sapeva della mia omosessualità, anche se indubbiamente non gli sarebbe piaciuto sapere che il mio primo rapporto era stato con Regueiro Souza. Mio padre era tanto egocentrico da interpretare la faccenda come un'aggressione sessuale alla sua persona. Mio padre aveva letto soltanto, e non credo fino in fondo, il romanzo vincente, o per dirla meglio, quello che stava per vincere."

"Il signor Regueiro Souza ci ha detto di aver consegnato una copia del romanzo a sua madre."

"Celso è molto estroverso. Sopravvalutava la paura che mio padre poteva provare per i miei vizi privati."

"Suo padre è morto perché qualcuno ha sostituito il contenuto delle capsule di Prozac con un veleno fulminante, qualcuno che ha potuto addirittura compiere la sostituzione in un altro momento, visto che suo padre portava con sé le capsule o le teneva al suo domicilio."

"Mio padre aveva riserve di Prozac in tutti i posti dove pensava di potersi soffermare, e la suite del Venice era uno dei tanti. Un problema di fureria, come le vestaglie di seta o le bottiglie di whisky."

"Il che significa che queste capsule possono essere state manipolate o sostituite soltanto qui. Ma non è nemmeno detto che la manipolazione o sostituzione sia stata fatta oggi."

"Sì. Ieri mio padre ha dormito qui e ha preso il Prozac da questa stessa boccetta. La sostituzione deve essere stata fatta oggi."

"Signor Conesal, ho parlato con tutti coloro che sono usciti da questa sala per mettersi in contatto con suo padre e tra tutte le cose che non capisco ce n'è una che mi pare particolarmente inspiegabile. Suo padre organizza un premio e la sera stessa dell'assegnazione non sa chi stia per vincerlo, non si trovano gli originali dei finalisti e bisogna supporre che ci sia un vincitore. Suo padre ha scritto delle note enigmatiche e ha incorniciato in un cerchio la parola *Ouroboros*. Che cosa le dice questa parola?"

"Niente di speciale, che io sappia."

Ramiro alzò le spalle. Álvaro poteva andarsene e il prefetto annunciare che la festa era finita.

"Le comunico che ho fatto arrestare il signor Oriol Sagalés

come presunto autore dell'assassinio. Glielo dico perché la notizia può circolare da un momento all'altro e non voglio che lei si sorprenda."

Il viso di Álvaro era di scetticismo, o di delusione. Ramiro non ne seppe capire la ragione e nemmeno lo stesso Carvalho che lo riaccompagnò in sala senza proferire parola. Il prefetto di polizia entrò nella stanza con i suoi uomini e Álvaro affrontò il ritorno in sala da pranzo seguito da Carvalho.

"A che punto sono le cose, Álvaro?"

La domanda era stata fatta da qualcuno in concreto ma sembrava provenire dalla totalità dei presenti, a eccezione di uno strano coro composto intorno al tavolo dove era rimasto il Nobel realmente esistente, che agiva inoltre da direttore polifonico assecondato dall'accademico Daoíz e dallo scrittore Sánchez Bolín.

> *Gli studenti navarresi*
> *quando vanno alla locanda*
> *chiedon prima di sedersi*
> *pim pom fottiti padron*
> *di portare pane e vino*
> *bel salame e buon prosciutto*
> *e altra roba buona!*
>
> *Chiedon prima di sedersi*
> *dove dorme la padrona.*

Leguina si era allentato la cravatta, se ne stava con i gomiti uno qui e uno là appoggiati su un tavolo dove a tenergli compagnia c'era solo il ministro.

"Vorrei che una buona volta il nuovo presidente si insedi nella carica. Il potere qualche volta non corrompe, ma ti trasforma in una spugna che si impregna di tutto quello che le buttano addosso. La cosa che più desidero in questo mondo è ritrovare la mia spina dorsale."

Il ministro gli dedicava sorrisi affettuosi di consolazione per neodisoccupati.

"Anch'io vorrei tornare alla mia città e vestirmi come più mi piace senza essere guardata come una bestia rara. Qui a Madrid tutte le donne vestono di beige."

"Voi valenzani avete un altro senso del colore."

"E dell'estetica, Joaquín. Perché quel somaro che si chiamava Unamuno ha detto che era l'estetica a soffocarci, ma qui tutti sono annegati nella ricotta. Qui a Madrid sono tutti inaciditi, Leguina!"

"Che cosa ti piacerebbe fare da grande?"

"Il mercante d'arte e viaggiare molto. Scoprire nuovi talenti. Vivere un anno a Bali."

Leguina contemplava con occhi minacciosi tutti i presenti.

"Peccato che l'intera faccenda della rivoluzione non sia che una menzogna e non si possano eliminare tutti questi delinquenti. In Spagna non cresce abbastanza grano per tutto il pane che mangiano tutti questi delinquenti. Sono sicuro che questo pasticcio è stato organizzato da Mario Conde e Pedro J. Ramírez."

"Per la caduta del regime!"

Alzava il suo calice e il suo brindisi un ipercalorico Sánchez Bolín, proposta accettata educatamente da Leguina e dal ministro, ma accolta con freddezza dal premio Nobel realmente esistente.

"Lei non mi tocchi Sua Maestà che è alto e biondo mentre qualsiasi presidente della Repubblica sarebbe calvo, cicciottello e tanto piccolo che scoreggiando solleverebbe la polvere di tutti i sentieri, come succede a lei."

Mudarra Daoíz preferiva coltivare la vena canora e stonava talvolta come soprano e talvolta come baritono di fondo in una versione di Antonio Machado musicata da Serrat.

Camminante non c'è cammino
il cammino si fa camminando.

Il solo essere vivente a dargli retta era sua moglie, dotata di miglior voce e intonazione, ma il duca d'Alba decise di abbandonarli accompagnato da Mona d'Ormesson, determinato a camminare tra tavoli pieni di cadaveri ai quali non era rimasta nemmeno l'indignazione. C'era anche Beba Leclercq con lo sguardo perso in un punto della sala che vedeva soltanto lei, mentre suo marito contemplava ossessivamente un bicchiere come se stesse per aggredirlo. Quel romanziere giovincello straparlava con Marga Segurola, stranamente ricettiva, con un atteggiamento ben diverso da quello di Altamirano che si era tirato fuori un libro di tasca e lo leggeva con avidità estranea alla grandine che gli cadeva intorno.

"Che cosa stai leggendo?"

Gli mostrò il libro: *Poesia e stile di Pablo Neruda*, di Amado Alonso.

"È un'edizione, chiamiamola pure tascabile, della casa editrice Sudamericana, pubblicata nel '66."

"1966! Io allora ero un giovane gesuita che studiava a Francoforte e organizzava incontri tra marxisti e cattolici."

"Chi ricorda oggi i grandi umanisti della Repubblica, Amado Alonso, Sánchez Albornoz, Américo Castro, Cansinos Assens, Guillermo de Torre...? Nel 1936 questo paese cominciò a peggiorare per sempre."

"Ci sono paesi che nascono per fare la storia e altri per subirla."

Mona prese per il braccio il malinconico duca e commentò:

"La frase non è della Scuola di Francoforte, caro duca, la frase è di Nietzsche".

"Di Nietzsche o di Pinco Pallino, è una verità inconfutabile. Ho avuto la santa pazienza di aspettare nei vent'anni della Transizione alla Democrazia che questo paese diventasse normale, che la smettesse di coltivare la perversa indifferenza metafisica favorita da quel generalaccio dallo spirito miserabile. E il miracolo non è avvenuto. Modernità, sì, ma piena di forfora e tartaro."

"Duca, duca, non lasciarti tradire dalla tua nostalgia per l'*ancien régime*."

"Tu l'hai detto, Mona. Dovremmo metterci d'accordo per ricominciare bene la Modernità. Il diciottesimo secolo. Dopo Carlo III, un nuovo slancio illustrato, un enciclopedismo spagnolo. Le rivoluzioni bisogna farle in tempo e il peggio che possa accadere a una rivoluzione è di accadere fuori tempo, come quella Sovietica. È arrivata troppo presto. La finalità storica della Rivoluzione Sovietica sarà possibile solo nel prossimo secolo e sarà condizionata dalla necessità di sopravvivere, di spartire su scala planetaria quello che ci avranno lasciato tutti questi pescecani planetari."

"La poltrona di Lenin è vuota, duca."

"*Chi lo sa.*"

Concluse il duca in italiano prima di passare davanti al tavolo dei finanzieri distanti che non si parlavano e si scolavano i loro bicchieri con la malinconia con cui gli estroversi scoprono come la realtà non li meriti.

"Quello là, lui sì che si è sistemato. Duca consorte, redditi e foto in prima pagina quando vuole," commentò Regueiro Souza. Hormazábal localizzò con lo sguardo l'oggetto del suo commento e sorrise pieno di commiserazione.

"Questi aristocratici non dureranno manco vent'anni. Autentici pezzi da museo."

Il miglior venditore di libri dell'emisfero occidentale spagnolo cercava di vendere ai Sanitari Puig una collezione completa di enciclopedie Helios.

"La gente pensa che pubblichiamo soltanto il Dizionario Enciclopedico, ma il concetto dell'enciclopedico va ben oltre. Lo sa che disponiamo di testi enciclopedici di Scienza, Arte o Storia, basati sugli scritti di un migliaio di premi Nobel?"

"Esistono così tanti premi Nobel?"

"Una marea. Pensi che non solo ci sono quelli della Letteratura, i più noti, ma anche quelli delle Scienze e dell'Economia o della Pace o della Pittura."

"Ci sono premi Nobel di Pittura?" domandò la signora Puig non meno interessata che scandalizzata.

"È come se ci fossero. Picasso non è forse come un premio Nobel?"

"Da questo punto di vista, senz'altro. La faccenda va ancora per le lunghe?"

Il sospiro senza speranza della signora Puig somigliava a quelli emessi da Marga Segurola e Alma Pondal, riunite per giudicare la malvagità letteraria dei tempi.

"Quando vedo questi ragazzi minimalisti che con un romanzo di centocinquanta cartelle, e forse nemmeno quelle, in cui si limitano a parlare di dischi e a trascrivere in maniera naturalistica una vita sciocca e decadente, vengono osannati come la speranza della letteratura spagnola, mi viene addirittura il voltastomaco."

"Marga, contro Franco stavamo meglio. Eravamo una società civile con un'ossatura critica, eravamo contro, volevamo con fervore qualcosa, la democrazia. Adesso sappiamo soltanto di non poter volere nulla di davvero importante, come era allora abbattere una dittatura."

"Ignoravo le tue attività antifranchiste, Alma."

"La mia coscienza era antifranchista ma potei metterla ben poco in pratica perché ero molto giovane, appena uscita dalle suore, e mi sono subito sposata. Trasferimenti di mio marito, bambini, letteratura come consolazione, come immensa consolazione, che consolazione immensa è la letteratura!"

"Ricordi quella opzione di Semprún, in *La Scrittura o la Vita*? Per me tale opzione non esiste. La Scrittura! La Letteratura!"

"Tu puoi ben dirlo perché non hai figli, ma se li avessi sapresti che la Vita, la loro vita, la vita dei tuoi figli è la cosa più importante e tu non puoi viverla per loro."

"Sarebbe controproducente," chiarì il miglior ingegnere di ponti e strade della Spagna.

"Senz'altro, senz'altro," concesse Marga e aggiunse: "Non intendo oppormi all'opinione degli specialisti. Per inciso, corre voce che la polizia abbia arrestato Sagalés, quel giovane scrittore catalano."

"Giovane? Ma se ha la mia età."

"Ma tu, Alma, sei giovanissima. Hai fatto così tante cose in così poco tempo!"

"Giovane o vecchio, se lo tengano pure e noialtri ci lascino andare," commentò l'ingegnere con senso pratico. Ma a Marga era rimasta una citazione letteraria.

"Può darsi che senza saperlo abbiamo vissuto ciò che Aristotele chiama una *anagnorisis*, riconoscimento, concetto analizzato da Northrop Frye con rigore ne *L'ostinata struttura*. Dice Frye che l'*anagnorisis* è il senso di una continuità lineare o partecipazione nell'azione con diverse prospettive. Nei romanzi gialli quando scopriamo *chi l'ha fatto*, il punto di *anagnorisis* è la rivelazione di qualcosa che prima costituiva un mistero. Il lettore sa già quello che sta per accadere, ma desidera partecipare al compimento del disegno."

Il prefetto di polizia tornava in sala circondato da un seguito grave ma apparentemente soddisfatto e riuscì ad avanzare sotto i riflettori della televisione e le minacce dei microfoni. I fotografi spintonavano i giornalisti delle radio perché nascondevano l'immagine delle personalità e, intorno all'arrivo dei poliziotti, laddove li aspettavano Leguina e il ministro, scoppiò un tafferuglio da combattimento. Leguina e Alborch sembrarono delegare al prefetto la responsabilità del momento e l'uomo camminò gonfio di orgoglio verso il podio dove il microfono attendeva da sei ore la notizia del vincitore del primo Premio Venice-Fondazione Lázaro Conesal. Questa volta servì affinché il funzionario annunciasse con grande soddisfazione che la festa era finita.

"Sono stati raggiunti gli obiettivi previsti dalle forze di sicurezza e dalle autorità, le quali in ogni momento hanno avuto la situazione sotto controllo. Potere tornare alle vostre case."

"In questo paese tutto finisce con un bollettino di guerra," lamentò Sánchez Bolín al primo che gli capitò a tiro. L'industriale Puig rise parecchio della battuta e cercò di sapere con chi spartiva la conversazione e i passi che lo riportavano alla normalità.

"Lei, scrive o lavora?"

Sánchez Bolín guardò con occhi neutrali quell'uomo così eccessivamente incantevole, capace di conservare il sorriso pieno di denti e la mano sul suo braccio, e gli rispose:

"Lavoro".

Code e spintonate per lasciare quanto prima il retrogusto della festa abortita; ormai passava di bocca in bocca la notizia che lo scrittore Oriol Sagalés era stato arrestato dalla polizia. I commentatori radiofonici dovevano fare la cronaca di tutto l'accaduto davanti ai microfoni delle loro rispettive emittenti e restavano soltanto due ore per sgranchirsi e trovare un'argomentazione critica. Ma contro chi?, contro che cosa? Contro i premi letterari? Contro la stricnina? Contro Sagalés?

"Parlate male dei socialisti. Avrete il successo assicurato. Parlate male di me," proponeva Leguina sfidante.

"L'assassinio può essere la più completa delle Belle Arti," sentenziava il miglior romanziere e poeta gay delle due Castiglie a chiunque volesse memorizzare i suoi aforismi, ma era tanta la fretta di lasciare la sala da pranzo che non gli restava come interlocutore che l'armatore ubriaco, tra due sonnellini e due rutti del suo perplesso stomaco, incapace di capire come avesse potuto immagazzinare tanto alcol da mezzogiorno in poi.

"Hai perfettamente ragione, ragazzo. Soprattutto se non sei tu a essere ucciso."

"Ci sono tanti modi di essere uccisi!"

"Ce n'è soltanto uno, ragazzo. Che ti uccidano."

Era nata una grande amicizia e Sagazarraz si mise in piedi appoggiandosi a un braccio di Andrés Manzaneque. Così l'armatore di navi per la pesca del calamaro riuscì a mettersi in piedi, fare i primi passi e i secondi utilizzando il giovane compagno come stampella. Ma appena arrivarono alle porte dell'albergo, Sagazarraz crollò in cima allo scalone con la precisione del piombo sulla retroguardia dei fuggitivi. Manzaneque pescò un dottore e Terminator Belmazán che accorsero alle sue grida. Il dottore slacciò il colletto della camicia al caduto, gli palpò le vene del collo, gli sentì il polso. Era evidentemente morto e tre soli testimoni dell'accaduto reagirono con professionalità. Il dottore disse di non toccare il cadavere, Terminator Belmazán indicò il giacente come per offrirlo a Manzaneque.

"Ecco, hai qui un bestseller. Lo offro a te perché hai un grande futuro davanti. Ti garantisco il premio Almansa."

Fu allora che il miglior romanziere e poeta gay delle due Castiglie recuperò a un tratto il brano di Oscar Wilde che aveva voluto rammentare per tutta la serata e lo recitò a Belmazán.

"*Eppure, ogni uomo uccide ciò che ama, sappiatelo voi tutti. Alcuni lo fanno con uno sguardo pieno d'odio. Altri, con parole che carezzano. Il vile con un bacio. Il valente con una spada. Taluni uccidono il loro amore da giovani, talaltri da vecchi. Alcuni lo strangolano con le mani del desiderio, altri con quelle dell'oro, perché così i morti subito si raffreddano...*"

Álvaro e Carvalho avevano aspettato che la sala da pranzo si svuotasse del tutto e l'attraversarono, così come la hall sotto le palme dormienti seppur morte, per cercare rifugio al bar. Fu lì che Carvalho vide il falso nero con gli occhi pieni di ragnatele e la tintura minacciata dal substrato bianco. Anche le due donne erano lì. Una era Carmela che dormicchiava in un angolo del divano che segnava il perimetro dell'intera stanza, con le braccia incrociate sulla borsa e la bocca leggermente aperta. L'altra era la madre di Álvaro che si alzò per abbracciare il figlio. Era commossa e spaventata.

"Álvaro. Sei salvo. Sei la sola cosa importante che mi sia rimasta."

Lui non era né commosso né spaventato e lo esternò togliendosela di dosso con energica dolcezza. La donna sembrava essere abituata al distacco del figlio e tornò a lasciarsi cadere sul divano posando lo sguardo sui pochi punti di appoggio che le offriva il bar quasi vuoto.

"Non posso vegliare tuo padre. Mi terrorizza quell'aspetto, quell'orribile morte, quell'orribile corpo che gli è rimasto. Non mi sembra neanche lui."

"È lui, mamma, è lui."

"È morto così orribilmente come è vissuto. In un modo tanto orribile quanto era orribile lui. Senza saperlo. Non mi ha mai chiesto tutto quello che avrei potuto dargli."

Álvaro era passato dall'altro lato del banco e si stava servendo, facendo a meno del finto cameriere nero in pieno stato di decolorazione. Carvalho non volle svegliare Carmela e appoggiò i gomiti sul banco per bere la stessa cosa che si era servito il ragazzo. Rum, acqua tonica, molto ghiaccio, lime. Era buono e rinfrescante. Carvalho sviò lo sguardo sul cameriere che gli rispose aprendo smisuratamente gli occhi per esagerare il contrasto con il bianco degli occhi.

"A che ora ha portato a don Lázaro le pastiglie di Prozac?"

Gli occhi del finto cameriere nero si aprirono a dismisura, ma poi si chiusero, come se cercassero di guardare un orologio mentale interno. Non si scostavano da quelli di Carvalho quasi a domandargli: Perché ti cacci in faccende altrui? Che ti ho fatto io perché mi domandi questo? Non ti ho forse offerto la mia conversazione e del buon whisky?

"Non era lei il capo della fureria? Non era suo compito badare che non mancassero né il Prozac né il whisky?"

"Pressappoco alle undici e mezza. Per via di una chiamata interna proveniente dal telefono diretto che il signor Conesal aveva nella sua suite. Aveva notato che non c'era la confezione di Prozac."

"Lei è il suo fornitore abituale."

"Sì."

Carvalho fece un gesto come se stesse consegnando il colpevole ad Álvaro, ma al ragazzo non restava ormai che la stanchezza. Fu Carvalho a domandare al barman:

"Perché? Perché lo ha fatto? È stato per via del guaio in cui è finita sua sorella?".

"Mia sorella? Ma che cosa dice..."

"Le capsule contenevano veleno."

I bravi barman devono accogliere con freddezza l'accusa che li indica come assassini, pensò Carvalho, ma nell'aplomb del finto nero c'era un'altra componente che diventò sorriso nero. Ora Semplicemente José parlava implacabile al suo padroncino:

"La confezione di Prozac me l'aveva data sua madre, don Álvaro. Mi aveva detto di aver notato che suo padre non l'aveva sul comodino e me l'aveva data in caso lui la chiedesse. Se lei ricorda mi sono avvicinato al tavolo durante la cena abbandonando il mio solito posto di lavoro. Sua madre mi aveva fatto chiamare".

Questa volta Carvalho si staccò dal banco e pensò che cosa dovesse dire. La stanchezza gli cadeva addosso come una cataratta di brina e alba. Non doveva dire niente. Soltanto congedarsi. Porse la mano ad Álvaro e il ragazzo la strinse senza capire perché gli venisse offerta né perché lui la stesse stringendo.

"Il mio impegno è finito. Torno a Barcellona. Chi mi accompagna all'aeroporto?"

Semplicemente José si stava levando la negritudine con un grembiule.

"Lo farò io. L'aria fresca mi aiuterà a tenermi sveglio."

Carvalho scosse il corpo di Carmela fino a svegliarla. Con la coda dell'occhio vedeva tutte le ferite della notte incise nel volto ieratico e rugoso della madre di Álvaro, e il ragazzo con la testa tra le mani e i gomiti sul banco.

"Mi accompagnano all'aeroporto. Vieni con me, Carmela."

C'era un'espressione spaventata sul viso di Carmela, resuscitato dai sogni.

"A quale aeroporto? Che succede?"

"Non ricordi che quindici anni fa ci siamo detti addio in un aeroporto?"

Carmela lo ricordava e si lasciò condurre da Carvalho verso l'uscita, dove si mescolarono con l'ultimo sciame di invitati che abbandonava il posto in una specie di fuggi fuggi. Si parlava di un morto, di due morti, e videro partire un'ambulanza che Carvalho suppose portasse la salma di Conesal. Ai piedi della scalinata del Venice un'auto della polizia aspettava un ospite, il personaggio della serata e del giorno, Sagalés, il romanziere deluso che aveva assassinato Conesal per vendetta letteraria e sessuale. L'ispettore Ramiro era accanto alla portiera con le braccia incrociate sul petto e vedendo Carvalho e un'accompagnatrice piazzarsi a pochi metri di distanza, come in attesa di un taxi, fece un cenno amichevole al detective, poi ci ripensò e gli andò incontro.

"Continuo a non capire come abbia fatto Sagalés a sostituire la boccetta di capsule vere con quell'altra. A meno che la moglie non menta dicendo che la boccetta non era sul comodino quando lei è andata in camera con Conesal."

"Mi dia retta. Non si affezioni al detenuto. Durerà poco. Gli lasci vivere per una notte il sogno di essere un falso colpevole, il falso colpevole più noto della Storia della Letteratura Spagnola. Questi scrittori sono tutti uguali. Gente normale che ha più paura di chiunque altro di essere ignorata, che gli altri ignorino quello che pensa e quello che sente. Sono esibizionisti frustrati. Se avessero le palle andrebbero in giro nei parchi con le loro nudità coperte da un impermeabile e mostrerebbero le loro bellezze alle fanciulle o ai fanciulli in fiore. Ma non avendone il coraggio, scrivono per sedurre. Stia certo che tra qualche anno Sagalés rispunterà fuori con un suo romanzo che racconterà i fatti di oggi. Da domani mattina lei vedrà tutto più chiaro."

"Mi sta dicendo che un detenuto, per di più assassino confesso, non è il vero colpevole?"

"Le sto dicendo che si è fatto giorno."

La Jaguar frenò davanti a Carmela e Carvalho. Al volante c'era l'uomo per tutte le occasioni, fresco come un bocciolo di rosa appassito ma rigenerato da una doccia veloce, impeccabile nella sua divisa d'autista ammiraglio svizzero e con la pelle più bianca che mai. Quando Carmela si sentì dentro la macchina esclamò:

"Che sballo! Un'autentica siccheria! Fuori dal mondo. E dove mi state portando, se si può sapere?".

"A un aereo privato che ci porterà a Barcellona. Ti invito qualche giorno a casa mia. Stasera non abbiamo potuto parlare e abbiamo una conversazione in sospeso fin dal 1980."

"Questa è buona. Lei lo ha sentito?"

L'autista lo aveva sentito ma rimase impassibile.

"Cioè, te ne stai via per quindici anni. Ci diciamo quattro cose tristi ai piedi di un aereo dell'Iberia e te ne torni in un aereo privato. Tuo?"

"No."

"Un aereo che non è manco tuo e mi proponi di andare a Barcellona, come se ci fossimo salutati un'ora fa e io fossi in grado di cambiare città, di cambiare vita per uno sghiribizzo."

"Si cambia vita così o non la si cambia."

"E quella fidanzata che avevi? E quel tuo socio, socio o quel che fosse?"

"Charo mi ha piantato circa tre anni fa. Forse quattro. Vive in Andorra. Ha smesso di fare la prostituta e lavora alla reception di un albergo. Biscuter cerca di emanciparsi, di trovare le sue ragioni per vivere al di là dell'essere il mio aiutante e factotum. Soltanto il mio vicino di casa Fuster continua a essere Fuster, ma è molto impaurito perché tutti i suoi amici, chi prima chi poi, hanno un infarto al miocardio. È impossibile sbronzarsi con lui. Nemmeno la mia città è più la mia città. I Giochi Olimpici me l'hanno resa una sconosciuta. È come se le fossero passati sopra degli aerei disinfestanti uccidendo tutti i batteri che mi consentivano di sopravvivere."

"E perché non rimani tu a Madrid?"

"Madrid è stata la capitale di un impero per caso. Adesso è la capitale di un'immensa stanchezza. A Barcellona in fin dei conti non succede mai niente. Tutto quello che succede è per colpa di Madrid. Questa vostra città è sempre piena di un milione di persone strane. Nel 1945 di un milione di cadaveri. Nel 1980 di un milione di gilet. Adesso di un milione di nuovi ricchi."

"Eppure, che cosa vuoi che ti dica, a me Barcellona sembra una città sciapa e a Madrid invece si vedono molto più chiare le contraddizioni del capitalismo selvaggio. Inoltre, domani ho un sacco da fare. Lavoro di mattina nella sezione dei rifugiati dell'Onu. Di pomeriggio ho un impegno presso Sos Razzismo e poi devo coordinare un gruppo di soccorsi al Chiapas. Io, come ieri. Finché nel mondo ci saranno dei figli di puttana, io, come ieri."

"L'aereo è bello quasi quanto questa macchina e lo vivremo insieme, tu e io soltanto."

"Che vuoi che ti dica, questa macchina mi mette in imbarazzo. Di che razza è?"

"Una Jaguar."

"Beh, sarà una Jaguar o come meglio ti pare, ma mi mette in imbarazzo."

Appoggiata allo schienale del sedile, Carmela studiava quel vecchio sconosciuto e Carvalho lesse nei suoi occhi una sorpresa diagnosi comparativa con quello che indubbiamente lei aveva stabilito dieci anni prima.

"Sei stanco."

"È stata una lunga nottata."

"Non parlo della nottata. Sei stanco. Di notte e di giorno. Domani continuerai a essere stanco."

"È probabile."

"Rimani."

"Sono stanco anche per rimanere. Mi spiace aver cercato di forzarti. Se vuoi l'autista ti porta a casa prima di accompagnarmi all'aeroporto."

"Mi piace dirti addio negli aeroporti."

Carmela aveva quarant'anni e a un tratto a Carvalho parve quasi una ragazza, una ragazza che gli regalava la sua compagnia fino al momento di un addio che l'avrebbe liberata da un affetto incistato. Lei continuava a studiarselo e lui non fu capace di fare altrettanto con lei, percorrendo uno a uno i particolari della sua anatomia matura. Era riuscita a mettere su quei chili richiesti a suo tempo da Carvalho, ma ogni congedo ha una melodia segreta e così come quindici anni fa lui ne aveva sentito la musica, questa volta richiamava soltanto il silenzio dei desideri e infine quello della memoria. Quindici anni prima lei avrebbe accettato la follia di salire su un aereo per due, all'alba, quasi alle prime luci del giorno, perché i chiarori filtravano ormai dai cieli alti di Madrid.

"Di chi è la macchina? E l'aereo?"

"Di Lázaro Conesal."

"Del morto? Che strizza! Lavoravi per lui?"

"Oggi. Oggi soltanto."

"Accidenti, bella giornata per cominciare a lavorare per Lázaro Conesal. Proprio quello che si dice un lavoro precario."

"Sono stanco, hai ragione. In parte, stanco di me stesso. Per di più, questo paese stanca. Questa gente stanca. Non so per quale ragione, ma suppongo che essere svizzeri o olandesi o francesi sia molto più rilassante. Ho voglia di andarmene per un po' di tempo e ho accettato un incarico a Buenos Aires. Una storia che ti piacerebbe. Trovare un *desaparecido*."

"Ma rimangono ancora dei *desaparecidos*?"

"Un *desaparecido* residuo, volontario. Qualcuno che ha voluto *desaparecer*, che ha voluto scomparire, la cui storia è legata a quella dei *desaparecidos* ai tempi della Giunta Militare."

Carmela l'osservava attentamente.

"È curioso. Mi stai parlando come se la nostra conversazione non si fosse mai interrotta e la cosa mi pare la più naturale del mondo."

"Non ti piacerebbe venire a Buenos Aires con me?"

"Ma insomma, sei un'agenzia di viaggi!"

L'autista esibì le sue credenziali e le guardie dell'aeroporto gli permisero di procedere fino ai piedi del *Père Lachaise*. Per Carvalho era un uccello familiare che lo aspettava per l'ultimo viaggio. L'autista gli consegnò una cartella e una busta al momento di congedarsi.

"Me le ha date il signorino Álvaro per lei."

L'autista barman ispanista fintamente nero si mise sull'attenti.

"Semplicemente José, a sua disposizione."

Carmela lo seguì meccanicamente fino alla scaletta, ma sia Carvalho sia lei avevano voglia di porre fine alla scena. Si baciarono su entrambe le guance e nello spostare i visi le loro labbra si sfiorarono, ma né l'uomo né la donna fecero alcuno sforzo per farle incontrare.

"Che non passino quindici anni."

"No. Non passeranno quindici anni."

Sul punto di entrare nell'aereo si voltò per salutarla ancora, ma Carmela gli dava le spalle mentre camminava verso la Jaguar che l'avrebbe riportata a casa, a "Dio ci becchi confessati", alle sue militanze altruiste, a tutte le militanze altruiste necessarie alla fine del secondo millennio e Carvalho non aspettò che si voltasse prima di salire in macchina, entrò nell'aereo e ricevette un saluto rilassato dallo stesso pilota dell'alba precedente. Le hostess avanzavano maestose lungo il corridoio centrale, irreali, simili a ologrammi di se stesse, ma questa volta non lo tentarono né i tramezzini né la carta di vini eccellenti, e nemmeno il whisky. Si sentiva saturo d'alcol, parole e sensazioni, e quando l'aereo cominciò a prendere quota aprì la busta che Álvaro gli aveva fatto pervenire attraverso Semplicemente José, l'uomo per tutte le occasioni. Era un assegno. L'altra parte della somma concordata. Una hostess gli lasciò sotto mano l'edizione di un giornale con una notizia appena sfornata.

> *Lázaro Conesal assassinato prima di poter assegnare il premio* VENICE.
> *La polizia ha arrestato lo scrittore Oriol Sagalés come indiziato per il delitto.*
> *Muore per lo spavento uno degli invitati: l'armatore Justo Jorge Sagazarraz.*

Il terzo titolo gli riempì l'anima di compassione per se stesso e chiese a una hostess di servirgli un doppio whisky.

"*In memoriam,*" aggiunse enigmaticamente. Ma era soprattutto curioso di aprire la cartella consegnatagli insieme alla busta e quando lo ebbe fatto trovò davanti a sé l'originale di un romanzo. Cominciò a leggerlo. Tre pagine appena. Fino a quando capì di averlo già letto:

"*Ouroboros*. Romanzo. Barone d'Orcy".

Ouroboros, secondo Evola, è la dissoluzione dei corpi: il serpente universale che, secondo gli gnostici, procede attraverso tutte le cose.
Veleno, vipera, dissolvente universale, sono simboli dell'indifferenziato, del "principio invariante" o comune che passa attraverso tutte le cose e le lega.

JUAN EDUARDO CIRLOT
Dizionario dei simboli

Letterobleso. Neologismo derivato dal catalano *lletraferit*: si dice di persona ossessionata dalla letteratura al punto di viverla morbosamente come una ferita da cui non desidera guarire.

Era inevitabile, e non evitato da buona parte dei presenti, passare attraverso il filtro dei giornalisti più o meno specializzati in premi letterari, che vagavano intorno a critici e criticonzoli affermati accorsi all'incontro per godersi la sensazione di non essere come gli altri e assistere alla consegna del premio Venice-Fondazione Lázaro Conesal, cento milioni di pesetas, il più ricco premio della letteratura europea, nonostante il disprezzo da sempre espresso per il rapporto tra i molti soldi e la letteratura, dimenticando che un sessanta per cento dei migliori scrittori della Storia appartengono a famiglie potenti, se non oligarchiche. Le telecamere di tutti i canali avevano seguito l'arrivo dei personaggi più noti, sia perché conoscevano le loro facce, sia per ubbidire agli ordini del capo della spedizione, ferrato nel "chi è chi". Ma poi si erano dedicate a descrivere la scena, avide di riprendere lo sfoggio di "...un design ludico che esprime l'impossibile rapporto metafisico tra l'oggetto e la sua funzione", come spiegavano i dépliant propagandistici dell'albergo. La sala per cene di gala dell'Hotel Venice concentrava l'intero campionario del design avanguardistico, che era riuscito a conferire ai tavoli un aspetto da uovo fritto in poco olio, e alle seggiole quello di sedie elettriche attivate dall'energia solare come concessione all'irreversibile sensibilità ecologista. La luminosità emergeva dal tuorlo del presunto uovo fritto, che si presentava guarnito di carciofi, carote, porri, cipolle; c'erano sagome vegetali appese a soffitti e pareti come negli scarabocchi di un bambino che gradisce poco la verdura. Lázaro Conesal, proprietario dell'albergo e di buona parte delle persone lì riunite, aveva commissionato il design del Venice allo zoccolo duro dei discepoli di Mariscal, capaci di sovrapporre alla poetica dei sogni peterpaneschi di Mariscal la sfida sistematica alla volgarità funzionale dell'oggetto. Prima della nascita del design, era già stata concessa abbastanza libertà di iniziativa alla natura, e per questo mele e scarafaggi erano quelli che erano, design minori creati da una nefasta evoluzione della specie in cui nessun designer era potuto intervenire. A Lázaro Conesal avevano molto divertito queste teorie, fermamente convinto del fatto che la teoria non suole far del male quasi a nessuno; i teorici sono tutt'altra faccenda, ma i teorici degli oggetti non sono solitamente pericolosi.

"Io sono per la sovversione degli immaginari," aveva dichiarato a Marga Segurola che lo aveva intervistato per "El Europeo".

"E per le altre sovversioni?"

"Ah. Ma ce ne sono altre?"

Stampa Grafica Sipiel
Milano, giugno 2000

Gli altri titoli di Manuel Vázquez Montalbán
pubblicati da Feltrinelli